KB045201

國手

국수

일러두기

- 이 책(1~5권)에서 본문 표기는 '한글 맞춤법'(2017. 3. 28)에 따르되, 경우에 따라 글지(작가) 원칙을 따랐다. 대화문은 가능한 한 그 시대 말투나 발음에 가깝도록 적어줌을 원칙으로 하여 살아 있는 우리말을 전달하고자 하였다.

- 본문에서 한 단어가 다른 형태로 표기되는 것은(예: 곳=꽃, 갈=칼, 가마귀=까마귀 등) 임병양란을 거치며 조선말이 경음화되기 시작한 이래로 된소리, 거센소리, 예사소리가 혼재되어 쓰이던 당시의 상황을 반영한 것이다.

- 본문에서 이(李), 유(柳), 임(林) 씨는 리, 류, 림 씨로 표기하였으며 『國手事典』에서는 이, 유, 임 씨로 표기하였다.

- 우리말로 잘못 알고 있는 일본말은 본디 우리말로 적어주고자 애쓰는 저자 뜻을 존중한다.

  〈예〉 민초(×)⇨ 민서, 서민(○)

  　　농부(×)⇨ 농군(○)

- 낯선 어휘나 방언은 본문 아래 뜻풀이를 달아 이해를 돕고자 하였다.

- 이 책의 본문에서 O 표시는 『國手事典』에 뜻풀이를 실었다.

- 이 책 뒤에 부록을 붙여 소설 배경이 되는 1890년대 전후 시대상황을 이해하는 데 도움을 주고자 하였다.

國手

1권

金聖東 장편소설

솔

國手
1권

차 례

김석규 金石圭
  김사과댁 맞손자로 바둑에 동뜬 솜씨를 보이는 똑똑한 도령.

김병윤 金炳允
  석규 아버지로 비렴급제飛廉及第하여 아산현감牙山縣監에 특명제수되었으나 아전 잔꾀에 말려 관직을 버리게 됨.

김사과 金司果
  몇 군데 고을살이에서 물러나 맞손자 석규 가르침에 오로지하는 판박이 시골 선비.

만동 萬同
  김사과댁 씨종인 비부婢夫쟁이 천千서방 전실 자식으로 동뜬 힘과 무예를 지녀 '아기장수'로 불림.

백산노장 白山老長
  백두산에서 참선을 하였다는 노선객老禪客으로 석규에게 바둑돌을 통하여 도道에 이를 수 있는 길을 일러줌.

일매홍 一梅紅
  김옥균金玉均 정인情人으로 상궁 출신 일패기생.

철산화상 鐵山和尙
  백산 상좌로 행공行功과 무예에 뛰어난 미륵패로 동학봉기 때 불교 비밀결사체인 '당취黨聚'를 이끌고 들어감.

큰개
  임술민란에 부모를 잃고 떠돌다가 임오군변과 갑신거의 때 기운차게 움직인 동 뜬 힘을 지닌 사내.

춘동 春同
  만동이 배다른아우로 자치동갑인 상전 석규 손발 노릇을 함.

서장

"몇 점을 놓을까요?"

푸르고 붉은 색깔로 찍히어져 있는 구궁*을 따라 흑백 여덟 개씩 돌로 초석*을 하고 난 도령이 고개를 들었는데, 노승老僧은 말이 없다. 결가부좌를 틀고 앉아 지그시 눈을 감은 채 꼼짝도 하지 않는다.

"스님, 몇 점을 놓을까요?"

다시 한 번 도령이 물었고, 노승은 나직하게 말하였다.

"편히 앉거라."

"괜치않습니다."

"유불이 상종하고 노소동락이어늘, 편히 앉아."

구궁(九宮) 바둑판에서 사방 아홉칸이 되는 곳. 화점花點. **초석**(草石) 순장巡丈 바둑에서 미리 돌을 놓던 것. 포석布石.

꿇고 있던 무릎을 펴며 도령이 올방자*를 틀었고, 여전히 눈을 감은 채로 노승이 말하였다.

"두거라."

"예. 그런데 맞바둑이 되는지 두렵습니다."

말은 조심스러웠으나 도령 한쪽 입꼬리에 잔주름이 잡히었고, 감고 있는 노승 눈 위로 길게 늘어진 흰 눈썹이 가느다랗게 흔들렸다.

"문리는 터졌으렷다."

"자전 찾는 법이나 겨우 깨쳤을 뿐입니다."

"칠서를 다 마쳤다고 했지?"

"다만 책장을 더럽혔을 뿐이지요."

"경서를 이미 읽었은즉, 과공비례라는 말은 알겠구나."

"예."

속마음을 들킨 것 같아 도령 양볼이 살짝 붉어지는데, 노승이 다시 말하였다.

"도기* 관을 벗긴 솜씨라니 노랍이 맞수가 되는지 모르겠구나."

"아직 우물 안 개구리올습니다. 고금 전례수*며 법수* 이치도 다 모르고……"

"갈 길이 먼데 말이 너무 길다."

올방자 양반다리. 책상다리. **도기**(道棋) 한 도 안에서 바둑을 가장 잘 두는 사람. **전례수**(前例手) 정석定石. **법수**(法手) 정수正手.

"그럼 한 수 가르침을 받겠습니다. 보리수°가 나오더라도 너무 허물하지 마십시오."

"관세음보살."

노승이 입안엣소리로 중얼거리는데 도령은 고개를 조금 숙여 보이었다. 도령이 놋주발 속에 담겨 있는 검정 조약돌 한 개를 들어 배꼽점°에 놓았고, 노승이 흰 조개껍질을 배꼽점과 하변 사이 매화점°에 놓았다. 잠깐 생각하던 도령이 날일자 행마行馬로 하변 흑 한 점을 움직이는데, 백돌이 배꼽점과 상변 사이 매화점에 떨어졌다. 고개를 갸웃하던 도령이 날일자 행마에 이어 우하변 쪽 백돌을 눌러갔고, 노승 흰 조개껍질이 좌상변 쪽 매화점에 놓여졌다. 도령은 잇따라서 백돌 머리를 젖히었고 노승 또한 잇따라서 매화점만 차지하였다. 도령 고개가 보일 듯 말 듯 끄덕여졌다.

아하, 이 노장이 싸움을 피하는구나. 살생을 금하는 것이 석문°에 계율이다 이거지. 그러나 싸움을 피하기만 한대서야 어떻게 이길 수 있다는 말인가. 내 이 노장 대마大馬를 때려 잡아 '신神돌' 무서움을 보여주리라.

그런데 이상한 일이었다.

참으로 알 수 없는 노릇이었다.

보리수 엉터리수. 배꼽점 바둑판 맨 가운데. 어복魚腹. 매화점(梅花點) 구궁점九宮點. 화점. 석문(釋門) 불교.

갈기를 세우고 두 발을 높이 들어올린 준마처럼 힘차게 백진
白陣 속을 짓쳐 들어가는데, 발에 걸리는 것이 없다. 무언가 허전
해서 뒤를 돌아보면 매화점만 찾아 무심하게 움직이던 백말들이
비수인 듯 문득 뒷덜미에 닿아 있다. 힘껏 고개를 비틀어보지만,
답답하다. 답답하고 또 답답해서 가슴이 터질 것만 같다. 여기저
기 흩어진 채로 무심하게 졸고 있는 것 같던 백말들이 질기고 억
센 동아줄인 듯 온몸을 죄어온다. 몸부림쳐 벗어나려고 하여보
지만 묵묵히 죄어오는 동아줄은 꿈쩍도 하지 않는다.

숨이 막힌다.

젖 먹던 힘을 다하여 좌충우돌 갈*을 휘둘러보지만 한 고리로
길게 이어진 백말들은 꼼짝도 하지 않는다. 제갈무후諸葛武侯 팔
진도八陣圖 속에 갇힌 사마의司馬懿 경우가 이런 것이었을까. 하나
를 베면 둘이 나오고 둘을 베면 셋이 앞을 막아선다. 몸부림쳐 돌
아갈 길을 찾아보지만 뒷길 또한 막혀 있다. 바둑판 위로 깊숙이
몸을 숙인 채 기사회생 묘수妙手 또는 기수奇手를 찾아 식은땀을
흘리고 있는 도령 귀에 무슨 소리가 들려온다.

"거두어라."

"예?"

"거두라는데."

갈 칼.

"예?"

"판을 거두라는 말이니라."

"아직……"

아쉬운 눈빛으로 도령이 노승을 바라보았고, 노승이 낮게 혀를 찼다.

"증이파의라. 증이파의니 고지하익*이리오. 시루가 이미 깨어졌는 것을, 돌아보면 무엇하리. 나를 살리고 남을 죽이는 판가리*를 하고자 함이 아니었으니, 돌을 거두란 말이다."

"거두겠습니다. 하오나 일국만 더……"

하는데 노승 흰 눈썹이 꿈틀하고 움직였다.

"어리석은 중생이로고. 아직도 이 노랍 말뜻을 못 알아듣더란 말이냐. 관세음보살."

탄식처럼 중얼거리며 노승이 눈을 감았고, 판 위 돌들을 치우는 도령 손끝이 잔물결처럼 가느다랗게 흔들렸다. 도령은 아랫입술을 꼭 깨어문다.

이럴 수는 없다. 아니, 어떻게 해서 이런 일이 일어날 수 있다는 말인가? 군기*는 물론이고 도기까지 이긴 내가 아닌가. '신돌' 소리를 듣는 내가 아닌가. 그런데…… 도대체 힘 한번 제대로 써 보지 못한 채 이처럼 허망하게 무너지다니. 이름 높은 도승이라

증이파의(甑已破矣) 고지하익(顧之何益) 지나간 일에 매달리지 말라는 뜻. 판가리 이기고 짐을 가림. 군기(郡棋) 한 고을 안에서 바둑을 가장 잘 두는 사람.

는 소문이 자자하더니 무슨 환술을 부린 것은 아닐까? 한 번 대국만 다시 허락해준다면 아까처럼 그렇게 허망하게 무너지지는 않을 텐데. 내 참된 솜씨를 보여줄 수 있을 텐데.

고개를 푹 떨군 채로 앉아 있는 도령 귀에 돌 떨어지는 소리가 들려온다. 따악. 따악. 아니, 똑. 똑. 댓돌 위로 떨어지는 낙숫물소리 같다. 댓돌 위에 가지런히 놓여 있는 것은 그리고 검정색 가죽 바탕에 황토빛 전을 두른 당혜 한 켤레. 오뉴월 염천에도 버선을 벗지 않으시는 할아버지 엄한 꾸중이 귓전을 두드린다.

공자님께서 뭐라구 허셨던고?

위지爲之 유현호기猶賢乎己라구 허셨습니다.

무슨 뜻인고?

아무런 생각두 읎구 허넌 일두 읎이 밥이나 배불리 먹으며 하루 죙일 빈둥빈둥 노넌 것버덤은 바둑이라두 두넌 것이 낫다넌 뜻입니다.

하거늘. 아무것두 안 허넌 것버덤은 바둑이나 장긔 같은 잡긔라두 허넌 게 차라리 낫다구 헸지, 글궁구허넌 사람이 무슨 바둑이더란 말이뇨.

「혁지」˚에 보면, 천지 조화두 제왕 정치두 패군 권세두 즌역 방도두 모두가 다 바둑 이치에 감추어져 있다구 헸넌듸……

「혁지(奕旨)」 중국 후한시대 문인 반고班固가 쓴 바둑에 대한 글.

눈물 한 점이 볼을 타고 흘러내린다. 손가락 끝으로 눈물을 찍어 방바닥을 문지른다. 뽀드득뽀드득하고 꽈리 터지는 소리가 나면서 그려지는 것은, 그리고 바둑알.

"석규라고 했더냐?"

화들짝* 놀라 도령은 고개를 들었다.

"예, 돌석자 홀균자이옵니다."

"원래는 석균이었지?"

"예."

도령은 아랫입술을 꼭 깨어물었다. 개화당 영수였던 김옥균金玉均과 같은 항렬로 고를균자가 돌림자였는데, 김옥균이 역적으로 몰리면서 돌림자까지 바뀌게 되었던 것이다.

"올해 몇인고?"

"열넷이옵니다."

"곧 호패를 찰 나이로구나."

"……"

"미장가*렸다."

장가 소리에 귓불이 붉어진 도령이 예 하고 조그맣게 대답하는데, 노승이 턱을 조금 들어보였다.

"마음인 것을. 마음과 몸을 한 울타리 안에 담아 무아지경에 가

화들짝 불에 덴 듯. **미장가**(未丈家) 아직 장가를 들지 않은.

뒤놓고 보면 산은 산이로되 산이 아니요, 물은 물이로되 물이 또한 아니니, 호흡 소리에 장단맞춰 천지가 춤을 추는구나.

천지 춤사위를 따라 오체를 움직이다 보면 산도 없어지고 물도 없어진 자리에 어허, 붉은곳* 한 송이 피어나는구나. 어즈버* 날은 저물어 석양인데, 석양빛에 되비친 한 송이 붉은곳이 내 눈을 찌르누나. 몰록* 눈앞이 환해지면서 둥글게 떠오르는 한 몬*이 있으니…… 이것이 무엇인고?"

지그시 눈을 감은 채 나직한 목소리로 느릿느릿 말하던 노승이 문득 눈을 떴고, 도령은 흠칫 하고 몸을 떨었다. 쏘는 듯 번득이는 눈빛을 맞받기 어려워 도령이 눈길을 내리는데, 노승이 혼잣말처럼 중얼거리었다.

"바둑이라고 했던가?"

"……?"

"바둑을 배워 국수가 되어보겠다?"

"……?"

"부처가 되어보고 싶지는 않은가?"

"예?"

너무도 뜻밖에 말이어서 도령은 눈을 크게 떴고, 노승이 말하였다.

곳 꽃. **어즈버** 아! **몰록** '문득'을 가리키는 선가禪家말. **몬** '물건' 그때 말. 몬 [物]. 『동언해東言解』.

"화두를 들어 천칠백 공안°을 타파하여 어느 곳 어느것에도 집착하지 않고 중생과 더불어 노는 것이 산 선이며, 화두를 모르고 화두를 타파하지 않고 중생 속에 산다는 것은 어제와 오늘과 내일을 분별하고 분별하기 때문에 죽은 선이다. 일체 것을 죽이되 죽이지 않고 일체 것을 살리되 살리지 않는 법을 여산여해로 보여주고 쓸 줄 안다면, 일체중생이 편안하고 또 편안하리라."

"저는 다만 바둑을 배우고 싶습니다. 저는……"

도령이 조심스럽게 입을 여는데 노승 목소리가 조금 높아졌다.

"마찬가지라니까, 맴돌아. 공맹 어록을 몇 줄이라도 훔쳤다는 아해가 일이관지°라는 문자도 모르더란 말인고."

무르춤하여°진 도령이 턱을 내리었고, 노승이 말하였다.

"행주좌와 어묵동정 간에, 다니거나 머물거나 앉거나 눕거나 말하거나 말하지 않거나 움직이거나 움직이지 않거나 간에, 바둑 아닌 것이 어디에 있을까. 다만 두 가지 바둑이 있을 뿐. 참선에도 활선活禪이 있고 사선死禪이 있듯 바둑에도 활기活棋가 있고 사기死棋가 있는 것."

"어떤 바둑을 활기라 하고 어떤 바둑을 사기라고 합니까?"

"살아 있는 바둑을 활기라 하고 죽어 있는 바둑을 사기라 하겠지."

공안(公案) 선종禪宗에서 드는 문제의식. 화두話頭. **일이관지**(一以貫之) 한 갈피로써 모든 일을 꿰뚫음. **무르춤하다** 물러서려는 듯 몸짓을 갑자기 멈추다.

"그게 아니라."

하는데 나무뿌리처럼 잔주름이 많은 노승 한쪽 입꼬리가 위쪽으로 조금 비틀려 올라갔다.

"너는 사기를 하더구나."

"예?"

"살아서 움직이는 바둑을 두지 못하고 죽어서 굳어 있는 바둑을 두더란 말이야. 그런 바둑으로 어찌 국수를 도모하리."

"이제 겨우 밭 가는 법이나 알 뿐……"

도령이 아랫입술을 꼭 깨어무는데 노승이 말하였다.

"그런 바둑으로는 두메 보리바둑이나 어찌 어거할 수 있을까, 한양은 그만두고 과천만 올라가도 추풍낙엽이리니…… 언감생심 국수리오."

"활기 이치를 가르쳐주십시오."

"아생연후에 살타라는 말은 들어봤겠지?"

"예."

"그 기언 출전을 아는고?"

"「위기십결」*에 나옵니다만."

"자리이타라는 말은 들어봤더냐?"

"십결에는 없는데요."

「위기십결(圍棋十訣)」 중국 당나라 때 문인 왕적신王積薪이 지은 바둑 격언.

"십결이 아니라 불가 문자니라."

"무슨 뜻인지요?"

"같은 말이니라. 자리이타라는 불가 문자에서 아생연후 살타라는 바둑 속담이 나왔은즉, 살릴 것인가 죽일 것인가?"

"……"

"무릇 목숨 있는 것은 다 소중하니, 남 목숨 소중한 줄 아는 자라야만 내 목숨 소중한 것도 알 수 있는 법. 지극히 당연한 이 이치를 모른 채로 아생은 뒷전인 채 살타만 하고자 하니 운석이 둔하고 행마가 무거울밖에. 그런 마음으로 어찌 이기기를 바랄까. 백전백패는 물론이고 동타지옥*업만 지으리니."

턱 끝을 좀더 당기면서 도령은 눈을 감았다.

어지럽다.

마음. 산시비산山是非山 수시비수水是非水. 한 송이 붉은 곳. 한 몬. 화두話頭. 공안公案. 선禪. 산 바둑과 죽은 바둑. 아생연후我生然後 살타殺他와 자리이타自利利他. 업業.

무슨 깊은 뜻이 담겨 있는 법문法門인 것만은 틀림없는데, 알 수가 없다. 도무지 그 뜻을 모르겠다. 제대로 힘 한번 써보지 못한 채 허망하게 바둑을 져버린 아까는 다만 분해서 눈물이 나왔으나, 이제는 오직 어지러울 뿐이다. 노승은 잇대어서 알 듯 모를

동타지옥(同墮地獄) 함께 지옥에 떨어진다는 뜻 불교 문자.

듯한 소리만 하고 있는데, 그런 번거로운 소리 그만두고 바둑이나 다시 한 번 두었으면 좋겠다. 다시 한 번 두게 된다면 아까와는 다를 텐데. 아까는 첫판이라서 내가 너무 조심성이 지나쳤던 탓이고, 이제는 다를 텐데.

"석규야."

노승이 부르는 소리에 도령은 화들짝 몸을 떤다.

"예."

"백전백패라고 하지 않더냐. 그런 마음으로는 백전백패라니까."

"……."

"국수가 누구더냐?"

"예?"

"시재에 국수로 일컬어지는 이가 누구더냔 말이다."

"김기金棋라고 하더이다."

"김기라?"

"김해에 사는 김아무개라고 하는데, 압록강 아래쪽에서는 당할 사람이 없다고 해서 녹일綠一이라는 별호로 불린다 합니다. 국박˚이신 대원위대감˚과 장기로 겨뤄 이긴 적도 있다 하고……"

"그 사람과 겨루어봤더냐?"

"웬걸요."

국박(國博) 나라 안에서 장기를 가장 잘 두는 사람. **대원위대감**(大院位大監) 흥선대원군興宣大院君 리하응(李昰應, 1820~1898).

도령이 얼굴을 붉히었다.

"행마법도 제대로 모르는 제가 어찌……"

"군기는 물론하고 도기까지 관을 벗겼다며?"

"그렇기는 하지만 그이는 조선 첫째가는 국수인걸요."

"그이와 겨뤄보고 싶겠구나. 겨뤄서 국수 관을 뺏어보고 싶겠지."

말없이 도령은 뒷목만 훔치는데 노승이 바둑판을 가리키었다.

"이것이 무엇이냐?"

"바둑판이옵니다."

"아니."

"……?"

"바둑판 위에 놓여지는 것이 무엇이냔 말이다."

"바둑돌입니다."

"무엇으로 만든 것이냐?"

"조약돌과 조개껍질로 만든 것입니다."

"단지 돌로만 보이느뇨?"

"예?"

"생령이니라. 살아 있는 목숨이란 말이야."

"……"

"조약돌을 다듬고 조개껍질을 갈아 만든 돌멩이에 지나지 않는 것이 바둑알이라고 보는 것은 다만 그 몬 겉껍데기만 본 것이다. 가상만을 본 것이다 이 말이야. 돌멩이로 만든 것이 바둑알이다. 그렇다. 그러나 그렇지 않다. 실상을 봐야 된다. 참모습을. 우리 눈에 보이는 이 세상 모든 것들은 겉껍데기에 지나지 않는 가상이니, 몬 실상이 아니로구나. 가상이라는 것은 꿈같고 허깨비 같고 물거품 같고 그림자 같아서 부질없구나. 늘 그대로 있지 않으니 무상이라. 이 도리를 깨치고 난 연후에야 국수가 되든 부처가 되든 될 것이라는 까닭이 여기에 있음이며."

잠깐 말을 끊고 이윽한 눈빛으로 도령을 바라보던 노승이 말을 이었다.

"삼라만상이 다 그렇듯 돌 또한 살아 있는 목숨이니라. 살아 있는 목숨이라는 것은 저마다 타고난 바 성품에 따라 제 살길을 찾아 움직여 나가는 생물이라는 뜻이니, 돌 또한 마찬가지구나. 활기는 무엇이고 사기는 무엇인고? 이러한 이치를 깊이 깨달아 어느 곳 어느 것에도 이끌리지 말고 돌 길을 따라 더불어 함께 움직여주는 것이 산 바둑이요, 이러한 이치를 모른 채 돌을 잡은 자 마음으로만 돌을 움직여 가는 것은 다만 이기고자 하는 마음에만 이끌려 있으므로 죽은 바둑이다. 돌을 죽일 뿐만 아니라 나를 죽이는 일이니, 어찌 두렵지 아니하랴. 일체 돌을 죽이되 죽이지 않고 일체 돌을 살리되 살리지 않는 법을 여산여해로 보여주고 쓸 줄 안다면 일체 중생이 편안하리니, 하물며 바둑이겠느뇨."

"어떻게 해야만 그렇게 될 수 있을지요? 그러한 이치를 깨우쳐 활기를 할 수 있을지?"

"궁리*를 하면 되느니."

"궁리라시면?"

"궁리를 하고 보면 스사로 자연 알게 될 것이니."

"어떻게 무슨 궁리를 해야 되는지요?"

"궁리를 하고 싶은고?"

눈을 뜬 노승이 다시 쏘는 듯 번득이는 눈빛으로 도령을 바라
보았고, 도령은 마른침을 삼키었다.

"예."

"정녕코?"

"예."

"진실로?"

"예."

도령이 잇대어서 마른침을 삼키는데 노승은 다시 눈을 감았다.

"대답은 한번 잘하는구나."

"진실로, 정녕코, 궁리를 하고 싶습니다."

"공양이나 들고 가거라."

"예?"

"밥이나 먹고 가란 말이야."

"아직 시장하지가 않은데요."

궁리(窮理) 갈피를 파고드는 것. 궁구窮究. '공부功夫'는 왜말임.

"유자오시요 불자사시*니, 저자에는 저자 법도가 있고 절에는 절 법도가 있음이야."

"예."

"대저 궁리라는 것은 마치 밥을 먹는 것과 같은즉, 배가 고프다고 해서 속히 먹으려고 하면 체하고 배가 부르다고 해서 노량*으로 먹다 보면 밥맛 자체를 잃어버리게 되느니. 자고로 밥 먹는 이치가 어려운 까닭이라. 그러므로 모름지기 궁리를 하고자 할진대 먼저 올바르게 밥 먹는 법부터 배우고 볼 일. 뻑뻑이*그 실다운 이치를 깨치고 난 연후에 궁리하는 법을 물어야 할 터."

노승이 몸을 일으키었는데, 도령은 깜짝 놀랐다. 노승 키가 뜻밖에도 작았던 것이다. 배코 친*머리는 상고대*가 낀 듯 하얗고 지그시 감고 있는 눈 위로 길게 늘어진 눈썹 또한 하얀데다가 막힘 없이 유불선儒佛仙을 넘나드는 넓고 깊음에 질려 산처럼 우뚝해보이던 노승이었는데, 앉은키나 선키나 별반 차이가 없어보였다. 중키에도 훨씬 못 미치는 작은 키였다.

"객실로 가보거라."

노승 말과 함께 목탁소리가 들려왔다. 다르륵, 다르르륵.

채를 고르는 소리에 이어 시나브로*잦아들던 목탁소리는 잇

유자오시(儒子午時) 불자사시(佛子巳時) 유생은 낮 12시에 점심을 먹지만 승려는 상오 11시에 먹는다는 말. **노량** 느릿느릿. 천천히. **뻑뻑이** 마땅히. 응당히. 벅벅이. **배코 치다** 머리를 면도面刀로 밀어 빡빡 깎다. **상고대** 나무나 풀에 내려 눈같이 된 서리. **시나브로** 모르는 틈에 조금씩.

달아서 세 번 들려왔다.

"스님께서는 진지, 아니 공양을 안 잡수시나요?"

"관세으음보살."

금방이라도 방구들이 내려앉을 것 같은 장탄식에 이어 노승이 혼잣말처럼 중얼거리었다.

"바야흐로 말법시대로 접어든 지 오래니, 온 세상이 빈집인 듯 깜깜하고녀. 어찌할꼬, 중생들 업장이여. 병란도 아니고 갈날도 아니로다. 가뭄이 아니면 수재요 년흉이 아니면 역병이로구나. 굶주림으로 죽는 사람이 산을 이루고 서로 짓밟고 뜯어먹으니, 살아남는 자 그 몇이나 되리오."

도령이 방을 나오는데 노승이 불렀다.

"석규야."

"예."

"산천을 보더라도 국맥이 이미 진하였으니, 악착한 세상이 왔음이로구나. 이런 세상에서 돌 하나에 육신을 의지하고 평생을 살아갈 업을 타고난 중생에게 한마디 이르지 않을 수 없어 하는 말이거니와, 잘 새겨듣도록."

"……"

"이기고자 하면 반드시 지고 지고자 하면 반드시 이길 것인즉…… 살고자 하는 자는 죽고 죽고자 하는 자는 살게 되는 것과 한가지 이치니라. 국수가 되는 것은 차라리 쉬운 일이니, 언제나 명렴할 것은 활기하는 일이로구나. 모름지기 의기 있고 재능 많은 자들과 동무하여 난세에 대처할진저. 해가 바닷속에 잠겨 있으므로 장차 밝게 떠오를 때가 있으리라."

큰스님이 거처하는 조실祖室이라지만 간 반짜리 오두막에 지나지 않는 방을 나온 도령은 이마에 손을 얹었다. 오시로 접어든 초가을 햇살이 송곳처럼 눈을 찔러오기도 했지만, 어지러웠다. 힘껏 머리를 흔들며 도령은 눈을 꼭 감았다. 너무 깊은 뜻이 담겨 있는 이야기를 들었기 때문일까. 바둑 한 판을 두고 선이며 화두며 일이관지에서 업에 이르기까지 유불선을 아우르는 여러 가지 이야기를 들었다고는 하나 그 사이가 한식경에 지나지 않는데, 헤아릴 수 없이 많은 시각이 흐른 것만 같았다.

국수가 되는 것은 차라리 쉬운 일이니, 언제나 명렴할 것은 활기하는 일이로구나.

활기. 활기. 산 바둑. 살아 있는 바둑. 어떻게 하는 것이 살아 있는 바둑을 두는 것일까. 살아 있는 바둑을 둬서 도탄에 빠져 있는 만백성을 살리는 길일까. 만백성을 살리다니……

그런 일은 임금이 해야 될 일인 것을, 내가 무슨 그런 생각을 다 하고 있나. 하기야 만백성을 살리는 일이 어찌 임금과 금관자 옥관자 붙인 이들만 몫일까. 공맹 같은 성현이며 이름 높은 선비며 도인에다가 방포원정* 무리들까지 다 그런 뜻을 펴고자 평생을 보냈던 것인데. 대저 책을 읽는 까닭이 거기에 있음인데. 그런데…… 그런 큰 뜻을 품었던 이들 삶은 평탄하지가 못하였다. 평탄하지 못한 만큼이 아니라 고종명考終命을 못하였다. 아조 선비만을 보더라도 우선 조정암趙靜庵이 그러하였고, 삼십여 년 전 효수되었다는 최수운崔水雲이라는 이 또한 그런 뜻을 품었다고 하지 않는가.

그런데…… 그런 일이 당키나 한 것일까. 무상無常 도리를 깨쳐 국수가 된다고 한들 그런 큰일을 내가 할 수 있는 것일까. 아니, 무상 도리라는 것은 무엇일까. 아아, 활기라는 것은 무엇일까. 대관절 무엇을 어떻게 하라는 것인가.

일체 돌을 죽이되 죽이지 않고 일체 돌을 살리되 살리지 않는 법은 또 무엇인가. 바둑을 통해서 억조창생*을 살리라는 말인가. 바둑 속에 그러한 이치가 들어 있다는 말인가. 억조창생을 살리다니. 그런 일은 불가佛家 고승들이나 하는 것이지 유가儒家 꼬맹이에 지나지 않는 내가 무슨 재주로 그런 큰일을 한다는 말인가. 조정암을 비롯한 무수한 선현들도 하지 못한 일인데. 나로 말하면 더구나 바둑 두는 재주 하나밖에 없는 아이인데. 비록 내력 있는 유가 도령이라고는 하나 골치 아픈 성현 어록보다 잡고 잡히고 이기고 지는 판가름놀이에 더 마음이 쏠리는 바둑꾼에 지나

방포원정(方袍圓頂) 네모진 가사袈裟를 걸친 둥근 머리라는 뜻으로, '승려'를 가리키는 말. 억조창생(億兆蒼生) 수많은 백성.

지 않는데.

  힘껏 머리를 흔들며 도령이 눈을 떴을 때, 저만치 동승童僧 모
습이 보였다.
  도령 입이 벙긋 벌어졌고, 도령 눈길을 받은 동승 얼굴에 해맑
은 웃음기가 어린다. 도령이 무어라고 말을 하려는데 수줍은 듯
얼굴을 붉히던 동승이 팽그르르 몸을 돌린다. 도령이 내디디려
던 발길을 멈추었고, 도령보다 두어 살 밑으로 보이는 사미沙彌아
이는 제 머리통만 한 목탁을 두 손으로 받쳐들고 법당으로 들어
간다.
  동승이 들어간 법당을 바라보는 도령 눈에 문득 물기가 어린다.
  스물아홉 나이로 아버지가 돌아가시던 날 이 절 법당 또한 불
타버렸다고 하는데…… 아버지와 이 절, 우리 집안과 이 절……
아니, 나와 이 절은 무슨 인연으로 맺어진 것일까? 그리고 나와
바둑은?
  알 듯 모를 듯한 노승 법문을 듣고 나오는 길이기 때문인가. 할
머니를 따라 몇 번 와본 적이 있는 곳이건만 오늘 같은 심정이기
는 처음인 도령이었다.
  십 년 전까지만 하더라도 백여 명 중들이 결가부좌를 틀고 앉
아 있어도 오히려 귀가 남을 만큼 짜임새 큰 법당이었다는데, 지
금은 지붕에 옥새*만 몇 장 얹었달 뿐 큰 절 산신각이나 칠성각보

다 나을 게 없는 두어 간짜리 오두막에 지나지 않는다.

호서湖西 일대에서도 알아주는 가람伽藍이었던 명적사明寂寺가 이 꼴이 된 것은 임병양란을 겪으면서부터였다. 잡초만 우거진 폐찰을 다시 일으켜 세운 것은 정조대왕 시절 일승一乘이라는 사판승°이었는데, 신심 깊은 우바이°였던 도령 오대조 할머니가 화주보살이 되면서 원만한 회향을 보게 되었고, 그런 인연으로 대를 이어 왕래를 해오는 사이였다. 그러다가 다시 불이 났고, 임병양란을 겪으면서 그랬던 것처럼 버려져 있던 것을 백산白山이라는 노승이 토굴 삼아 머물면서부터 겨우 절꼴을 이어가고 있는 것이었다.

적적암寂寂庵이라는 이름을 붙인 것도 백산노장이었는데, 힘들여 절을 다시 일으켜 세우려 하지도 않았다. 절꼴이 이 모양이니 불공을 드리러 찾아오는 사람도 드물었지만 불공이 들어오는 것을 좋아하지도 않는다는 소문이었다. 망팔° 노구를 이끌고 어디를 돌아다니는지 절이 비어 있을 때가 많았고 절에 머문다고 하더라도 생식을 하는지 공양간에 연기가 오르지 않았다.

관세으음보살. 애븨가 죽던 날 멩적절 목심두 끝난 겨.

할머니는 한숨을 내쉬었고, 도령이 물었다.

왜 불이 났으까유?

옥새 잘못 구워서 안으로 옥은 기와. **사판승**(事判僧) 살림중. **우바이**(優婆夷) 불교 여성 신도. **망팔**(望八) 일흔한 살.

부처님께서 방광*을 허신 게지.

방광이 뭐래유?

아, 안 그렇것냐. 시상에 헐일이 태산 같은 큰 인물이 수를 뭇 허구 돌어가넌듸, 부처님께서 그냥 지시겄어. 그레서 방광을 허 신 거지. 방광을 헤서 아깝다는 뜻을 뵈신 게야.

객실客室 앞 토방에는 짚신 한 켤레가 놓여 있다. 어른 손으로 도 뼘 가웃은 넘어보이게 큰 단총박이*다. 밑창은 물론이고 옆댕 이며 콧등에까지 온통 시뻘건 황톳물이 배어 있고 끊어진 돌기 총*을 칡덩굴로 이어놓은 것으로 봐서 멀고 험한 길을 거쳐온 나 그네 신발이다.

먹을 것이 없어 이 절에는 객승客僧도 잘 안 온다던데, 웬 신발 일까? 두대왈장군頭大曰將軍이요 족대왈적足大曰賊이라고 했는 데…… 화적火賊?

인기척을 내며 봉창문을 열던 도령은 문득 숨을 삼키었다. 백 결천결로 기워진 누더기 동방*을 걸친 장년 중 하나이 뒷짐을 진 채 방안을 거닐고 있는데, 육척장신에 몸통은 또 깍짓동만이나 한 것이 홑된 중이라기보다는 천군을 꾸짖는 장수 꼴이어서, 비 좁은 객실 안이 꽉차보였다. 인기척과 함께 방문 열리는 소리를

방광(放光) 부처 또는 불상에서 나는 밝은 빛. 서광瑞光. **단총박이** 짚 속대 로 꼰 총을 박아 감은 짚신. **돌기총** 짚신이나 미투리 허리 양편에 맨 굵은 총. **동방** 승려들 방한용 윗도리.

들었을 텐데도 투구 안 쓴 장수 같은 야릇한 중은 쳐다보지도 않는다. 어떻게 할까 하고 도령이 잠깐 망설이는데, 우렁우렁한 목소리가 들려왔다.

"바람이 차외다, 도련님."

도령이 방으로 들어갔고, 여전히 방안을 거닐며 중이 말하였다.

"그래, 국수가 되는 이치는 배우셨는가?"

"……."

"국수가 되어서 국숫근이나 끊어 먹어보것다 이 말이렷다. 크하핫핫!"

부르르 떨리던 문풍지가 멎으면서 중이 걸음을 멈추었다. 중 목소리가 문득 낮아졌다.

"밥 먹는 이치를 깨치고 보면 국수가 되는 이치 또한 여반장*으로 깨칠 수 있다 그런 말인가? 그런 말씀을 하시던가?"

"그런 뜻으로 새겨들었는데……."

"그런데, 밥이 어디에 있는가?"

"엉?"

"밥이 있어야 먹을 게 아닌가?"

"……."

"밥이 어디에 있느냐니까?"

여반장(如反掌) 손바닥 뒤집듯이 손쉽다는 말.

"······"

"밥이 어디에 있다고 생각하는가 말이야?"

시퍼런 불길이 뚝뚝 떨어지는 눈빛으로 쏘아보며 중이 다그쳐 물어왔고, 도령은 마른침만 삼키었다.

"객실로 가라고 하셨는데······. 객실에 가서 공양이나 들라 고······"

마른침만 삼키던 도령이 간신히 말하는데 중이 한걸음 다가섰 고, 도령은 흠칫 몸을 떨었다.

"밥이 어디에 있느냐니까?"

낮았지만 힘있는 목소리로 다그쳐 물어오며 한 발 한 발 다가 오는 소리를 들으며 도령은 눈을 꼭 감았다. 눈을 꼭 감았는데, 덜컹하고 봉창문 밀치는 소리가 나면서 중 말소리가 멀어졌다.

"밥이야 있지. 다만 나눠먹지 않으려고 하니까 그렇지."

덜컹하는 소리와 함께 쪽문이 열리었다. 우두망찰하고* 서 있 던 도령은 덜컹하고 다시 가슴이 내려앉았는데, 동승이었다.

소반을 내려놓으며 동승이 말하였다.

"좌정하시지요."

"으응."

"사시 공양입니다."

─────────────

우두망찰하다 갑자기 닥친 일에 정신이 얼떨떨하여 어찌할 바를 모르다.

"응?"

"마음에 점을 찍으시어요."

"뭐라구?"

"어느 마음에 점을 찍으시겠어요?"

"무슨 말인가?"

"금강경에 보면 과거심불가득過去心不可得이요, 현재심불가득現在心不可得이며, 미래심불가득未來心不可得이라고 했는데…… 어느 마음자리에 점을 찍겠느냐 이런 말씀이지요."

"너……"

벌린 입을 다물지 못하고 있던 도령이 손가락 한 개를 펴서 동승을 가리키었다.

"흔한 여느 아이가 아니로구나. 심상한 사미아이가 아니야."

"겨우 십계를 받았을 뿐인걸요."

"금강경이란 걸 읽었네?"

"웬걸요."

"방금 한 말은 무어야?"

"나무나 하고 물이나 긷는 새끼중이 무얼 알겠습니까요."

"그런데, 그런 유식하고 어려운 문자속은 어떻게 아는가?"

"들은 풍월이지요. 큰스님 시봉하면서 주워들은 알음알이*.

알음알이 지식知識.

아이구, 이놈에 입방정. 큰스님께서 아시면 벼락이 떨어질 텐데……"

동승이 손바닥으로 제 입을 때렸고, 도령이 한숨을 내쉬었다.

"큰스님한테 경을 배우는가?"

"물이나 긷고 나무나 한다니까요."

"올해 몇인가?"

"열둘이어요."

"열둘이면 나보다 두 해나 밑인데……"

혼잣말로 중얼거리던 도령이 동승을 바라보았다.

"태생이 어딘가?"

심상하지 않게 묻는데 동승은 가볍게 웃었다. 잡티 하나 없이 해맑은 얼굴이었고 슬기로와 보이는 눈빛이었다.

"앉으셔요. 앉아서 우선 마음에 점부터 찍으셔요."

"응."

하면서 도령이 소반 앞에 앉았고, 동승이 마주앉았다.

"소찬이지만 맛있게 잡수셔요."

주칠朱漆이 벗기어져 희뜩희뜩*한 개다리소반*에는 보리와 감자가 태반인 밥 한 사발과 배추김치 한 보시기가 달랑 놓여 있었다.

희뜩희뜩 흰 빛깔이 여기저기 뒤섞이어 얼비치는 꼴. **개다리소반** 네모가 반듯하고 다리가 민틋한 막치로 된 소반.

"시장하지가 않은데……"

"공양을 올리라는 큰스님 명이어요."

"으응."

밥 한 숟갈을 뜨고 김치 한쪽을 입에 넣던 도령은 오만상*을 하였다. 김치가 아니라 양념은 없이 소금만 잔뜩 넣고 버무린 짠지였던 것이다. 소태처럼 쓴 짠지를 억지로 씹어 삼키느라 도령 눈은 저절로 감기어졌다.

아버지 요수 뒤로 가세가 기울었다고는 하나 이처럼 반찬 없는 악식을 먹어보기는 처음인 도령이었다. 옛날에는 대갓집이나 궁중에서 먹는다는 구첩 또는 십이첩 반상도 이따금 올랐다 하였고, 지금도 할아버지 진지상만큼은 흔히 칠첩으로 오르고 있으며, 적어도 오첩 반상은 떨어지지 않는다. 쌀밥과 국과 김치는 항다반사*인 것이고, 나물 저냐 구이 조치 마른찬 젓갈 편육에다, 간장과 초고추장이 곁들여진다.

"여기서는 마지*도 안 올리는가?"

도령이 물었고, 해맑은 동승 얼굴에 웃음기가 어리었다.

"마지를 안 올리는 절도 있답니까."

"불공 올리는 소리가 안 들리던데?"

"나무를 해오다 보니 때가 늦었지요."

오만상 낯을 잔뜩 찌푸린 꼴. 항다반사(恒茶飯事) 여느 일. 마지(摩旨) 불전佛
殿에 올리는 메.

"때가 늦었다고 해서 불공을 걸러도 되는가?"

"형편에 맞춰 하라시는 게 큰스님 말씀이어요. 그래서 죽비 공양으로 대신했지요."

"절에서는 다들 이렇게 자시는가?"

"웬걸요."

"……"

"여기서는 화식을 안 합니다."

"그럼 생식을 한단 말인가?"

"큰스님께서는 벽곡°을 하신 지 오래고 저 또한 그걸 배우고 있지요."

"벽곡이라면 선가 사람들이 한다는 그것 말인가?"

"선가는 모르지만 우리 큰스님께선 솔잎만 잡수시지요."

"그럼, 법당에 마지밥은 어떻게 올리는가?"

"죽비로 올린다고 하였지요."

"때가 늦지 않았을 때도?"

"옥수 한 다기 받쳐올린 다음 세 번 죽비를 때리지요."

짠지 한쪽으로 도령이 밥 한 사발을 비웠을 때, 동승이 발우 한 개를 들고 들어왔다. 희뜩희뜩 옻칠이 벗기어진 목발우°에는 찬물이 들어 있었다. 발우를 내려놓는데 동승이 도령 얼굴을 빤히

벽곡(辟穀) 곡식은 안 먹고 솔잎·대추·밤을 조금씩 먹고사는 일. **목발우**(木鉢盂) 나무로 파서 만든 중 밥그릇.

바라보았다.

"도령께서는 바둑을 잘 두신다면서요?"

"밭 가는 법이나 겨우 알지."

"국수벼슬을 하면 한양으로 가시게 되나요?"

"국수라는 건 벼슬 이름이 아니야."

"그럼 뭔가요?"

"으응, 나라 안에서 바둑을 가장 잘 두는 사람을 가리키는 말인데…… 잡긔일 뿐이야."

"이름 있는 반가 자제분이 책을 읽어 출사*할 생각은 않고 왜 잡기를 하신대요?"

"너 몇 살이냐?"

"열두 살이라고 그랬지요."

"태생이 어디지?"

동승이 힘껏 머리를 흔들었다.

"몰라요."

"모르다니?"

"모른다니까요."

"허, 아무리 출가사문이라지만 태생은 있을 거 아닌가? 어디서 태어났으며, 부모님은 누구시며, 무슨 연유로 절에까지 오게

─────────────

출사(出仕) 벼슬길에 나가는 것.

되었는지…… 까닭이 있을 게 아닌가?"

"모른단 말여요."

세차게 도리질을 하던 동승 한쪽 입꼬리가 위쪽으로 비틀려 올라갔다. 금방이라도 울음을 터뜨릴 것 같은 얼굴이었고, 도령은 입을 다물었으니―

천출*이로구나. 저 세조대왕 시절 신동이었다던 김오세*라는 이 빼놓고는 어엿한 반가 자제로서 머리 깎고 중이 되는 경우가 거의 없으니 이 아이 또한 당연히 천출이겠으나, 무언가 깊은 사연이 있는 모양이로구나. 아직 어린 나이이니 스스로 무슨 죄를 짓고 절로 숨어들었을 리는 만무하겠고, 도망 나온 관노官奴 자식인가? 아니면 추노追奴를 피해다니는 어느 대갓집 사노私奴 자식?

도령은 마음속으로 고개를 흔든다.

반드시 무슨 연유가 있는 아이겠구나. 저 분바른 계집같이 잡티 하나 없이 해맑은 낯빛하며, 총민해보이는 눈동자며, 그리고 또 주워들은 풍월에 지나지 않는다고 겸양을 하고 있지만 불경 권이나 읽었음 직한 아까 그 말투며…… 머리만 길렀다면 내로라하는 어느 대갓집 도령으로도 손색이 없지 않은가. 어쨌든 예사 사미아이는 아니겠고, 먹고살 길이 없어 절로 온 것일까? 해

천출(賤出) 천첩賤妾한테서 난 자손. **김오세(金五歲)** 김시습(金時習, 1435~1493).

마다 기근이 아니면 역병으로 천지 백성들은 죽어나가는데, 조
정 중신이라는 자들은 붕당 이끗만을 좇아 피눈이 되어 있으니,
할아버지 장탄식이 아니더라도 세상은 이미 말세인 것이고, 아
랫녘 쪽에서는 참으로 수천수만 사람들이 굶어 죽어가고 있다지
않는가. 목에 풀칠을 하기 어려운 농군들이 제 자식을 기루妓樓에
팔고 노적奴籍에 올리는 일까지 있다니, 이 아이 또한 그런 애통
한 사연을 갖고 있는 것일까?

"참, 아까 그 스님은 누구신가?"

"우리 스님이시지요."

"응. 법호를 어떻게 쓰시는가?"

"철짜, 산짜."

"철산?"

"예."

"무슨 자 무슨 자를 쓰시는가?"

"쇠철, 묏산."

"철산스님이라. 기골이 장대하신 게 똑 투구 안 쓴 장수 같
아……"

하고 도령이 중얼거리는데, 동승 얼굴이 활짝 펴졌다.

"우리 스님 장수여요. 얼마나 힘이 세시다구."

"그래?"

"그럼요. 토포군 여남은 명쯤은 한 손에……"

하다가 동승은 얼른 입을 다물었다.

"우리 스님은 아주 훌륭한 어른이셔요."

"노스님만큼이나?"

"……"

"노스님만큼이나 훌륭하신 어른이란 말야? 그만큼 학식도 도저하시고?"

"학식은 잘 모르지만…… 어쨌든 훌륭한 어른이셔요."

"그 스님도 생식을 하고 벽곡을 하시는가?"

"그렇긴 하지만 대중이 없으셔요. 어떤 땐 두서너 달씩 물 한 모금 입에 대지 않으시기도 하고, 어떤 땐 말밥을 잡숫기도 하고."

"그 도를 깨치기 위한 방편으로 단식을 하느라 곡기를 끊는 것이야 용혹무괴*겠으나, 말밥을 자신다는 것은 무슨 말인가?"

"어시발우 하나면 한 되가 넘는데 어시발우 가득 고봉으로 꽉꽉 눌러 담은 공양을 열 개 위로 잡술 때가 있으니, 말밥이 무어야, 말 반은 되지요."

"허."

"틀이 우선 장수잖아요,"

"허."

도령이 벌린 입을 다물지 못하는데, 동승이 말하였다.

용혹무괴(容或無怪) 어쩌다가 그럴 수도 있으므로 야릇할 것이 없음.

"그것뿐인 줄 아셔요."

"……"

"곡차를 한번 잡쉈다 하면 또한 말술,"

하다가 동승이 얼른 손바닥으로 제 입을 때리는 시늉을 하였다.

"아이구, 이놈에 주둥이. 스님께서 들으셨으면 죽비 하나 또 날

아갈 뻔했네."

"그건 또 무슨 소리야?"

"우리 스님께서는 술을 좋아하시지만 술이라고 하면 절대 자

시지 않고 곡차라고 해야만 자시거든요."

"중이 술을 마신단 말야?"

"술이라고 하면 안 자신다니까요."

"허."

"진묵존자°와 같은 어른이시거든요. 진묵존자 후신이시란 말

씀여요."

"진묵존자라니?"

"진묵존자도 모르셔요?"

"누군데?"

"행세깨나 한다는 반가 도령께서 진묵큰스님 존호도 못 들어

봤단 말여요?"

진묵존자(震黙尊者) 조선왕조 첫때 명승 일옥(一玉, 1562~1633).

동승 입가에 엷은 조롱기 같은 것이 어리는 것을 본 도령이 마른기침을 한 번 하였다.

"모르니까 묻고 있지 않나."

"정말로 모르셔요?"

"어허, 이 어린 사미아이가 양반을 괴롭히고 있지 않은가."

도령 목소리가 조금 높아졌고, 동승이 벌떡 몸을 일으키었다. 두 손을 모아 가슴에 댄 동승이 조금 고개를 숙여 보였다.

"그런 뜻은 아니었으니, 용서하십시오."

도령이 무어라고 입을 열려는데, 소반을 들어올린 동승이 쪽문을 나갔다.

고얀놈.

노여운 눈빛으로 쪽문을 바라보던 도령은 객실을 나왔다. 생각 같아서는 호령 한마디로 동승을 불러들이고 싶었다.

네 이놈. 내 비록 아직 상투 안 튼 도령 몸이라고는 하나 어엿한 반가 자손인 것을. 네놈은 아까 행세깨나 한다는 집안 자손으로서 진묵존자라는 이도 모르느냐고 닦아세우더라만, 우리 집안이 비록 아버지 돌아가신 다음부터야 행세하는 집안은 못 될지 모르겠다만, 내력 있는 양반 가문 장손임이 분명하거늘, 이런 뼈대 있는 양반댁 도령인 나한테 어린 새끼중 지체로 그 무슨 배워먹지 못한 말버릇이란 말인가? 아무리 세상이 말세라고 하지만 유불儒佛이 유별한 나라에서 이런 법은 없을 터.

호령 한마디로 동승 두 무릎을 꿇린 다음 준절히 꾸짖고 싶었다. 준절히 꾸짖어 양반댁 도령으로서 드레*와 힘을 보여주고 싶었다. 그런데 무슨 까닭으로 도무지 입이 떨어지지를 않는 것이다. 비록 열네 살짜리 도령이라고 하지만 집안 내력에 대한 자긍심이 높고 많은 책을 읽었다는 데서 오는 자부심이 높았으며 그리고 성품 또한 여간 칼칼한 것이 아니어서 어른들도 만만히 보지 못하는 도령이었는데, 웬일로 말이 되어 나오지를 않는 것이었다.

만만히 볼 아이가 아니로구나.

도령은 생각하였다.

비록 열두 살밖에 안 먹은 어린 사미아이라고 하지만, 만만하게 볼 아이가 아니야. 분바른 계집아이같이 희고 고운 얼굴에 먹물옷 틈으로 보이는 뼈다귀는 또 가늘어 중이라기보다는 차라리 양반댁 책방도령으로 보이지만, 맹랑한 녀석이야. 서당 개 삼 년이면 풍월을 읊는다*는 말이 있듯 귀동냥으로 주워들은 것들이겠으나, 문자속도 제법이고 말을 끌어가는 솜씨 또한 여간이 아니다.

하기야.

도령은 고개를 끄덕였다.

드레 인격적으로 점잖은 무게, 위엄威嚴. 틀거지. 무게. 틀.

호부虎父에 견자犬子 날 리 없고 봉생봉鳳生鳳이요 용생용龍生龍이라는 할아버지 말씀처럼 백산노장 수하 아닌가. 그러고 보면 이 절에서 만난 중들은 모두가 하나같이 심상한 인물들이 아니다. 할머니께서 생불生佛 대하듯 하시는 백산노장이야 그렇다고 하더라도 투구 안 쓴 장수 같던 아까 그 객승은 또 어떤가. 내가 보기에는 중이라기보다 차라리 명화적* 두령같아 보이던 그 야릇한 객중더러 진묵 후신이라며 입에 침이 마르던 동승 말은 또 무엇이며. 아니, 진묵이라는 중은 또 누구인가.

도령은 힘껏 머리를 흔들었다.

노승도 그렇고 동승도 그렇지만 아무래도 마음에 걸리는 것은 그 객승이다. 더구나 그 객승이 종주먹을 대며* 다그쳐오던 물음.

밥이 어디에 있는가?

조실 앞 토방은 비어 있었다. 비어 있는 토방 위로 올라서며 몇 번 헛기침을 해보던 도령은 하릴없이* 그곳을 물러났다. 그리고 법당명색 앞으로 가보았으나, 노승 짚신은 보이지 않는다. 몇 번 헛기침을 해보다가 발길을 돌리는 도령 심정은 막막하기만 하다. 모름지기 궁리를 하고자 할진대 먼저 올바르게 밥 먹는 법부터 배우고 볼 일. 뻑뻑이 그 실다운 이치를 깨치고 난 연후에 궁리

명화적(明火賊) 잘못된 세상을 바로잡는다며 대낮에도 횃불을 들고 다니던 도적떼. **종주먹 대다** 주먹으로 쥐어지르며 을러대다. **하릴없다** 어떻게 할 수가 없다.

하는 법을 물어야 할 터. 그래서 밥을 먹었다. 궁리하는 법을 배우겠다는 마음 하나로, 제대로 궁리하는 법을 배워 오로지 국수가 되어보겠다는 마음 하나로 밥을 먹었는데, 소태처럼 쓰디쓴 짠지 한 가지만을 가지고 시장하지도 않으나 억지로 밥 한 그릇을 먹었는데, 노승이 보이지 않는다. 잠깐 망설이던 도령은 객실 쪽으로 다시 내려갔다. 몇 번 헛기침을 하자 봉창문이 열리면서 동승이 얼굴을 내어밀었고, 도령이 말하였다.

"노스님께서는 어디 계신가?"

"조실에 안 계시던가요?"

"아니."

"법당에 안 계시던가요?"

"아니."

앉은자리에서 빤히 올려다보기만 할 뿐 동승은 말이 없고, 도령이 다시 물었다.

"노스님께서는 어디 계시는가?"

"몰라요."

"노스님께서는 어디 계시느냐니까?"

"몰라요."

진실되게 물었으나 잘래잘래 고개만 흔들고 있는 동승을 보자 울컥하고 그 무엇이 치밀어 올랐으나, 도령은 어금니를 꽉 깨어 물었다.

"그런 대답이 어디 있나?"

"내왕자재니까요."

"응?"

"래자불거요 왕자물추*니, 내왕자재랄밖에요."

"허."

"바람처럼 와서 구름처럼 머물다가 다시 또 바람처럼 떠나가는 게 사문에 살림살이다. 이런 말씀이지요."

"문자 뜻을 묻는 게 아니고."

도령은 다시 한 번 어금니에 힘을 주었다.

"노스님이 가실 만한 곳을 묻고 있음이야."

"글쎄요."

"어디 가실 만한 곳을 알 게 아닌가?"

"글쎄요."

"멀리 출타하신 것은 아니겠지?"

"글쎄요."

"저물기 전에 집에 가려면 짬이 없어서 그래."

도령은 숫제 사정조로 말하였고, 동승이 비시시 웃었다.

"글쎄요. 원체 바람 같은 어른이시라."

"그러지 말고 좀 알려주어."

래자불거(來者不拒) 왕자물추(往者勿追) 오는 사람 막지 않고 가는 사람 잡지 않는다는 뜻 불가문자.

"글쎄요오."

"제발 좀 가르쳐달라니까."

금방이라도 울음이 터질 것 같은 목소리로 도령은 사정을 하였고, 동승이 혼잣말처럼 중얼거렸다.

"산신각에 계실라나."

"산신각?"

"칠성각에 계실라나."

"칠성각?"

"나한전에 계실라나."

"나한전?"

하고 입안엣소리로 되뇌어보던 도령이

"그런 곳들이 시방 어디에 있단 말이냐? 옛날에 다 불타버렸지 않는가 이 말이야."

하며 노여워하는 눈빛으로 쏘아보는데, 동승은 생긋 웃었다.

"터 말씀여요."

"터라."

"혹시 모르니까 법당 뒷길로 올라가보셔요. 사시가 지나면 숲속으로 행선行禪을 나가시기도 하니까."

도령이 급하게 발길을 돌리는데 동승이 말하였다.

"큰스님을 뵙더라도 제 말씀은 하지 마셔요."

법당을 끼고 돌자 소롯길이었고, 단풍나무 신갈나무 층층나무 물푸레나무 피나무 산벚나무 빽빽하게 우거져 있는 물매*진 언덕을 따라 허리띠처럼 좁고 긴 소롯길은 끝없이 이어져 있었다. 바지허리를 단단히 졸라매고 칡년출을 끊어 신들메*를 하고 난 도령은 두 주먹을 꽉 움켜쥐었다. 떠오르는 것은 쇠배* 없지만 초행길은 아니었다. 오대조 할아버지 적부터 내려오는 씨종인 업석業石이 바위처럼 넓적한 등짝에 업혀 올라간 것이 다섯 살 나던 해 초파일 저녁이었다고 하였다. 법당 앞 정가운데를 비롯해서 관음전觀音殿 원통전圓通殿 명부전冥府殿 비전碑殿 나한전羅漢殿 같은 온갖 전각이며, 산신각山神閣과 칠성각七星閣, 그리고 판도방辦道房이며 요사寮舍채 조왕대신竈王大神 앞은 물론이고 정랑淨廊 앞에까지 연등燃燈공양을 하신 할머니는, 나한전에서 철야기도를 올리셨다고 하였다. 명적사에서도 가장 영험 높은 기도로 유명짜하였던 것이 나한기도였다고 하였다.

관세으음보살.

할머니는 장탄식 한숨을 내쉬고는 하시었다.

기도두 기도지면 자정수* 한 방구리* 담어오려구 그랬던 겨. 자정수 한 바가지면 죽을 사람두 살린다니께. 어린 너를 굳이 데리

물매 지붕이나 언덕이 비탈진 만큼. **신들메** 신발이 벗겨지지 않도록 동여매는 일. **쇠배** 전혀, 조금도. **자정수**(子正水) 자정에 길어서 먹는 물로, 매일 먹으면 몸이 튼튼해진다고 함. **방구리** 물 긷는 질그릇으로, 동이보다 조금 작음.

구 올라갔던 것두 그 물 한 모금이래두 멕여볼려구 그랬던 거구.

그랬는데……

도령은 힘껏 도리질을 하였다.

명적사 일대를 대낮같이 밝히는 연등공양을 하고, 밤새도록 그렇게 영험하다는 나한불공을 올리고, 그리고 또 금방 숨이 넘어가는 사람도 살려낸다는 영험한 자정수까지 한 방구리나 잡쉈음에도 불구하고, 아버지는 끝내 돌아가시고 만 것이었다. 그리고 명적사 또한 불에 타 폐찰이 된 끝에 지금은 적적암이라는 이름 토굴이 되고 말았으니, 아아. 신불神佛은 어디에 있는가.

다시 한 번 힘껏 도리질을 하던 도령은, 문득 숨을 삼키었다. 어디서 는실난실*한 소리가 들려왔던 것이다. 가느다랗게 떨리다가 시나브로 잦아드는 휘파람소리 같고, 풀먹여 잘 다린 진솔두루마기자락 찢어지는 소리 같으며, 배밀이로 기어다니는 긴짐승*이 장마 끝 토담 넘어가는 소리 같기도 한 그 는실난실한 소리는 바로 앞쪽에서 들려왔고, 도령은 걸음을 멈추었다. 산신각 자리를 지나고 칠성각 자리를 지난 다음 몇 발짝 앞으로 나한전 자리가 보일 때였는데, 그 는실난실한 소리는 잇달아서 들려왔다.

어깨를 바짝 좁혀 윗몸을 잔뜩 기울이면서 도령은 얼른 숲속

는실난실 성적 부추김을 받아 야릇하고 상스럽게 구는 꼴. 긴짐승 뱀.

으로 들어갔다. 는실난실한 소리는 잇달아서 들려왔고, 도령은 앞으로 나아갔다. 조심조심 소리 나지 않게 몇 발짝 더 앞으로 나아가자 아름드리로 밑둥이 실한 낙락장송이 나타났는데, 땅위로 휘늘어진 낙락장송 가지 사이로 얼굴을 들이밀던 도령은, 다시 한 번 숨을 삼키었다.

중이었다. 아까 객실에서 보았던 철산이라는 이름 그 야릇한 중이 바위 위에 앉아 있었다. 사방 대여섯 자쯤 되어보이는 편편한 반석 위에 결가부좌로 앉아 있는데, 웃통을 벗어부친 채로였다. 두 손을 모아 가슴에 댄 채로 지그시 눈을 감고 있었다.

는실난실한 소리는 잇달아서 들려왔다. 솔밭인 듯 무성한 구렛나룻 위에 한일자로 꽉 다물려 있는 입술이 꼼짝도 하지 않는 것으로 봐서 그 는실난실한 소리는 코에서 나오는 숨소리 같았다.

숨소리가 점점 작아지는가 싶더니 바람소리만 들려왔다. 아주 가느다랗게 부는 바람이었는데, 얼마나 시각이 흘렀을까. 숨소리가 다시 커지면서 도령이 잡고 있던 소나무 가지가 출렁 하고 흔들렸다. 도령이 미끈거리는 손바닥 식은땀을 바짓가랑이에 문지르는데, 매서운 겨울 북풍을 받은 것처럼 소나무 가지가 다시 한 번 크게 흔들렸다. 우수수우수수 솔잎이 떨어지며 얼굴을 찔렀고, 부르르 도령은 진저리를 쳤다. 진저리를 치다 말고 도령은 아랫배에 힘을 주었다.

술객術客이로구나. 부작*을 붙여 오뉴월 염천 벽오동 나뭇잎을 죄 떨어지게 하는 영산수影算數라는 술을 쓰는 술객이 있다더니, 저 중이 바로 그런 자로구나. 대저 도道라는 것은 오직 하나가 있을 뿐이니, 공부자孔夫子도 앞에 그 무슨 도가 있으리요. 술이라는 것은 자고로 좌도左道일 따름이니……

마음을 진정시킨 다음 차분하게 앞을 바라보던 도령은, 하. 숨을 삼키었다. 떡 벌어진 어깨에 젊은 아낙네 그것보다 더 큰 젖가슴이 푸들푸들 떨리면서 팥죽 같은 땀방울을 떨어뜨리고 있던 철산 몸뚱이가 붕 하고 떠올랐던 것이다. 결가부좌 몸맨두리에서 두 손을 모아 가슴 앞에 대고 있는 철산 몸뚱이는 잇달아서 떠올랐다.

한 자. 두 자. 석 자. 넉 자.……

철산 몸뚱이가 떠오르기를 멈춘 것은 대여섯 자쯤 떠올랐을 때였다. 그리고 꼼짝도 하지 않았다. 법당 안 연화대蓮華臺 위에 좌정하고 계신 부처님처럼 결가부좌를 틀고 앉아 지그시 눈을 감은 채 보일 듯 말 듯 엷은 살푸슴*까지 머금고 있었다. 부처님 모습과 다른 점이 있다면 두 손바닥을 모아 가슴에 대고 있다는 것뿐.

도령이 삼키고 있던 숨을 길게 내쉬었는데, 그야말로 눈 깜짝

부작(符作) 부적符籍. **살푸슴** 살풋 웃음, '미소'는 왜말임.

할 사이에 일어난 일이었다.

구름인 듯 허공중에 둥둥 떠 있던 철산 몸뚱이가 다시 반석 위로 내려온 것은 짧은 향 한 대 태울 시각은 흐른 다음이었다. 마치 부드러운 깃털이 내려와 앉는 것 같았고, 처음과 똑같은 몸맨두리였다.

우두망찰 쭈그리고 앉은 도령이 마른침만 삼키고 있는데, 철산이 벌떡 몸을 일으켰다.

이번에는 또 무슨 야릇한 일이 벌어지나 싶어 도령은 다시 숨을 삼키었고, 철산이 두 발을 어깨 너비로 벌리며 똑바로 섰다. 깊숙하게 숨을 들여마셨다. 숨을 멈추는 것 같더니, 두 손을 하늘 높이 치켜올렸다. 그리고 윗몸과 함께 앞으로 숙였다가 윗몸을 일으키는 것과 함께 힘껏 뒤로 젖히면서 긴 숨을 내어쉬었다. 이번에는 두 손을 허리에 대더니 천천히 커다랗게 동그라미를 그리며 왼쪽으로 세 번 오른쪽으로 세 번 돌렸는데, 숨을 멈춘 꼴에서 하는 것 같았다.

비슷한 움직임을 몇 번 되풀이하던 철산이 두 발을 모았다. 앞을 바라보며 똑바로 서더니 두 손을 들어 허리에 붙였다. 잠깐 숨을 고르더니 오른발을 뒤로 한 발 뺐다. 곧바로 왼발을 뒤로 빼어 오른발에 모아 붙이며 처음처럼 똑바로 섰다. 그리고 오른손은 오른쪽을 보고 아래에서 위로 비스듬히 스쳐올리며 왼손은 팔을 구부려 가슴 앞으로 들었다. 곧바로 왼발이 앞으로 한 발 나가면서 오른발을 들어올렸고, 왼손은 팔을 구부려 앞으로 밀어 올리며 오른손을 오른허리로 가져갔다. 연이어 오른발을 앞으로 내딛는가 싶은데, 이번에는 왼발이 앞으로 한 발 나갔고, 왼손을 감아 왼허리로 가져오며 오른손이 앞으로 힘껏 나아갔다. 잇달아 안에서 밖으로 오른손을 감아젖히며 왼손을 앞으로 내질렀고, 오른손을 앞으로 뻗으며 오른발로 앞을 차올렸다.

철산이 손발을 움직일 때마다 빈탕*을 베며 지나가는 바람처럼 날카로운 쉿소리가 났고, 번개처럼 빠른 몸짓이었다. 도령이 벌어진 입을 다물지 못하고 있는데, 철산 움직임이 문득 멎었다. 츳츳 하고 혀 차는 소리와 함께 땅이 꺼질 것 같은 장탄식 한숨 소리가 들려왔다.

"관세으음보살."

노승이었다.

"어리석은 중생이로고."

육환장*이 땅을 찍으며 요란한 방울소리가 났고, 철산이 반석을 뛰어내렸다. 나뭇가지에 걸쳐두었던 누더기 동방에 팔을 꿰며 철산이 허리 숙여 합장을 하였다.

"행선 중이신지요?"

깊숙하게 숙였던 허리를 펴는데, 철산 어깨에도 훨씬 못 미치

빈탕 허공虛空. 빈 하늘. 육환장(六環杖) 중들이 짚던 지팡이.

게 키 작은 노승 눈은 감겨 있었다. 육환장에서 손을 뗀 노승이 팔짱을 꼈다.

"몇이냐?"

"예?"

"몇이냐 말이다."

"무슨 말씀이신지요?"

"시주밥을 도적질하기 그 몇 해던가 이 말이야."

"스님께서 거두어주셨지요."

철산 얼굴에 구슬픈 빛이 어리는데, 노승 목소리가 조금 높아졌다.

"년랍을 묻고 있음이야."

"예, 어리석은 중생 나이 마흔다섯이옵니다."

"몇 사발이나 되겠는고?"

"예?"

"마흔다섯 해 동안 없이한 밥그릇이 몇 사발이나 되겠는가 이 말인즉."

엉거주춤 고개를 숙인 채로 철산은 말이 없고, 노승이 다시 말하였다.

"마흔다섯 해 동안이나 밥그릇을 축내왔으면 이제 숟가락 잡고 젓가락 잡는 법쯤은 제대로 분간할 나이가 되었을 터인데, 상기도 그 마음자리 하나 어거하지 못하더란 말인가?"

"스님께서 가르쳐주신 권법이옵니다."

"진심이겠지."

"예. 진심이옵니다."

"삼독번뇌를 말하고 있음이니, 스사로를 해치는 진심瞋心."

"분심奮心이지요."

"분심은 화두 들 때나 일으키는 것."

"마음을 담는 그릇이므로 그 몸이 중요하니, 먼저 그 몸을 튼튼히 하라셨지요."

"그래서 춤을 추고 있다?"

"……"

"상기도 그 이치를 깨치치 못했더란 말인가?"

"사자한테 배우라고 하셨지요."

"무엇을 배웠는고?"

"평소에도 언제나 공을 굴리며 노는데, 급하게 뛰다가 천천히 걷다가 또 자빠지고 넘어지기를 종일토록 쉬지 않고 이어가는 게 사자라고 하셨지요. 그렇게 익힌 기로 토끼 한 마리를 잡을 때도 전력을 다한다고."

"몇 마리 토끼나 잡았는고?"

"왜인들이 저토록 강성한 것도 다 까닭이 있다고 하셨지요. 왜인들이 앉는 자리에는 언제나 짚베개를 만들어두는데, 나무갈을 잡은 손으로 끊임없이 짚베개를 치고 찌르고 베면서 세와 기를 익히니, 어찌 강성해지지 아니하랴고."

"그래서 사습肆習을 하고 있다?"

"사습을 한다기보다 심사가 하도 울울하와……"

철산이 뒷목을 훔치는데, 노승이 한숨을 내쉬었다.

"관세으음보살. 몇 길이나 오르는고?"

"예?"

"행공行功이 숙성되었는가 말이니라."

"예, 이제 겨우 대여섯 자……"

하면서 철산 손등이 뒷목으로 올라갔고, 노승이 다시 한숨을 내쉬었다.

"관세으음보살. 말귀를 못 알아듣는고녀. 대여섯 자가 아니라 열 자를 오르고 스무 자를 오른들 무엇하리. 아니, 천길을 오르고 만길을 오른들 삼계를 벗어나지 못하는 중생이리니, 본말이 전도되었음이라."

"단법丹法을 가르쳐주신 것도 스님이시지요."

"화두를 깨쳐 마음달을 보기 위한 궁리를 하고자 할진대 몸이 우선 강건해야 된다고 하였지, 그것으로서 업을 삼으라고 하지는 않았을 터인데. 대저 업이란 무엇이드뇨?"

잠깐 사이를 두었다가 노승이 다시 말을 이었다.

"짓는 것이라. 삼계에 가득 찬 중생들이 몸과 입과 뜻으로 짓는 온갖 움직임을 가리켜 업이라고 하나니, 중생중생이 이것으로 말미암아 태어났다가 늙고 병들어 마침내는 죽는 생로병사와 육도윤회를 하게 되고, 비슷한 업을 타고난 중생들끼리 모여 함께 짓는 공업으로 말미암아 세상이 이루어지고 나아가다가 마침내는 또 무너져 공으로 돌아가게 되는 것이니, 선도 없고 악도 없음이로구나. 부처님께서도 처음에는 악업을 짓지 말고 선업만 지으라고 가르치셨지만, 이윽고는 선악으로부터도 뛰어나고 죄와 복에 얽매이지 말아서 온갖 국집*과 애착을 다 버리라고 하셨고, 마침내는 그리하여 부처님 말씀에까지도 걸리는 바가 없어야 부처를 이룰 수 있다고 하신 까닭이라.

무풍기랑無風起浪이니, 부처와 조사祖師가 이 세상에 몸을 드러내심이 마치 바람도 없는데 물결을 일으킨 것과 같구나. 그이들이 이 세상에 나오셨다는 것은 목숨 있는 것들을 크게 어여삐 여기시는 마음으로써 근본을 삼아 고통바다에 빠져 허우적거리고 있는 중생들을 건져주시고자 함이라. 그런데 사람마다 본래 면목이 스사로 뚜렷이 이루어졌거늘, 건져주고 말 것은 또 어디에 있겠는가. 스사로가 이미 부처인 터에 남이 연지 찍고 곤지 찍어주기를 기다릴 것인가 이 말이니, 부처님이 중생을 건지신다는 것은 공연한 헛수고에 지나지 않는 것이라. 허공장경에 이르기를 문자도 마업이요 이름과 형상도 마업이요 부처님 말씀까지도 다

국집(局執) 한군데에 달라붙는 것.

마업이라고 했은즉, 하물며 권법이고 행공이겠느뇨."

책을 읽듯이 나직한 목소리로 또박또박 말하던 노승이 눈을
떴다.

"철산수좌."

"예."

"만나봤던가?"

"누구를……?"

"서장옥*이라는 이를 만나봤는가 이 말이니."

"스님께서 어떻게?"

"만나봤던가?"

"예."

"어떻던고?"

"몬이었습니다."

"몇 근이나 나가겠던고?"

"헤아리기가 어려웠습니다."

"호오."

"스님처럼 체수는 작달막하지만 겹동자에 정기가 살아 넘치
고 말에 무게가 있었으며 움직임이 태산 같았습니다. 민인들이
모두 미륵불이라 부르며 따르고 있었습니다."

서장옥(徐璋玉, 1852~1900) 동학남접 우두머리로 김개남·전봉준을 의식화
시켰던 일해대사—海大師.

"그래서, 거병을 할 것 같던가?"

"한번 깃발만 들면 언제라도 일어설 것 같더이다. 전봉준보다 더 뛰어나 보이는 김개남*이 같은 장수는 당장이라도 거병을 하자고 울근불근이고."

"보은땅도 다녀왔으렷다."

"예."

"얼마나 모였던고?"

"누만에 무리였습니다."

"최보따리 됨됨이는 어떻던고?"

"역시 헤아리기가 어려웠습니다."

"또한 잘났더란 말인가?"

"누만 민인들을 모아 복합상소*를 올렸던 만큼 물론 잘난 인물이겠으나, 녹두와는 판연히 다른 생각을 하고 있는 듯하였습니다."

"아직은 때가 아니라고 하던가?"

"때를 말하는 것이 아니라 거병 그것을 거스르고 있습니다."

"허면?"

"소좌가 헤아릴 일은 아니나, 단지 열석 자 주문만 외고 있는 늙은이로 보이더이다."

김개남(金開南, 1852~1894) 전봉준全琫準을 이끌었던 동학남접 목대잡이로, 왜군과 조정에서 가장 두려워했던 피끓는 혁명가였음. **복합상소**(伏閤上疏) 여러 사람이 대궐 앞에 엎드려 하소연하던 것.

"시천주조화정 영세불망만사지 하는 그 열석 자 말이더냐?"

"예."

"그래서, 그 서모라는 중생과는 약조를 했더냐?"

"예. 명토박아* 약조를 한 것은 아니지만 뜻을 함께하기로 하였으니, 약조를 한 셈이지요."

"관세으음보살."

땅이 꺼질 것 같은 장탄식 한숨을 뱉아낸 노승은 지그시 눈을 감았다. 눈을 감은 채로 노승이 말하였다.

"시체가 산을 이루고 피는 또 바다를 이루리니…… 어찌할꼬, 중생들 겁란이여."

"뜻이 꺾이겠다 그런 말씀이신지요?"

"어육이 될 것이니."

"예?"

"청병이 몰려오고 왜병이 몰려올 것인즉, 벌거벗은 아해와 같은 조선 민인들이 어육*이 될 것은 불을 보듯 빤한 이치라."

"토포사 선무사가 아니고 청병 왜병이옵니까?"

놀란 목소리로 철산이 되물었고, 노승이 눈을 감았다.

"청의자남래靑衣自南來하니 사승즉비승似僧卽非僧이요 비호비왜非胡非倭라."

명토박다 속속들이 찍어 누구 또는 무엇이라고 하는 꼬집음. **어육**(魚肉) 생선과 고기.

"……."

"푸른 옷을 입은 무리가 남쪽으로부터 오는데, 중 같되 중이 아니요 우량하이*도 아니며 왜인 또한 아니로구나. 청병이 오고 왜병이 와서 이 강산을 짓밟는 것은 물론이고 다투어 밀려올 것인즉…… 어이할꼬, 조선 중생들이여. 아라사*도 오고 미리견*도 오고 법국*도 오고 덕국*도 오고 영길리*도 오고…… 백면청안白面靑眼 양이洋夷 무리가 끝없이 밀려올 것이니. 아니, 밀려온 지 벌써 오래니."

"그래서 거병을 하겠다는 것이지요. 척왜척양斥倭斥洋,"

하는데 노승이 눈을 떴다.

"자네가?"

"못할 것도 없지요."

"허."

"대흥 관아쯤은 당장이라도 요정을 낼 수 있습니다."

"허."

"대흥 관아만이 아니라 홍주성을 손에 넣는 것도 그렇게 어려운 일만은 아니지요."

"장하구나."

"물론 저희 당취만으로 한양까지 도모할 수는 없겠으나, 호서

우량하이 '순록馴鹿 치기'. '오랑캐' 본딧말. 아라사(俄羅斯) 러시아. 미리견(米利堅) 미국. 법국(法國) 프랑스. 덕국(德國) 독일. 영길리(英吉利) 영국.

몇 고을쯤 손에 넣는 것이야 여반장이다 이런 말씀이올시다."

"관세으음보살."

"변조*미륵께서 비명에 가신 지 어즈버 육백 년. 선종*미륵과 정심*미륵과 변조미륵 뜻을 받들어 미륵세상을 만들어야 할 것이 아니겠습니까. 그래서 이 아수라 삼악도를 연꽃 피는 극락세계로 만들어야 할 것이 아니겠느냐 이런 말씀이올시다."

"관세으음보살."

"스님 무릎 아래 시주밥을 훔쳐온 지 어언 사십여 성상이 흘렀습니다만, 단 한 순간도 그런 생각을 잊어본 적이 없습니다. 행주좌와 어묵동정 간에, 숨 한번 들이쉬고 내쉬는 찰나에 호흡지간에도 그런 생각을 잊어본 적이 없었습니다. 화두를 깨쳐 타파칠통하라고 늘 꾸짖으시지만, 소좌한테 있어 화두는 오직 그것이었습니다. 미륵세상을 만드는 것이었습니다. 이 세상 온갖 악을 멸하고 선을 받들어 행하여 미륵세상을 만들겠다는……"

"관세으음보살."

"녹두장군이라고 말씀드렸지요. 그 위인이 거병을 하는 날 저희 당취 또한 함께 일어날 것입니다. 함께 일어나 그 한쪽 날개가 될 것입니다."

두 손바닥을 모아 가슴에 댄 철산이 깊숙하게 허리를 숙였다.

변조(遍照) 신돈辛旽. 선종(善宗) 궁예弓裔. 정심(淨心) 묘청妙淸.

굵직한 철산 목소리가 가느다랗게 떨려 나왔다.

"허락을 해주십시오."

"당랑거철이요 이란격석이니. 버마재비가 수레를 막으려는 것과 같고 계란으로 바위를 때리는 것과 같으니."

"어리석다 하시겠지요."

"세를 말하고 있음이니."

"민인들 원성이 하늘을 뚫은 지 벌써 오래이니, 이미 세를 이루 었다 하겠지요."

"아니다. 그렇지 않다."

지그시 눈을 감은 채로 노승은 도머리를 치었다.

"갓난아이가 갈을 쥐고 있어도 진실로 용사된 자라면 먼저 피 하고 보는 것이 온당하니, 그 잠개*를 두려워함이라. 졸장부가 한 번 친 것이 효용이 절륜한 용사가 백 번 친 것보다 나을 때가 있 는 것도 그 세를 얻었기 때문이며. 대저 사바살림살이라는 것이 바둑과 같다고 이르지 않던고. 그 밑뿌리가 되는 도를 얻어야 되 나니, 도라는 것이 본래는 한 몸뚱이이나 흩어놓으면 천만 가지 로 달라지게 되는 것과 한가지 이치라. 주역 육십사괘 역시 복희 씨 한 괘에서 나왔으며, 마흔두 가지 권법과 쉰여섯 가지 검법과 스물네 가지 창법과 여든두 가지 곤법 또한 다 마찬가지니, 그 첫

잠개 싸움이나 전쟁에 쓰여지는 연장. '무기武器'는 왜말임.

걸음이 되는 것은 기식起式이라. 어떠한 몸가짐으로 발을 딛고 서 있느냐 하는 그 본새가 중요한 것이다 이 말이야. 배꼽점에서부터 비롯되었으되 네 변을 거치고 네 귀를 아울러 마침내는 삼백 예순한 칸에 미치지 않는 데가 없는 백천 가지 세를 얻어야 국수가 될 수 있는 것이어늘, 하물며 미륵세상이겠는가."

바둑 소리에 도령은 마른침을 삼키는데, 노승이 철산을 바라보았다.

"일해라는 위인이 어디에 있던고?"

"대중이 없는 듯하였습니다."

"머무는 데는 있을 게 아닌가?"

"청주라고 하더이다."

"만날 수 있겠는가?"

"약조는 없으나 사발통문을 돌려 통기하기로 하였습니다."

"한번 만나보고 싶구나."

"스님께서요?"

"그래야 하지 않겠는가."

"그럼 스님께서도 저희들과 함께."

하며 철산 얼굴에 반가운 빛이 도는데, 노승이 한숨을 내쉬었다.

"관세으음보살. 무고한 중생들 시체가 산을 이루고 그 피는 또 바다를 이룰 터인데, 어찌 구경만 하고 있으리요. 화두 또한 순일하지 못한 지 오랜 즉."

"거병을 막아보시겠다 이런 말씀이시군요."

철산 얼굴에 웃음기가 사라졌고, 노승이 혼잣말처럼 중얼거리었다.

"그래야 하지 않겠는가?"

"스님 말씀을 따를 위인들이 아닌데요."

"부질없는 노파심절이로구나. 또한 당랑거철이요 이란격석이라."

육환장을 뽑아 든 노승이 몸을 돌렸다. 철산이 두 손바닥을 모아 가슴에 대면서 깊숙하게 허리를 숙였다.

"법체 보중하십시오."

철산이 숲속으로 사라졌고, 산밑을 보고 몇 발짝 내려가던 노승이 걸음을 멈추었다.

"석규야."

휘늘어져 땅 위로 깔려 있는 소나무 가지 사이에 엎드려 있던 도령이 흠칫 몸을 떠는데, 노승 목소리가 들려왔다.

"조고각하照顧脚下니라."

"예?"

"다리 아래를 잘 살펴봐야 된다는 말이니, 긴짐승한테 물릴까 우선 두렵구나."

도령이 엉거주춤하고 있는데 다시 노승 목소리가 들려왔다.

"조고각하라는데."

다리 밑을 바라보던 도령은 흑 하고 숨을 삼키었다. 배암이었다. 장정 팔뚝만큼이나 굵고 긴 살모사* 한 마리가 긴 또아리*를 튼 채로 불꽃 같은 혀를 날름거리고 있었다. 팔뚝에 닭살이 돋으면서 등줄기로 식은땀이 흘러내리는데, 낮게 가라앉은 노승 목소리가 들려왔다.

"천천히, 천천히."

마른침을 삼키며 살그니* 허리를 편 도령은 달음박질쳐 숲속을 벗어났다. 노승 곁에서 가쁜 숨길을 다잡는데 노승이 걸음을 옮기었다.

"하산을 하지 않았더냐?"

"공양을 들고 오라고 하셨지요. 올바르게 밥 먹는 이치를 깨치는 게 무엇보다 요긴하니, 그다음에야 궁리하는 법을 가르쳐주시겠다고."

"그래서, 밥 먹는 이치는 깨쳤는가?"

"너무 어려운 말씀이시라 그 깊으신 뜻을 헤아리기 어렵습니다."

"시작이니라."

"예?"

"이제 겨우 한 그릇 밥을 먹었으렷다."

살모사(殺母蛇) 제 어미를 잡아먹는다는 독사. 살무사. **또아리** 짐 일 때 머리 받침. **살그니** '살그머니' 몬딧말.

"예."

"달든가 쓰든가?"

"예?"

"밥맛이 어떠하던가?"

"썼습니다."

"왜 그럴꼬?"

"악식이었습니다."

"그러하리라."

몇 번 고개를 주억이던 노승이 다시 말하였다.

"국수가 되고 싶다고 했것다."

"예."

"그 이치를 가르쳐주랴?"

"예. 스님."

"어렵지 않으니라."

"가르쳐주셔요, 스니임."

도령이 두 손으로 노승 팔을 잡았고, 노승은 눈을 감았다.

"국수라."

"스니임."

"국수가 무엇이드뇨?"

"스니임."

"국수가 되어서 어쩌겠다는 것인고?"

"스님."

"구름과 연기가 흩어져 사라지면 둥근 달이 저절로 밝아지고, 모래와 자갈을 일어 추려버리면 또한 저절로 순금이 드러날 것을."

"……"

"우습다, 이 몸이여. 아홉 구멍에서는 언제나 더러운 것이 흘러나오니, 백천 가지 똥덩어리를 한 조각 얇은 가죽으로 싸놓은 격이로구나. 일각일각 지나가니 어느새 하루가 흐르고 어느덧 한 달이 되며, 한 달 두 달 흐르다 보면 문득 한 해가 되고, 한 해 두 해 바뀌고 보면 어느덧 죽음이로다. 부서진 수레는 구르지 못하고 늙은 사람은 닦을 수가 없거늘, 번뇌는 한량없어 누워서는 게으름만 피우고 앉아서는 생각만 어지럽네. 필경은 죽고야 말 이 몸인데, 내일은 어찌하고 내생은 또 어떻게 할 것인가. 이슬방울 같고 번개 같으니, 급하고 또 급하구나. 어찌하여 괴로운가, 삼악도가 생겼는가."

탄식처럼 중얼거리며 노승은 걸음을 옮기었는데, 걸음을 옮길 때마다 노승 손에 쥐어진 육환장에서는 맑고 또랑또랑한 방울소리가 났고, 말소리에는 어느덧 가락이 들어 있었다.

어리석어 안 배우면 교만만 늘고
어둔 마음 닦잖으니 무명만 깊네

빈속에 뜻만 크니 굶은 범 같고
지혜 없이 헤매는 건 미친 잔나비
삿된 말 나쁜 소리 곧잘 들으며
성현들 가르침은 모른 체하니
인연 없는 중생을 누가 건지랴
삼악도를 헤매면서 슬피 울밖에
교만한 티끌 속에 지혜 묻히고
나다 너다 하는 산에 번뇌 자라니
잘난 체 안 배우고 늙어진 뒤에
병들어 신음하니 한탄뿐일세
옥토끼 뜨고 지니 늙음은 잠깐
까마귀 들락날락 세월만 가네
높은 이름 많은 재물 이슬이요
기쁘거나 슬픈 일도 저녁 연기라
좋아하고 싫어하는 차별 있으면
도는 더욱 멀어지고 업만 깊으리.

노승이 걸음을 멈추었다.
"부처님 말씀 한 자리 듣겠느뇨?"
"예."
"앉자."

노승이 길섶 바위에 걸터앉았고, 도령이 그 곁에 궁둥이를 걸치었다. 합장을 한 채로 노승이 말하였다.

"사람에게는 누구나 업이 있으니, 저자 중생들이 말하는 사주팔자로구나. 사주팔자는 무엇이드뇨? 애욕이니라. 네 마리 독사와 다섯 가지 욕락을 그릇되게 마음에 보배로 삼고 있기 때문이라. 조금이라도 생각이 있는 자라면 그 누군들 산중에 들어가 도 닦을 마음이 없으랴마는, 저마다 인연 쇠사슬에 얽혀 인과 수레바퀴를 돌고 도는 까닭은 애욕에 얽혀 있기 때문이라. 업이 지중하여 비록 산에 들어가 마음 닦는 궁구는 하지 못할지라도 언제나 한 가지만은 잊지 말아야 할 것이 있으니, 착한 일을 버리지 말라. 악을 짓지 말고 선을 받들어 행하라."

"스님."

"응."

"그것이 또한 바둑 이치인지요? 그렇게 하면 국수가 될 수 있는지요?"

간절한 눈빛으로 도령이 바라보는데, 노승은 눈을 감았다.

"네 바다 물결이 고요하니 용의 잠이 편안하고, 하늘에 구름이 깨끗하니 학이 높이 나는구나."

"……"

"구름을 잡고 안개를 움켜쥐는 산 용이 어찌 적은 물에 잠겨 있겠으며, 해를 좇고 바람을 따르는 용맹스런 말이 어찌 마른 동백

나무 밑에 엎드려 있겠는가. 종은 크게 치면 크게 울리고 작게 치면 작게 울린다. 되놈이 오면 거울은 되놈을 비추고 왜놈이 오면 왜놈을 비추나니."

무슨 뜻인지 땅띔*도 할 수 없어 도령은 눈만 껌벅였고, 노승이 다시 말하였다.

"결박하는 것도 남이 결박하는 것이 아니고 결박을 푸는 것도 남이 푸는 것이 아니다. 묶거나 푸는 것이 남이 아니므로 모름지기 스사로 깨쳐야 한다. 스사로 깨닫는 요긴한 법에는 다른 길이 없다. 얻고 잃음과 옳고 그름을 한꺼번에 놓아버리되 놓아버릴 것이 없는 데까지 이르고, 마침내 놓아버릴 것이 없는 그것까지도 다시 놓아버려야 한다. 그 경지에 이르고보면 위로는 우러러 잡을 것이 없고, 아래로는 제 몸뚱이마저 없어져 한 송이 붉은 곳만 눈을 찌를 것이다. 몰록 눈앞에 청정한 광명이 나타나면서 둥글게 떠오르는 한 몬이 있으리니, 이것이 무엇인고?"

노승이 육환장으로 땅위에 글씨를 썼다.

黑白未分

難爲彼此

玄黃之後

땅띔 무거운 몬을 들어 땅바닥에서 뜨게 하는 일.

方位自他

노승이 육환장을 세우며 도령을 바라보았다.

"슬프다, 이것이 누구 허물인가. 사람에게는 어제와 오늘이 있으나 법은 멀고 가까움이 없고, 사람에게는 또 어리석음과 지혜로움이 있으나 도는 성하고 쇠함이 없다. 부처님 재세시에 태어났다고 하더라도 부처님 가르침을 따르지 않을진대 무슨 소용이 있으며, 말법시대를 만났다고 하더라도 부처님 가르침을 받들어 행한다면 무엇을 또한 걱정할 것인가."

노승이 말을 멈추었다. 지그시 눈을 감고 잠깐 무엇을 생각하는 것 같던 노승이 오른팔을 들어올려 허공을 한 번 긁어내리었다. 그리고 오른쪽 무릎 위에 손바닥을 올려놓았는데, 하. 도령은 숨을 삼키었다.

바람도 없는데 우수수우수수 소리가 나면서 여남은 개 솔잎이 떨어져 내렸던 것이다. 솔잎은 똑바르게 노승 손바닥 위로 내려앉았다.

노승이 솔잎 한 개를 들더니 육환장에 대고 지그시 눌렀다. 그러자 솔잎은 황토흙에 송곳이 꽂히듯 쑥 들어갔다. 노승이 다시 솔잎 하나를 들어올렸다. 잇달아서 육환장에 솔잎을 박으며 노승이 말하였다.

"세속 중생들은 참 이상하다. 어떤 꼴을 보면 그 꼴로부터 벗어나지 못하고, 소리를 들으면 그 소리로부터 벗어나지 못한다. 빛깔을 보면 그 빛깔로부터 벗어나지 못하고, 냄새를 맡으면 그 냄새로부터 벗어나지 못하고, 맛을 보면 그 맛으로부터 벗어나지 못하며, 부딪쳐 느낌이 있으면 그 부딪쳐 얻어진 느낌으로부터 벗어나지 못한다. 어떻게 하면 그것들로부터 벗어날 수 있을까?"

여남은 개 솔잎을 다 박고 난 노승이 육환장을 들어 땅을 찍었다. 요란한 방울소리를 내며 육환장이 땅에 꽂혔고, 만卍자 모습으로 육환장 허리께에 박혀 있던 솔잎들이 부르르부르르 진저리를 쳤다.

노승이 시나브로 흔들리고 있는 솔잎 한 개를 엄지와 검지로 잡았다. 그러자 모래밭에 무 뽑히듯 쑥 뽑히었다. 노승이 그것을 어깨 위로 집어 던졌고, 솔잎은 여남은 발짝 저만큼 떨어져 있는 낙락장송 꼭대기로 올라가 붙었다. 천천히 솔잎을 뽑아 던지며 노승이 손을 들어 흔들었다.

"가거라."

다시 한 번 힘껏 머리를 흔들어보며 도령은 걸음을 멈추었다. 달이 떴다지만 눈썹 같은 조각달이어서 서너 발짝 앞길이 잘 안 보이게 어두컴컴하였고, 가쁜 숨을 몰아쉬며 네둘레*를 휘둘러

네둘레 사방四方. 동서남북.

보던 도령은 몸을 비틀었다. 발목이 접질렸는가. 비틀하고 쓰러지려는 몸뚱이를 간신히 바로 잡으며 길섶으로 걸어간 도령은 둥치가 실한 느티나무에 손을 짚었다.

두루마기자락 사이로 손을 넣어 허리띠를 끌렀다. 활등처럼 굽어휘어지며 흰 물줄기가 솟구쳐 올랐고, 더운 김이 뽀얗게 피어 오르며 땅바닥이 엷게 주름졌다.

고요하다. 도랑물 흐르는 소리와 풀벌레 울음소리로 해서 네 둘레가 더욱 고요한 느낌이다.

조고각하라고 그랬는데. 고개를 숙여 다리 아래를 내려다보던 도령은 피식 웃음을 깨물며 아랫배에 힘을 주어본다. 긴짐승이 아니라 짧은짐승이 나온다고 해도 하나도 두렵지 않다는 생각이다.

"흑백미분 난위피차 현황지후 방위자타."

중얼거리다 말고 그 아이는 부르르 진저리를 친다. 그리고 힘껏 머리를 흔들며 바짓말기를 치켜 올리던 도령은 문득 숨을 삼키었다. 무슨 소리가 들려왔던 것이다.

마른침을 삼키며 도령은 귀를 기울이었다. 누구인가 등성이 길을 올라오는 것 같았다. 버석대며 낙엽을 밟는 소리가 들리는 듯하였는데, 한 사람이 아닌 것 같았다. 도령은 얼른 느티나무 가지 사이로 몸을 숨기었다. 등성이 쪽에서 두런거리는 남녀 말소리가 차츰 가까워지고 있었다.

"길덕이."

"예, 마님."

"어디서 다리쉼 좀 하고 가."

"해찰*헐 틈이 읊넌디유."

"가래톳이 서서 갱신을 못하겠는 걸 어떡해."

"날 새기 전이 재를 넘어야넌디. 안즉 대홍골두 못 벗어났단 말유."

"이쯤 왔으면 됐지 아직도 쫓아오겠어."

"하이구우, 마님두. 븜강장달이* 같은 머슴늠덜이다 부라퀴*같은 긔찰포교늠덜까장 쫙 깔렸을 텐디, 그게 뭔 말씸이래유."

"그러니 내 뭐랬어. 마방에 나귀라도 한 마리 끌고 나오자니까."

"나귀 끌구 나올 틈이 워딧대유."

"아이구, 다리야."

"증 못 글으시것슈?

"내가 범강장달이 같은 길덕이와 같은 줄 알아. 생전 먼 길을 걸어봤어야 말이지."

"그럼 이렇긔 헤봐유."

"응?"

"제 등이 엡히란 말여유."

"아이, 숭하게."

해찰 쓸데없는 짓을 함. **범강장달이**(范彊張達-) 키가 크고 감궂게 생긴 사람을 가리키는 말. **부라퀴** 야물고도 암팡스러운 사람.

"숭허긴 뭐가 숭허다구 그런대유."

"아이, 그래도 누가 보면 어쩌려고."

"보긴 이 밤중이 누가 본다구 그런대유."

"아이, 그래도."

"자유. 엡혀유."

"봇짐만 해도 무거울 텐데."

"자유."

도란거리는 소리가 멎었고, 도령이 고개를 내어밀었다. 흰 바지저고리에 머리에도 흰 수건을 질끈 동여맨 장정이 길 위에 쭈그리고 앉아 있었고, 녹두색 너울*을 뒤집어쓴 아낙이 장정 넓적한 등짝에 매달려 있는 봇짐을 내려다보며 망설이고 있었다.

"얼릉유."

"아이."

"싸게싸게* 엡히라니께유. 날 새기 전이 재를 넘어얀단 말유."

"아이, 참."

하고 입안엣소리로 말하며 얼굴을 붉히던 아낙이 할 수 없다는 듯 장정 어깨에 두 손을 얹는데, 깔깔한 목을 견디지 못한 도령이 그만 저도 모르게 기침을 해버렸다.

"아이그머니나."

너울 양반가 부녀들이 출입할 때에 얼굴을 가리기 위해 허리 밑으로 내려오도록 머리에 쓰던 것. 싸게싸게 '빨리빨리' 내폿말.

화들짝 놀란 아낙이 낮게 부르짖으며 한 발짝 물러섰고, 장정이 벌떡 일어섰다. 그 사내는 뒷손으로 아낙 허리께를 감싸 안으며 잡고 있던 작대기에 힘을 주어 치켜 들었다.

　"뉘…… 뉘기여?"

　할 수 없이 몸을 드러낸 도령이 헛기침을 하며 걸어 나갔다. 아직 어린아이인 것을 보고도 장정은 마음이 놓이지 않는지 치켜 들고 있는 작대기를 내리지 않은 채

　"뉘긔여? 여긔서 뭐허구 있넌 겨?"

　낮았지만 힘있는 목소리로 물으며 뚫어져라 노려보았고, 도령이 씩 웃었다.

　"얼라, 되령 아녀."

　도령 행색을 살펴보고 난 장정이 그제서야 마음이 놓이는지

　"봐허니 귀헌 댁 되령 같은디, 이 밤중이 산속이서 뭐허신댜. 산신령 무선디."

하다 말고 피식 웃음을 머금으며 작대기를 내렸다.

　"이 산중이 글방이 있넌 것두 아니것구, 어린 사램이 워째 혼자서 밤질을 댕기신댜."

　혼잣말로 중얼거리는데, 너울 쓴 아낙이 손바닥으로 가슴을 쓸어 내리며

　"아이그머니나, 간떨어질 뻔했네."

하고 말하였다.

"여기 읍내 사시우?"

"예."

"예서 재까지 얼마나 되는지요?"

"글쎄요. 한 서너 마장 될 텐데…… 재를 넘으시게요?"

"재를 넘어서 덕산까지는 얼마나 되나요?"

"걸어가보지는 않았지만…… 수십릿길이 짱짱할 텐데."

"아이구, 덕산까지도 수십릿길이 짱짱하면 흰돌개*까지는 또 얼마나 될꼬."

포옥 하고 그 여자가 한숨을 내뽑는데, 장정이 안타까운 눈빛으로 여자를 바라보았다.

"릠려 마세유. 아, 덕산까지만 가서 삯마 잡어타먼 한나절 질일 텐디 뭔 걱정이래유."

"가래톳*이 서서 당장 움직일 수가 없다니까 그러는구나."

"그러니께 엡히라구 그러잖유."

하다 말고 장정이 얼른 헛기침을 하였다.

"싸게싸게 가세유, 마님."

"응. 가야지."

아낙이 짧은 한숨을 삼키며 걸음을 옮기었다.

"살펴 가시우, 되렌님."

흰돌개 당진唐津 아산牙山 사이 나루터. **가래톳** 허벅다리가 부어 켕기고 아프게 된 멍울.

한마디를 던지고 난 장정도 몸을 돌렸다. 우두망찰 도령이 서 있는데, 몇 발짝 걸어가던 장정이 몸을 돌렸다.

"되렌님."

"……."

"오던 질이 주막이 읎습디여?"

"있긴 한데……"

"몇 조금이나 가면 될꾸?"

"조오기, 쬐금만 가면 되넌디……"

하다가 도령은 장정 쪽으로 걸어갔다.

"주막에서 유할 작정인지?"

"유헌다기버덤……"

아낙을 바라보며 그 사내가

"요긔나 점 허구……"

우물거리는데, 도령이 말하였다.

"주막을 지나서 한참 가다 보면 오여쪽으로 산길이 있는데, 그리루 쭉 올라가면 생불스님이 계신 절이 나올 게요."

달이 떴다지만 영마루 쪽은 먹물을 뿌린 듯 깜깜하였다. 여름 장마에 사태를 만나 벌건 속흙을 드러내고 있는 밋밋한 산허리를 따라 길게 이어진 잔솔밭에서는 밤새가 날아다니며 우짖고 있었다.

영마루에 올라서자 쇠달구지 한 대가 다닐 만한 길이 제법 곧게 뚫려 있었고, 길이 끝나자 다시 야트막한 등성이가 앞을 막아섰다. 음산하게 울어대는 부엉이 소리를 어깨너머로 떠넘기며 등성이 위로 올라서자 읍성이 한눈에 내려다보였다. 저만큼 맞은편에 높다랗게 자리잡고 있는 봉수산鳳首山과 봉수산 허리 아래로 주저앉은 여러 개 야산들에 둘러싸여 읍성은 아늑하게 자리잡고 있었다.

손등으로 이마 땀을 문지르며 도령은 마을을 내려다보았다. 저 아래로 손에 잡힐 듯 불빛이 보였고 여기저기서 개 짖는 소리가 희미하게 들려왔다.

불이 켜져 있는 곳보다는 꺼져 있는 곳이 더 많았다. 아사衙舍며 객관客館 그리고 군수를 비롯한 구실아치들과 행세깨나 한다는 양반이며 토호들이 자리잡고 있는 읍성 안쪽으로는 불이 밝았고, 상사람들이 살고 있는 읍성 밖 변두리 쪽으로 갈수록 불빛은 점점 희미하여지고 있었다. 을야*를 지나 밤은 벌써 병야*로 접어들고 있었지만 달은 여전히 손톱 같은 조각달이었는데, 달이 구름에 가려질 때마다 멀리 달아났던 마을은 달이 구름을 벗어날 때면 다시 또 바짝 앞으로 다가오고는 하는 것이었다.

땀이 식으면서 언뜻 오한이 왔고, 부르르 진저리를 치며 도령

을야(乙夜) 하오 9시부터 11시까지. 병야(丙夜) 밤 11시부터 상오 1시까지.

은 길섶 바위 위에 주저앉아버리었다. 이맛살을 잔뜩 으등그려 붙이°며 두 주먹으로 콩콩 다리를 두드리던 도령은 푸우 하고 뜨거운 한숨을 내쉬었다. 놋재떨이가 깨어지라고 장죽을 두드리시는 할아버지 노한 얼굴이 떠올랐던 것이다. 어엿한 반가 자손으루서 굉사자집經史子集을 배우구 익혀 과거를 봐야 허거늘, 과거에 급제혜서 출사를 혜야 허거늘, 긔객棋客이 다 무엇이더란 말이뇨?

　……

과거를 봐서 출사出仕를 허지 않넌다 헐지라두 사판仕板에 승명삼자는 올려야 허지 않겠느뇨? 생진방말生進榜末에라두 올러 사판에 승명삼자는 올림으루써 선븨 행세넌 혜야 되넌 게 아니겠넌가 이 말인즉.

　……

어허, 해괴하고녀. 아무리 임금두 몰르구 반상 구별마저 읋어진 시상이 되었다 헐지라두 행세허넌 양반집 장손이 바둑쟁이가 되것다니……

　……

어시호 왜인들이 몰려오구 백믠청안 양이 무리들까지 몰려와 주상을 겁박허구 있으매, 나라 은덕을 입구 있넌 반가 자손덜이

으등그려 붙이다 우그러지고 비틀어지다.

헐수록에 다다 글을 읽어 나라를 구헐 생각을 허지 않구 잡기에
빠지다니……

아니어요, 할아버지. 그게 아니란 말씀이어요, 할아버지. 백척
간두에 서 있는 나라 명운을 걱정하지 않는 것도 아니고, 글을 읽
어 나라 명운을 바로잡는 데 보탬이 되고 민인들 살림살이를 택
윤하게 하는 데 앞장을 서지 않겠다는 것도 아니어요. 다만 한 가
지, 소손 재조를 한번 시험해보고 싶을 뿐이어요. 국수로 호가 높
은 김그라는 이와 한번 겨루어……

힘껏 도리질을 하며 몸을 일으키던 도령은, 흡. 숨을 삼키었다.
도령은 다시 바위에 주저앉았다. 등성이 아래쪽에서 흥얼흥얼하
는 노랫소리가 점점 가까워지고 있었다.

새야새야 녹두새야
웃녘새야 아랫녘새야
전주고부 녹두새야
함박쪽박 열나무딱딱 후여

두세거리는˚ 말소리와 함께 다시 노랫소리가 들려왔다.

두세거리다 서로 말을 띄엄띄엄 주고받는 소리.

새야새야 녹두새야
녹두밭에 앉지마라
녹두꽃이 떨어지면
청포장수 울고간다.

잔뜩 숨을 죽이고 있던 도령은 피식 웃음을 깨어물었다. 아이들이 논에서 새떼를 쫓을 때 부르는 소리였던 것이다. 춘동春同이놈을 따라 논에 갔을 때 춘동이가 부르던 소리였다. 삼월三月이도 불렀고, 춘동이와 삼월이만이 아니라 상사람 집 아이들이 다 부르는 노래였다. 버석버석 낙엽 밟는 소리와 함께 노랫소리는 좀더 가까이서 들려왔다.

새야새야 팔왕새야
너 무엇하러 나왔느냐
솔잎댓잎이 푸릇푸릇
하절인가 하였더니
백설이 펄펄 흩날리니
저건너 청송녹죽이
날속인다.

첫 귀절은 똑같았으나 뒷귀절은 처음 들어보는 소리였다.

귀에 익은 새 쫓는 소리여서 저도 모르게 마음을 놓으며 웃음까지 깨어물고 있던 도령은 마른침을 삼키었다.

등성이를 올라온 두 사내가 저만큼 우뚝 걸음을 멈추고 서 있는데, 하나는 방갓*을 눌러썼고 하나는 흰 수건을 질끈 동여매고 있었다. 두 사내가 똑같이 흰 바지저고리에 짚신짝을 단단히 죄어 신고 등에는 봇짐을 메고 있었으며 손에는 또 하나같이 실팍한 물미장*들을 짚고 있었다. 두 사내는 숨이 차는지 두 팔을 벌려 가슴을 펴고 숨을 크게 내어쉬었다. 그리고 털푸덕 소리가 나게 땅바닥에 주저앉더니 신들메를 죄는 것이었다. 맨상투에 흰 수건을 동여맨 사내가 신총이 끊겨 너덜너덜해진 짚신짝을 들여다보며 혀를 찼다.

"이런 넨장맞을……"

"대충하고 일어나드라고. 날 새기 전에 닿야 되니께."

방갓 쓴 사내가 일어서며 발을 굴러보는데, 수건 쓴 사내가 끊어진 신총을 이으며 구시렁거렸다.

"두대왈장군이요 족대왈적이라고 하지만 남보담 큰 발도 아닌디, 위째서 요로코롬 자주 신총이 끊어지더냐 이 말이여, 내말은."

"호랭이 잡어먹는 소리 그만허고 싸게싸게 가드라고."

방갓이 봇짐 뒤로 손을 집어넣어 무엇인가를 한줌 꺼내어 입

방갓 상제가 쓰던 대오리로 만든 삿갓. **물미장**(勿尾杖) 부보상들이 짚고 다니던 작대기. 촉작대.

에 넣고 우물거리는데, 수건이 혀끝을 말아올렸다.

"쉴. 산중서 산신령을 만날짝시면 워쩔라고 그런 말을 한당가. 사위스럽게."

"원 사람도, 소심하기는. 범보다 무섭고 독사보다 더 징헌 군수 아전 부자놈들 때려잡자고 나선 사람이 뭔 소릴 그러코롬 심약 허게 한당가."

"그래두 그런게 아녀. 신령 접대해서 손해볼 일 있것능가."

잔뜩 숨을 죽인 채로 어깨를 접고 있던 도령이 아랫배에 힘을 주는 바람에 뻑 하고 방귀가 나왔다. 깜짝 놀란 그 아이가 미주알을 잔뜩 오므렸으나 뻑뻑뻑 하고 방귀는 그만 줄방귀가 되어 잇따라 터져 나왔다. 화들짝 놀란 방갓이 물미장을 꼬나쥐며 한 발 물러섰고, 수건이 벌떡 일어서며 물미장을 꼬나쥐었다.

"뉘, 뉘기시?"

할 수 없이 몸을 일으킨 도령이 천천히 걸어 나가며

"저어, 여기는⋯⋯"

하고 더듬거렸고, 수건이 다시 말하였다.

"뉘기여? 예서 뭐허넌 겨?"

아직 긴 머리를 늘어뜨리고 있는 어린아이인 것을 알아본 두 사내가 피식 웃음을 머금었다. 물미장을 내리며 수건이 말하였다.

"얼라, 이 총각이 뭐한댜. 오밤중에 이 산속에서 뭐하신당가?"

도령이 얼른 대꾸를 못하고 있는데 방갓 쓴 사내가 한 손으로 방갓을 치켜올리며 도령 아래위를 훑어보았다.

"봐허니 양반댁 도령 같은디, 예서 뭐한당가?"

다른 뜻이 있는 것이 아니라는 것을 보여주기 위해서 입가에 주름을 잡아 웃으며 도령이

"예, 적적암 큰스님 뵙고 오는 길인데 그만 길이 늦어져서……"

하는데, 방갓이 수건을 쳐다보았다.

"적적암 큰스님이라면, 철산화상 은사 된다는 노장 아닌가."

"왜 아니드라고. 적적암 큰스님이라면 철산화상 은사가 맞제."

고개를 주억이던 수건이 도령을 바라보며 한결 눅어진 목소리로

"철산화상이라고 계시던가 모르것소?"

하고 묻는데, 방갓이 물미장을 잡고 있던 손을 들어 보이며

"잠깐."

하고 말하였다.

"도령은 뉘싱가요? 어디 사시는 뉘 댁 자손이시여?"

"윗말 사는 김석규라고 하는데…… 김사과댁이라고 하면 아실는지?"

"흠, 그런데 적적암엔 무슨 일로 갔던가요이?"

"할머니가 화주보살이시라…… 우리 집과는 세의가 있는 절이라서."

"그렇다고 하더라도 아직 미장가인 도령 몸으루 혼자 절 출입을 한다는 게 이상하지 않은가?"

방갓이 고개를 갸웃하는데, 도령이 몇 번 잔입맛을 다시었다.

"바둑 법수를 배우러 갔다가 그만 늦어졌을 뿐……"

"바돌?"

"큼."

"호오, 바돌이 상순 모양이시."

"상수라기보다는…… 상수가 되어보고자 궁리하고 있는 중일 뿐."

"호오. 그 나이에 벌써 바돌이 상수라……"

방갓이 턱을 끄덕이며 새삼스럽게 도령 아래위를 훑어보는데, 수건이

"바돌이 상수든 국수든 그거야 우리가 알 배 아니것고……"

하고 중얼거리었다.

"철산이라는 화상이 계시던가 모르것소이?"

"……"

"철산이라고 똑 장비맨쿠로 생긴 중 말이요이."

"뵈지가 않던데……"

"엉?"

"오정까지는 계셨는데…… 시방은."

"허어, 이런 낭패가 있나."

수건이 방갓을 보며 혀를 찼고, 방갓이 말하였다.

"오정까지 계셨다면, 시방은 어디로 가셨당가요?"

"글쎄에. 나한전 뒷산으로 올라가는 것만 보고 내려왔으니, 당최*."

"어허, 낭패시. 이 화상을 어디에 가서 찾는당가."

두 사내가 똑같이 한숨을 내쉬는데, 도령이 물었다.

"약조를 했던 모양인지?"

"했지요이. 명토박아 날짜를 약조한 건 아니지만……"

"무슨 일로들 그러는지?"

"응. 손거사께서……"

하다가 방갓 쓴 사내가 헛기침을 하였다.

"그것까진 알 거 없고. 여보게 판돌이, 워쩔 것잉가?"

수건 쓴 사내를 바라보았고, 수건이 한숨을 내쉬었다.

"별조 있는가. 가서 기다리는 수밖에."

"노장이 반겨주겠는가. 승깔이 대단하다던데."

"승깔이 고약하단들 워쩔 거이여. 아, 우덜이 우덜 한 목숨만 살자고 하는 일이간디. 싸게싸게 가보드라고."

"참, 도령. 한 가지만 더 물어보더라고. 운산이라고 하는 사미중은 있던가요? 볼때기 빨간 애기중 말여."

당최 아주, 도무지. 영永.

어둠 속으로 사라지는 두 사내 뒷모습을 우두망찰 바라보던 도령은 몸을 돌리었다. 등성이를 내려서자 아직 패지 않은 벼 이삭을 가득 담고 있는 논 사이로 길이 뚫려 있었고, 달구지 한 대가 지나다닐 만한 그 길은 읍성까지 곧장 이어져 있었다. 관자놀이가 벌떡거리고 빠개질 듯 골치가 쑤셔오며 가슴은 또 두근거리던 것이, 과수댁 상전과 밤도망을 치는 것 같던 종놈과 호남 어딧녘에서 올라오는 동학꾼으로 보이는 사내들을 만나게 되면서 말짱한 정신이 된 도령은, 오슬오슬 한기가 돋았다.

금방이라도 방구들이 내려앉을 것만 같게 뿜어대시는 할아버지 장탄식이 두렵고 할머니 관세음보살 소리에 숨이 막히며 그리고 또 무엇보다도 견딜 수 없는 것은 어머니 한숨소리인 것이어서 도령은 걸음을 빨리하는데, 저만큼 읍내로 들어가는 삼거리 앞에 걸려 있는 것은 주등酒燈이었다. 투가리 깨지는 것 같은 술어미 육자배기 소리 사이로 느끼한 진안주 내음이며 트릿하게˚ 쓰고 시며 그리고 다만 독할 뿐인 탁배기며 소주 내음에 가슴이 울렁거려 한 손으로 코끝을 꽉 틀어막고 달음박질쳐 주막을 지나가던 도령은, 무춤˚ 걸음을 멈추었다. 거르다 만 탁배기처럼 트릿하게 갈라터지는 웬 사내 목소리가 뒤꼭지를 잡아챘던 것이다.

트릿하다 가슴이 거북하다. 무춤 멈칫.

"게 섰거라!"

창대를 꼬나잡고 산수털 벙거지*를 눌러쓴 포졸 하나가 더그레* 자락을 휘날리며 쫓아왔다.

"네 이놈! 게 섰지 못할까!"

첫마디 호령에 발을 멈추고 서 있는데도 아랑곳없이 그 포졸 사내는 다시 한 번 헛호령을 하였고, 도령은 물끄러미 그 사내를 바라보았다. 큰 소리를 지르며 쫓아왔으나 아직 동곳*도 못꽂은 어린아이인 것에 면구하여진 포졸이 창대로 땅을 찍으며 헛기침을 하였다.

"어디 사는 뉘 집 도령이신지?"

주등 아래 비치는 은은한 항라* 두루마기 차림이며 귀티나는 얼굴 그리고 녹록하여 보이지 않는 눈매에 함부로 말을 놓지 못한 포졸이 하오*로 묻는데, 도령이

"윗말 사는 김석규라 하오."

하고 또박또박 말하였고, 포졸이 다시 한 번 헛기침을 하였다.

"뉘 댁 자제분 되시우?"

"김사과댁이라고 하면 아시겠소."

"아, 예. 사과장으르신 성화야 들어 알고 있습지요."

산수털 벙거지 병졸·하례·교군들이 쓰던 산짐승 털로 만든 모자. 벙테기. **더그레** 각 영문 군사들이 입던 세 자락 웃옷. **동곳** 상투를 짠 뒤에 풀어지지 아니 하도록 꽂는 몬. **항라(亢羅)** 명주·모시·무명실로 짠 피륙 한가지. **하오** 흔히 높여 하는 말.

"그런데…… 왜 그러시나?"

"아, 예."

포졸이 손등으로 뒷목을 훔치며 더듬거리는데, 거친 발짝소리가 나면서 사내 둘이 달려왔다. 하나는 포졸이었고 한 사내는 검은 바탕에 흰 실로 바둑판 모양 줄을 놓은 더그레를 걸친 위에 전립 쓰고 환도 찬 포교였다.

"누구냐?"

포교가 포졸을 보며 턱 끝을 조금 들어 보였고, 포졸이 머리를 숙였다.

"예, 김사과댁 장손 되시는 도령이올습니다."

"그런데?"

"예, 기찰을 하고 있습니다요."

"음……"

두어 번 잔입맛을 다셔보던 포교가 도령을 바라보았다.

"귀한 댁 도령께서 이 밤중에 웬일이시오?"

"적적암 뒷산에 다녀오는 길이올시다."

"적적암은 어인 일로……?"

"단풍이 하도 좋다길래 소풍을 하고 오는 길인데."

"소풍도 좋지만 밤이 너무 야심하지 않소이까."

포교가 날카로운 눈빛으로 도령 아래위를 훑어보았고, 도령이 마른기침을 한 번 하였다.

"큰스님과 대국을 하다 보니 그렇게 되었소이다."

"도령께서 국수라는 건 알고 있습니다만……"

"국수는 무슨……"

하고 도령이 얼굴을 붉히는데, 포교 눈꼬리가 가늘게 좁혀졌다.

"오시던 길에 야반도주하는 계집사내를 못 보셨소이까?"

"예?"

하고 되물으며 도령이 마른침을 삼키었고, 포교가 말하였다.

"양반댁 마님짜리로 보이는 아낙과 종놈으로 보이는 장정 말이외다. 아낙은 머리에 너울을 썼고 종놈은 봇짐을 졌을 것이오."

"못 봤는데……"

"그래요오?"

포교 입꼬리가 위쪽으로 잔뜩 비틀려 올라갔고, 도령은 단전에 힘을 주었다. 단전에 힘을 주었다가 줄방귀가 터져 나오는 바람에 낭패를 겪었던 아까 경우를 떠올리며 얼른 미주알*에 힘을 주어 오므리는데, 포교가 꽥 하고 고함을 질렀다.

"뭣을 하는 게냐. 얼른 추쇄를 하지 않고."

"예, 나으리."

포졸 사내 산수털 벙거지가 밑으로 숙여지는데, 포교가 다시 소리쳤다.

미주알 똥구멍을 이루는 창자 끝 어섯.

"얼른 쫓아가 잡아오너라. 반드시 잡아오라는 안전쥐* 엄명이시야."

"예, 나으리."

다시 한 번 굽신하고 벙거지를 숙여 보이고 난 포졸이 달음박질쳐 달려갔고, 몇 발짝 걸어가던 포교가 고개를 비틀었다.

"살펴 가시우."

주막 안으로 들어가는 포교 뒷모습을 바라보던 도령은 꿀꺽 소리가 나게 생침을 삼키고 나서 몸을 돌렸다. 오싹 한기가 돋으면서 오줌이 마려웠다. 불두덩*에 힘을 주며 걸음을 빨리하는데, 저만치 앞쪽에 사방등四方燈이 보이면서 웬 중다버지* 외치는 소리가 들려왔다.

"되렌니임!"

안전쥐(案前主) '원님' 높임말. 안전: 군수·현령·현감은 흔히 '안전'으로, 감사·목사·부사는 '사또'라 불렸음. **불두덩** 생식기 언저리 두둑한 곳. **중다버지** 길게 자라서 더펄더펄한 아이들 머리 또는 그런 아이.

제1장
공기놀이

1884년 봄.

김사과金司果댁 윗사랑채는 고요하다. 이따금 불어오는 봄바람에 떨어진 배곳 몇 점만 가냘프게 떨리는 풀벌레 울음소리를 내며 토방 위로 쓰러지고 있어 네둘레가 더욱 고요한 느낌이다. 새로 바른 장지에 엷은 그늘을 드리우면서 시나브로 햇빛이 밀려나고 있다. 스르르 금방이라도 눈이 감길 것만 같게 따스한 햇살은 닿을 듯 닿을 듯 그러나 마루 끝에 채 닿지 못한 채 신돌 위에 가지런히 놓여 있는 당혜 신코에 걸려 부르르부르르 진저리를 친다.

대여섯 살쯤 나보이는 어린 사내아이가 입술을 쫑긋거리며 고개를 돌린다. 이 댁 장손인 석균石均이다. 하얀 무명 저고리에 연둣빛으로 물들인 무명바지를 입고 있는데, 해맑은 얼굴에 이마가 톡 찼고 눈빛이 곧다. 뼈가 가늘고 분바른 계집아이처럼 흰 얼굴이 갸름하니 고와서 고집스럽게 우뚝 솟은 코와 위쪽으로 조금 치켜 올라간 눈꼬리를 빼놓고는 거의 외탁을 한 편이다,

참새 새끼처럼 조그만 입을 쫙 벌리며 하품을 하던 아이는 석련지石蓮池 몸통을 끌어안고 있던 두 팔에 힘을 주어보다가, 돌전*에 턱을 올려놓는다. 따스하다.

아이그, 악아.

놀란 부르짖음이 마당을 넘어오고

게 아무도 없느냐. 쥔령이는 워디 갔구 에믜는 또 워디루 갔어. 풍 맞으면 워쩌려구 어린 것이 또 돌전이 낯을 닿게 혀.

구르듯 버선발로 달려와 금쪽 같은 삼대독자 외장손을 안아 올려야 할 이 댁 안방마님인 오씨吳氏부인은 지금 방물장수* 여편네 수다에 발목을 잡혀 있고, 아이 어머니인 건넌방아씨 리씨李氏부인은 춘동어멈과 함께 뒤란 채마밭에 있다.

다시 한 번 하품을 하고 나서 석련지 속 연잎 틈으로 눈길을 보내던 아이는 두 눈을 꼭 감는다. 조심스럽게 눈을 떴다가는 감고 떴다가는 다시 또 감기를 몇 번이고 되풀이한다.

아랫사랑채와 이에*를 지어 쌓아놓은 돌담 위로 치솟아 오른 옥매화 가지며 석류나무 치자나무 파초 사이로 영산홍 자산홍

돌전 돌낯. **방물장수** 여자에게 쓰이는 단장품·바느질 기구·패물 같은 것들을 팔러 다니던 사람으로, 흔히 노파가 하였음. 아파牙婆. **이에** 경계.

진달래꽃 개나리꽃 흐드러지게 피어 있는데, 아이 눈을 감겨지게 하는 것은 양귀비꽃이다. 폐를 앓는 계집사람이 뱉아 낸 한 점 핏방울인 듯 섬뜩하게 찍혀 있는 그 진홍꽃잎에 눈이 아프다.

가볍게 도리질을 하던 아이는 턱을 조금 들어올린다. 아득한 곳으로 던져지는 눈빛이 슬픈 듯 맑다. 아랫사랑채 곁 언덕 엄ㄱ자 꼴로 꺾여진 기슭집˚ 너머 저 아래로 허리띠처럼 좁다랗고 길게 이어져 보이는 것은 읍내로 내려가는 길인데, 뉘집 곁머슴˚인가. 바지게˚ 가득 쇠꼴˚을 지고 내려가는 중다버지 등이 활등처럼 굽어보인다.

심심하다.

심심하고 또 심심해서 다시 한 번 가볍게 도리질을 하며 눈썹 사이를 좁혀보던 아이는 돌전에 턱을 내려놓는다.

석련지 속 물에 비친 아이 얼굴은 쨍하게˚ 맑고 어여뻐서 계집아이로 보일 만큼 곱다. 두 팔을 활짝 벌려 석련지 몸통을 끌어안고 돌전에 턱을 올려놓은 채 물 속에 비치는 제 얼굴을 들여다보고 있던 아이 붓으로 그린 듯 뚜렷한 입술이 홈통처럼 문득 오그라지더니, 호옥 하고 입김이 뿜어져 나온다. 엷은 주름을 잡으며 물결이 밀렸고, 시나브로 흔들리던 아이 얼굴 또한 이내 볼꼴 사납게 일그러진다. 아이는 손으로 물을 휘저어 제 얼굴을 지워버

기슭집 행랑行廊. **곁머슴** 상머슴 곁에서 잔일을 거들어 주던 아이 머슴. 꼴머슴. **바지게** 발채를 얹은 지게. **쇠꼴** 소에게 먹이는 풀. **쨍하게** 투명하게. 맑게. 속 비치게. 환히 들여다보이게.

린다.

"부자유친 군신유이 부부유별 장유유서 붕우유신……"
하고 할아버지한테서 배운 '오륜五倫'을 마음속으로 외워보던 아
이는 문득 숨을 삼키었다.

바람소리인가?

아니면 바람에 밀려 떨어지는 배곳소리?

살그니 턱을 치켜올리던 아이 눈이 반짝 빛난다. 계란만 할까.
아주 조그만 산새 한 마리가 바로 눈앞 연잎 위에 앉아 있다. 꼼짝
도 하지 않고 앉아 아이를 바라보고 있다.

"얼라."

아이 입이 벙긋 벌어지면서 반가움에 겨워 무슨 말인가를 하
려고 하는데, 출렁 하고 연잎이 흔들린다. 포르르 날아오른 산새
는 저만치 떨어져 있는 돌담 위로 솟아오른 옥매화 잎새 위에 앉
아 이쪽을 내려다본다.

"빌꼴, 저두 심심헐 텐디…… 동무헤서 하냥 놀잖구 왜 도망
갈구?"

혼잣말로 중얼거리며 바짓말기 곁에 간당간당 매달려 있는
조갑지 같은 복사빛 염낭을 끄르더니, 손때 묻은 곱돌* 하나를 꺼
낸다.

곱돌 빛나고 부드러운 느낌이 있는 돌. 납석蠟石.

"일, 이, 삼, 사……"

곱돌로 돌전을 두드리며 숫자를 외워보던 아이는 얼른 고개를 비틀어 윗사랑채 쪽을 올려다본다. 그늘은 한 뼘쯤 더 밑으로 내려와 있고, 신돌 위에 놓여 있는 당혜 뒤축까지 밀려 내려온 햇빛이 부르르부르르 진저리를 치고 있다. 할아버지가 출타 중이시라는 것을 생각해낸 아이는 붓으로 그린 듯 뚜렷한 입술을 쫑긋쫑긋

"수우,"

하고 말하며 곱돌로 다시 돌전을 두드린다.

"일이삼사오, 육칠팔구십, 백천만억조경자."

해동을 하면서부터 할아버지한테 배우기 시작한『명물도수』를 외워보던 아이는 잠깐 숨을 쉬고 나서 다시 곱돌로 돌전을 두드려 박자를 맞추며 입술을 쫑긋거린다.

"일리一理 태극太極. 양의兩儀 천지天地. 양요兩曜 일월日月…… 삼재三才 천지인天地人. 삼광三光 일월성日月星. 삼황三皇. 삼황……"

삼황이 누구랬지? 삼황…… 팔괘를 맨들구, 육십사괘를 맨들구, 천하를 일퉁헤서 문자 수레 배를 맨들구…… 음 또 넝사짓넌 벱을 맨든 첫 임금덜이라구 허셨넌디…… 아, 그렇지. 복희伏羲 신농神農 황제皇帝.

『명물도수(名物度數)』수數와 일몬 이름이며 법식 그리고 십간十干 십이지十二支와 기후 절기며 경서經書 이름들을 적어놓은 책. 일몬: 사물事物.

곱돌로 다시 돌전을 두드리며 입술을 쫑긋쫑긋

"복희 신농 황제. 삼긩 역시서. 사시 춘하추동. 사덕 원흥이증. 사방 동서남북."

『명물도수』를 외워 나가던 아이가

"넌어 맹자 즁용 대학."

하고 사서四書까지 외웠을 때,

"되렌니임."

하고 부르는 소리가 들려왔다.

"되렌니임."

대여섯 살쯤 되었을까. 『명물도수』를 외우고 있는 아이와 비슷한 또래 사내아이 하나가 윗사랑채 툇마루 쪽에서 달음박질 쳐오고 있었다. 아이와 똑같은 무명 바지저고리를 입었으나 어딘지 땟국이 조르르 흐르고 머리는 덩덕새*같은 그 아이는 이 댁 씨종인 업석業石이 막내아들 춘동春同이다. 상전댁 도령인 석균이와 자치동갑*인 그 아이는 석균이 앞에 쪼그리고 앉으며 숨을 할딱였다.

"혼자서 뭐헌대유?"

말없이 쏘아보는 석균이 눈에 노여움이 어리는데, 다시

"혼자서 뭐허너냐니께."

덩덕새 덩덕새머리. 빗지 아니하여 더부룩한 머리. **자치동갑** 나이가 한 살 틀리는 동갑. 어깨동갑.

하고 묻던 춘동이가

"아얏!"

소리를 지르며 손바닥으로 얼른 머리통을 감싸쥔다. 석균이
곱돌 쥔 손이 다시 위로 올라갔고 춘동이가 얼른 뒤로 물러났다.
곱돌 쥔 손으로 제 무르팍을 콩콩 찧으며 석균이가 말하였다.

"뭐허구 놀었니?"

"숨박꼭질."

"자앙?"

"응."

"단둘이서 뭔 재미루 여태까지 장 숨박꼭질만 헌다네?"

"왜 재미가 읎어. 월마나 재밋다구."

"나 빼놓구 둘이서만 허니께 그렇긔 재밋데?"

"그러엄."

하는데 석균이 곱돌 쥔 팔이 다시 올라갔고, 춘동이가 다시 한걸
음 뒤로 물러섰다.

"춘됭아."

"예."

"누나는 워딨어?"

"으응. 하냥 왔넌디……"

"그런디 왜 안 와?"

"글쎄에."

하고 춘동이가 뒤를 돌아보는데, 저만치 계집아이 하나가 걸어
오고 있었다.

연분홍치마에 색동저고리를 받쳐입은 계집아이 나이는 여남
은 살이나 되었을까. 엉덩이까지 내려오는 머리꼬리에는 진자줏
빛 댕기가 매여 있고, 동그스름한 얼굴에 놀란 듯 눈이 커서 심약
하여 보이는 그 여자아이는, 석균이 누이인 준정俊貞이다.

"여적지 골났남?"

뽀로통하고˚ 있는 동생을 본 누이가

"여태 골이 안 풀렸단 말여?"

하고 묻는데, 아이는 힘껏 도리질을 한다.

"이래뵈두 사내대장분디, 누가 그깟 일루 골낼 중 알어."

아이가 짐짓 의젓하게 말하였고, 계집아이가

"아이그, 그럼."

하면서 동생 두 손을 잡았다.

"그레야지. 쉑퀸이가 누군디. 우리 쉑퀸이가 누구라구 그깟 일
에 골낼 사람이야. 안 그러니, 춘딍아?"

춘동이를 돌아보았고, 춘동이가 훌쩍 소리가 나게 코를 들여
마셨다. 저고리 소매에 코를 문지르며 그 아이가

"그럼유, 애긔씨. 우리 되렌님이 워떤 사람이라구유."

뽀로통하다 잔뜩 골나서 노여워하는 빛이 사뭇 엿보이다.

하고 말하는데 계집아이 눈썹 사이가 조금 바투*어졌다.

"아이, 드러. 드럽게 워따 코를 닦넌다네."

"잘못혔구먼유, 애기씨. 앞으룬 다시 안 그럴 테니께 용서허셔유."

제 어미아비와 언니가 상전들이며 양반님네들한테 하는 소리를 들었는가. 다섯 살짜리 어린 종새끼인 그 아이가 어른스럽게 잘못을 비는데, 석균이 제 누이를 바라보며 배시시* 웃었다.

"누나."

"응."

"우덜 꼉긔뉠이 허까?"

"꼉긔뉠이?"

"응."

"피. 지면 또 골내구 갈라구."

"아녀. 골 안 내."

석균이 가볍게 도리질을 하였고, 준정이가

"증말?"

하며 다짐을 두었다.

"증말 겨두 골 안 내기지?"

"그렇다니께."

바투 썩 가깝게. 배시시 보일 듯 말 듯 살짝.

"좋아. 또 한 번만 골냈단 봐라. 다시는 안 놀아줄 테니께."

"아이 참, 누나두. 장부일언이 중천금인디, 뭔 말이 그렇긔 많댜."

"좋아."

준정이가 염낭 속에서 공깃돌을 꺼내는데, 반질반질 윤이 나게 닳은 밤톨만 한 차돌멩이 다섯 개다. 두 주먹을 합쳐 공깃돌을 흔들어보며 준정이가 말하였다.

"워디서 헐래?"

"여긔."

"여긔는……"

하면서 준정이가 마루 쪽을 올려다보았고, 석균이가 말하였다.

"여기가 따땃허구 존디."

"여기서 놀다가 할아부지가 이노옴 허시면 워쩌게."

"할아부지가 왜 이노옴 허셔? 나헌티 한 번두 이노옴 허신 적 웂넌디."

"글겡구 안 허구 장난만 허면 이노옴 허시지 그럼 맨날 오냐오냐만 허실 중 아남."

"글겡구는 다 헸넌디. 일리에서 이십팔수까지 밍물도수 다 오일 수 있단 말여. 오여보까?"

"밍물도수 오이넌 것만 글겡군감."

"그럼 뭐가 글겡구랴?"

"백수문˙ 떼구 밍심보감 떼구 나서 툉감두 배야 되잖여."

"그거야 앞으루 배면 되지."

"글씨 굉구두 있잖여. 오늘은 몇 장이나 썼어?"

"으응…… 다섯 장."

하다 말고 석균이는 제 누이를 쏘아본다.

"누나는 밍물도수두 아직 다 못 오이잖여?"

"왜 못 오이니."

"오여봐. 오여봐."

"구장까지 오일 수 있단 말여."

"픽. 밍물도수가 구장까장만 있남. 구장 지나 구사 구용 십간 십이지 이십사후 이십팔수까장 있넌디."

여섯 살이 되면서 아홉 살이 되는 누이와 똑같이 할아버지 한 테 『백수문』과 함께 『명물도수』를 배우기 시작하였으나 몇 수 위 를 달리고 있는 아이는 짐짓 뻐기는 투로 말하였고, 말이 막힌 계 집아이는 입술을 옥물며*

"워쨌던 너 맨날 굉구넌 안 허구 장난만 헌다구 할아부지헌티 일를 쳐."

하고 말하였다.

"할아부지 안 지시잖여."

"할아부지 오시넌디."

『백수문(白首文)』 중국 후량後梁 주흥사周興嗣가 하룻밤 사이에 만들고 머리 털이 하얗게 세었다고 하는 고사故事에서 온 말로, 『천자문千字文』 다른 이 름. 옥물다 야무지게 꼭 물다.

"응."

하면서 벌떡 일어나 대문께를 내려다보던 아이가

"할아부지 안 오시잖여!"

하고 소리쳤다.

"할아부지 안 오시넌디 그짓부렁만 허구 있어."

"누가 시방 오신다구 헸남. 돌어오실 때가 됐다구 그랬지."

"그짓부렁이 젤 나쁜 거라구 그랬넌디…… 할머니두 그러시
구 어머니두 그러시구 할아부지두 그러셨넌디…… 누나는 참 나
쁘다."

"쉑귄아."

"……"

"우리 안채 뒷마당 가서 노까?"

"으응."

석균이는 고개를 흔든다.

"왜?"

"할머니가 이노옴 허셔."

"할머니가 왜?"

"대장부사내가 지지배처럼 굉긔널이 헌다구."

오누이가 공기놀이를 할 자리를 놓고 다투고 있는데, 픽 하고
무엇이 떨어지는 소리가 났다. 넓적하고 판판한 두 개 돌멩이다.
낑낑거리며 윗사랑채 뒤란에서 돌멩이 두 개를 안고 온 춘동이

가 소매로 이마를 문질렀다.

"휴우."

무거운 짐을 지고 왔거나 힘든 몬을 들고 와 내려놓을 적이면 아비나 언니가 내뿜고는 하는 숨소리였는데, 돌멩이 한 개를 상전댁 도령인 석균이 궁둥이 밑에 받쳐주며

"편히 앉으셔유, 되렌님."

또한 상전댁 아기씨인 준정이 궁둥이 밑에 받쳐주며

"편히 앉으셔유, 애긔씨."

하고 나서 탁탁 소리가 나게 손바닥을 털었고, 준정이가 말하였다.

"네 거는?"

"됐슈."

털푸덕 소리가 나게 땅바닥에 주저앉으며

"됐다니께유."

준정이 눈썹사이가 다시 바투어지면서 잔입맛을 다시는 소리가 났다.

"그러니께 맨날 혼나지. 그렇긔 아무디나 앉어 옷을 드렙혀노니께 늬 엄니헌티 혼나잖난 말여."

어른처럼 꾸짖는 상전댁 아기씨 말에 직수굿이*앉아 있던 춘

직수굿하다 거스릴 뜻이 없이 풀긔가 죽어 수그러져 있다.

동이가

"애기씨."

하고 부르며 준정이 얼굴을 빤히 올려다보았다.

"응."

"굉긔널이 안 허셔유?"

"헤야지."

"그러셔유. 얼릉 허셔유. 쇤뇜*이 깨깟허게 마당을 쓸어드릴테니께."

하고 말하며 그 아이는 손바닥으로 오누이가 앉아 있는 발 밑을 싹싹 쓸었고, 준정이가 다시 혀를 찼다.

"쓸을라먼 빗자루 갖다 쓸어야지 손바닥이루 그러면 워척혀. 그러니께 맨날 혼나지."

"갠찮유, 갱긔찮으니께 얼릉덜 굉긔널이나 허셔유."

"그래. 얼릉 허자. 할아부지 돌어오시기 전이 놀어야 되니께."

준정이가 공깃돌 다섯 개를 땅바닥에 내려놓으며 동생을 바라보았다.

"뭘루 헐래? 수집긔? 아니면 기둥박긔?"

"솥걸긔 혀."

"얘는. 막줍긔두 잘 못허면서 워치게 솥걸긔를 허자구 그런댜.

_____

쇤뇜 소인놈.

솥걸귀가 월마나 어렵다구."

"어렵기는 뭐가 어려워. 아무리 어렵다구 혜두 맹물도수 외기버덤 어려우까."

"좋아. 약헌 사람이 먼저 허넌 거니께 니가 먼저 혀."

"둘이만 혀?"

"싯이 허다가 꼴지허면 아까마냥 또 골낼라구?"

손님이 오셨는가?

중문 너머로부터 삽사리 짖는 소리가 들려왔고, 여인 귀가 쫑긋 세워졌다. 준정 석균 남매 어머니인 이 댁 건넌방아씨 리씨부인이다. 사당으로 가는 수펑이*에 깔려 있는 산그늘 같은 수심이 어려 있기 때문인가, 서른이 못 된 나이지만 언뜻 마흔 줄로 보일 만큼 의젓해보인다. 눈에 확 띄게 아름다운 얼굴은 아니지만 어딘지 젖은 듯 촉촉하여 보이는 눈매며 옆얼굴로 흐르는 줄이 갸름하니 고와서 기품 있는 얼굴인데, 고개가 갸웃하여진다.

구겟집九溪宅이 온 것이 오정쯤인데, 또 누가 왔을까? 춘동아범? 춘동아범은 그러나 시아버님 태운 나귀 고삐를 잡고 떠났고, 만동이는 다저녁때나 되어야 돌아올 텐데…… 시아버님? 하지만 어쩌면 하루 묵어올지도 모르니 기다리지 말라 이르며 출타

수펑이 숲.

하신 것이 그저께 아침이니 오늘쯤 오시기는 오시겠지만, 아직 한낮인데……

생각하던 리씨는 문득 숨을 삼킨다. 또다시 삽사리*가 짖었고, 그 여자는 화들짝 놀라 몸을 일으킨다. 남편인가?

자꾸만 가슴이 두방망이질을 치는 것이어서 마른침만 삼키던 리씨 단정하게 빗어 넘겨 쪽을 찐* 머리 사이로 실낱처럼 나있는 흰 가리마가 팔딱팔딱 뛴다. 허공중을 보고 공중 짖었던가. 삼키면서 길게 끌던 삽사리 짖음이 멎었고, 그리고 고요하다.

쓰게 웃으며 고개를 돌리는 그 여자 손끝에서 힘이 빠진다. 부자분이 정답게 마주앉아 저녁 진지를 잡수실 겸상에 올리기 위하여 푸성귀를 다듬고 있는 것이라면 얼마나 좋으랴. 잘 익은 속잎으로만 골라 햇상치를 솎아내는 리씨부인 흰 이마에 엷은 그늘이 내린다. 김참판댁에만 잠깐 들렀다 올 것이므로 넉넉잡고 열흘 안에 다녀오마고 떠난 서울 나들이건만 달포*가 지나도록 도무지 꿩 구워 먹은 소식*인 것이다.

언제나 그러하였다. 밥 먹을 때와 뒷간 출입할 때를 빼놓고는 언제나 손에서 책이 떨어지지 않는 남편이어서 살부드러운* 잔정을 보여주지는 않았으나 과묵한 가운데서도 이따금 던져주는

삽사리 1. 털이 복실복실한 동씨개. 2. 포도청에 딸려 있던 염알이꾼. **쪽찌다** 여자가 머리털을 뒤통수에 땋아 틀어올리고 비녀를 꽂다. **달포** 한 달이 조금 넘는 동안. **꿩 구워 먹은 소식** 소식이 아주 없다는 말. **살부드럽다** 꼴이 매우 보드랍다.

말이 따뜻하였고, 무엇보다도 깊은 믿음이 있었다. 동갑인 남편과 맞절을 올린 게 열아홉 살 때였는데, 문과급제를 하기까지 다섯 해 동안은 시부모님 기침소리가 어렵고 무서운 가운데서도 흐뭇한 나날이었다. 그랬는데…… 집안에 경사가 났다고 잔치를 벌이며 좋아했던 그때부터 그 여자 이마에는 그늘이 깔리기 시작하였던 것이었다.

"방뎅이가 무겁기는 똑……"

마흔 줄에 접어든 것으로 보이는 중년 아낙이 소쿠리*를 들고 오며 구시렁거렸고, 리씨부인이 그 여자를 바라보았다.

"애기들은 어딨든가?"

"사랑채 뜰팡이서 노시던듀."

"사랑채?"

놀란 듯 리씨부인 눈이 커지면서

"안마당이루 네려와 놀게 허지 그렜는가? 윗사랑 어질러노먼 워쩌려구."

하고 눈썹 사이를 좁히는데, 여인이 리씨 앞에 쪼그리고 앉았다.

"춘됭이허구 하냥 지시니께 륌려 마세유,"

"이 사람아, 춘됭이가 으른인가. 춘됭이두 쉑귄이와 똑같은 어린애야."

소쿠리 안이 트이고 테가 둥글게 겯은 대그릇.

"원 아씨두, 빌걱정을 다 허시네유. 아, 우리 되렌님이 워떤 되렌님이라구 그런 걱정을 다 허신대유. 안마당이루덜 네려와 노시라구 혔다가 공중 코만 떼겄구면."

"뭐라구 혔길래?"

"허 참, 뵝생뵝이요 용생용이라구 씨는 뭇 쇡인다더니……"

리씨부인 교전비*로 이 댁에 와서 홀아비 사내종인 업석이와 짝을 맺고 춘동이 삼월이 남매를 둔 그 여자는 잘래잘래 머리를 흔들었다.

"쇤네는 도무지 츰 봤습니다유."

"뭐라구 혔길래?"

"내 븨록 이제서야 천자장을 넹기구 있지면 콩과 보리는 분간 헐 수 있네, 이러시잖것슈."

"응?"

"그러면서 대장부사내가 노넌디 아녀자가 웬 챙견이냐구 허시잖것슈. 워쩌면 그렇긔 서방님을 빼다박으셨넌지……"

아랫사람들 입에 발린 보비위* 말일망정 아직 여섯 살밖에 안된 어린 것이 그렇게 의젓한 말을 했다는 것에 어쩔 수 없이 벙긋하고 벌어지던 리씨부인 입이 꼭 다물려졌다. 그 여자 흰 이마 위로 엷은 그늘이 스치고 지나갔다.

교전비(轎前婢) 혼인 때에 신부를 따라가던 계집종. 보비위(補脾胃) 남 비위를 잘 맞추어 줌.

"뭣덜 허구 놀던가?"

"되렌님허구 애긔씨허구 춘뎅이늠까장 쪄서 굉긔널이……"
하는데, 리씨가 혼잣말처럼 중얼거렸다.

"대장부사내라면서 왜 아녀자허구 노누. 지지배처럼 굉긔널이는 또 뭐구."

"아씨."

"응."

"뭔 느믜 방뎅이가 그렇긔 질기대유."

"응?"

"아, 즘심상까지 받어 자셨으면 싸게싸게 갈 일이지 여태두 뭉긔적거리구 있지 뭡니까유."

"구곗집 말인가?"

"예에. 갈아줄 몬두 윲넌디 뭔 사설이 그렇게 건지 원……"

안채 퇴 쪽을 바라보며 춘동어멈이 입술을 삐죽하는데, 리씨부인이 기침을 한 번 하였다.

"어멈."
하고 부르고 나서 그 여자는 착 가라앉은 목소리로 말하였다.

"뭔 말을 그렇긔 허넌가. 구곗집은 그냥 여늬 방물장수가 아니잖는가. 마님께서 월마나 궁금헌 게 많으시겠어."

환갑을 넘긴 오씨부인과 어상반한 나이로 보이는 노파가 마주

앉아 있었다. 노파가 제 곁에 놓인 큼지막한 보따리 끈을 풀려고
하는데, 오씨부인이 잔기침을 하며 바른손을 조금 들어올렸다.
그 여자 턱이 가느다랗게 흔들리었다.

"망쪼로구나."

자기를 꾸짖는 말인 줄 알고 깜짝 놀란 노파가 말라붙은 모과
꼭지 자리처럼 오목하게 들어간 두 눈을 더욱 오목하게 오므리
면서 깜작깜작하고 있는데, 오씨부인이 땅이 꺼질 것 같은 한숨
을 내쉬었다.

"꿀에 수캐라구 다리 들구 오줌눈다°더니, 게다가 지집질까
지 혀."

입안엣소리로 중얼거리던 오씨는 노파를 바라보았다.

"둘째아희는 워떻던고?"

"작은 서방님 말씀이신감유?"

묻는 뜻을 빤히 알면서도 노파는 한 번 되물으며 뜸을 들였고,
대답 대신 오씨는 쩍 소리가 나게 입맛을 다시었다.

"그 아희도 마찬가지든가? 즤 언니와 마찬가지루 글 읽을 생각
은 허지 않구 주색잡기에만 빠져 있어?"

"아이구, 마님."

노파가 손사래°를 치며

손사래 손을 펴서 휘젓는 짓.

"아닙니다요, 마님."

하고 말하였고, 친정집 되어가는 꼬락서니에 잔뜩 심란해져 있던 이 댁 안방마님 오씨부인 눈이 커졌다.

"그 아희는 글궁리를 착실히 허구 있단 말인가?"

"예에."

"호오."

"큰서방님과는 이옹 딴판입니다요."

"그레야지. 암, 그레야 허구말구."

흐뭇해하는 웃음기와 함께 고개를 주억이며 오씨가

"못된 언니 본받지 말구 모름지기 글궁리 열중헤서 해주오씨 집안을 불같이 일으켜야지."

하고 말하는데, 노파가 밭은기침을 하였다.

"그란듸, 마님."

"응?"

"그게 그란듸…… 그렇지가 못헌 것 같습디다유."

"엉?"

오씨 눈이 크게 떠지는 것을 본 노파는 면구스러운 듯 다시 한 번 밭은기침을 하였다. 그 늙은 여자는 조그맣게 말하였다.

"허기야 그것이 워찌 서방님덜 탓만이것습니까유. 못된 시국 탓이것습쥬."

웬 사설이 기냐는 듯 오씨 눈길이 꼿꼿해졌고, 노파가

114

"글궁리는 언니버텀 열중히 허넌디 그 재조가 아무래두 못 미치넌 것 같다구…… 큰 사랑나리 말씀이지유. 망할느믜시상."

하는데, 오씨 바른손이 위로 올라갔다.

"그만두게."

무르춤해진 낯빛으로 노파는 보따리 끈만 만지작거렸고, 오씨 부인은 지그시 눈을 감았다.

무엇이 얹힌 듯 친정 생각만 하면 언제나 가슴이 답답해오는 오씨였다. 칠대조 할아버지께서 참의參議를 하셨고, 육대조 할아버지께서 군수郡守를 하셨으며, 그 밑으로도 대대로 생원진사生員進士는 놓치지 않아 비록 출사는 못했을망정 선비 행세를 해온 오참의吳參議댁인 친정인데, 정오품 문관인 통덕랑通德郎을 지내신 할아버지를 끝으로 그 흔한 참봉직첩參奉職牒 한 장을 못 받고 있는 것이다. 비록 선대로부터 내려오는 전장이 있어 볏백이나 좋이 한다지만 벌어들이는 사람 하나 없이 뜯어가는 떨거지들만 많다 보면 종내에는 무슨 재주로 밥술이나마 먹게 되겠는가. 친정 옆댕이에 사는 방물장수 늙은이 말이 아니라도 조카아희들이 무재無才한 위인들이라는 것은 애저녁*에 이미 알고 있는 터. 무재한 것이야 하늘이 내리신 것이니 어쩔 수 없다 하더라도, 할수록에 더욱 부지런히 갈고 닦아야 할 것이 아닌가. 밤을 낮 삼아 눈

애저녁 초저녁.

에 불을 켜고 책상에 달라붙어도 될동말동한 위인들이 꼴에 주색잡기까지.

코피를 동이로 쏟으며 아무리 기를 써봐도 세 해마다 한 번씩 돌아오는 문무文武 식년회시式年會試는 그만두고 해마다 한 번꼴로 치러지는 온갖 이름 별시別試에서도 번번이 낙방만 하다 보니 저희들깐에도 울화가 치밀어 짐짓 어깃장*을 놓고 있는 것이라는 것을 모르는 오씨부인이 아니었으나, 친정 생각만 하면 무엇이 없힌 듯 언제나 가슴이 답답해오는 오씨부인이었다. 하도 답답해서 남편과 아들한테 무슨 방도가 없겠냐고 슬며시 물어보았던 적까지 있는데, 남편은 놋재떨이가 깨어지라고 장죽만 두드렸고 아들 입에서 나온 것은 딱 한마디.

농사나 지으라고 하십시오.

오씨부인 가슴을 더욱 답답하게 하는 것은 며느리였다. 며느리 리씨 친정. 윗대까지 올라갈 것도 없이 사장査丈되는 이가 현감縣監을 지냈고 그 아들 되는 이 또한 생진회시生進會試에 올라 외아문外衙門 무슨 자리엔가 앉아 있다지 않은가. 그럴 까닭도 없고 무엇보다도 또 의젓지 않은 짓이라는 것을 잘 알면서도, 그러나 무슨 까닭으로 며느리한테 꿀린다는 생각이 드는 오씨부인인 것이었다. 문벌이 달린다.

어깃장 어긋나게 비틂.

116

내가 시방 뭔 생각을 허구 있나. 출가외인인데. 내 코가 슥 자나 빠졌넌디.

길어야 열홀이면 다녀오마고 집을 나선 애븨는 워째서 장근*달포가 지나도록 소식이 읎으며, 윗사랑나리는 또 왜 돌아오시지 않는고. 아니, 삼대독자 외장손인 우리 개똥이는 또 워디루 갔는고

"관세으음보살."

탄식처럼 중얼거리며 오씨부인은 눈을 떴고, 노파 눈꼬리에 주름이 잡히었다.

"마님."

"왜 그러나?"

"건넌방아씨두 점 들어오시라구 그러시쥬."

"에믜?"

"예."

"에믜는 왜?"

안 그런다고 하면서도 지체가 낮아 차이가 지는 친정집이 떠올라 오씨 입에서 짧은 한숨이 나오는데,

"방물 귀경 점 허시라구유."

하면서 노파가 생글거리었다.

장근(將近) 때가 가깝게 됨을 나타내는 말.

"아직 곳 같은 새댁이신디 귀헌 몬덜이 이지가지*루 참 많습니다유."

잽싸게 보따리 끈을 끄르며 다시 한 번

"아직 곳 같은 새댁이신디……"

방물 고리짝* 뚜껑을 여는데, 오씨가 마른기침을 하였다.

"이 골 저 골 안 다니는 데가 읎다지먼 자네는 참 너스레*두 좋으이."

"너스레를 밑천 삼아 입에 풀칠이나 허구 있습니다유."

"계집아이가 시방 아홉 살이네. 아홉 살짜리 자식을 둔 새댁두 있던가."

"아이구, 마님두. 근년방아씨는 원체 인물이 조셔서 츼장만점 허구 나스면 아직두 새색시루 뵙십니다유."

"관세으음보살."

오씨부인 입에서 탄식 같은 한숨이 뿜어져 나오거나 말거나 방물장수 늙은이 입에서는 온갖 방물들 이름이 쏟아져 나오는데,

"밍주 뫼시 백믠지 유둔 자리 픽물 으물 실과 후추 꿀 은자 왜장 금 은향합 화룅칙 황뫼필 침쇡향 음매묵 부용향……"

"구곗집."

이지가지 이것저것. 고리짝 옷을 담는 고리. 너스레 남을 놀리려고 늘어놓는 말이나 짓.

오씨가 노파 말을 잘랐고, 노파가 오씨를 바라보았다.

"예?"

"자네 시방 뭔 이름덜을 쥑셍기구 있나?"

"방물입쥬."

"팔 것인가?"

"그러믄입쇼. 그것뿐인 중 아십니까유. 쉰네가 지니구 댕기넌 방물루 말헐 것 같으면……"

하고 노파가 너스레를 이어나가려는데, 오씨부인이 픽 웃었다.

"이 사람아, 그것이 방물은 방물이되 예물일세. 청나라 황실에 조공이루 바치던 예물이란 말일세."

"예물이면 워떻구 죄꿩이면 또 워떻습니까유. 다 사람살이에 소용되넌 몬인 것을."

"나허구야 서루 허물읎넌 사이니 상관읎네만, 아이예 다런 디 가서넌 그런 사설 늘어놓지 말게. 장사란 자고루 신엥이 첫쨋되, 그러다가 실신헐까 두려우이."

"아이그, 마님두."

뼈마디가 불거져 갈퀴 같은 손으로 허공을 긁어 내리며 노파 는 까르르 웃음을 터뜨렸다.

"그것뿐인 중 아세유."

"또 있는가?"

"있다마다요. 쉰네가 이 방물 고리를 즉허니 한번 열기만 헌

달 것 같으면 왼갖 진귀헌 것덜이 다 쏟어져 나올 것인즉, 어서 근년방아씨나 들오시라구 이르세유. 들와보구 한 가지 고르시라구."

"사설 그만두구 어서 고리짝이나 열어보게. 대체 뭣이 들었길래 그 야단인가."

방물장수 노파 너스레에 말려든 오씨부인이 어쩔 수 없이 재촉을 하는데, 두 손으로 고리짝 뚜껑을 꼭 누른 채 노파는 지그시 눈을 감았다. 그리고 자기가 무슨 소릿광대*라도 되는 양

"연지분 민경 쉡깅 옥지환 금지환 금뵝차 판머리 화관주 칠보 쪽두리……"

하고 제법 가락까지 넣어가며 주워섬겼고, 오씨가 큰기침을 하였다.

"여보게, 구곗집."

"예. 마님."

"그걸 시방 우리 메누리헌티 팔것다는 것인가?"

"왜유? 가짓수가 즉어서 그러십니까유?"

"또 있넌가?"

"있구말군입쇼. 왼갖 귀고리 뫽걸이 팔찌에 옥충강석 산호 진주 은 굉작깃으루 맨든 떨잠이며 뵝뒤꽂이며 왼갖 뇌리개에 장

소릿광대 판소리 광대.

두갈에 귀주머니에……"

하는데, 오씨부인 눈썹이 꼿꼿하게 세워졌다.

"구겟집."

"예."

"예가 워딘가?"

"예에?"

"자네가 시방 퍼지르구 앉어 사설을 늘어놓구 있넌 이 댁이 뉘
댁인가 말이야?"

"사과 으르신댁입쥬. 짐사과 으르신댁."

"그런디?"

"……"

"싸게 일어나게."

"……"

"보따리 싸가지구 싸게 일어나 나가란 말여."

"……"

"그런 것덜은 츤헌 노류장화나 몸에 걸치넌 것인즉, 그런 것덜
을 팔고자 헐진대 다시는 이 집 문전의 얼씬을 말 것이며."

엄한 낯빛으로 꾸짖어 말하는 오씨부인 목소리는 가느다랗게
떨려 나왔고,

"마니임."

울음엣소리로 부르며 노파는

"마님 심긔가 븨편*허신 듯헤서 웃으시라구 한번 헤본 소립니다유. 보십쇼. 그런 것덜은 하나두 웂지 않습니까유."

고리짝 뚜껑을 활짝 열어젖히었는데, 아무것도 들어 있지 않은 빈 고리짝이었다.

비편(非便) 거북함을 느낌. '불편不便'은 왜말임.

제2장
과객
過客

"간섭보살. 간섭보살."

입안엣소리로 연방 중얼거리며 물매진 언덕을 올라온 구겟집 九溪宅은 휴우 하고 긴 숨을 내쉬고 나서 뾰족한 턱을 치켜들었다. 이맛전이 좁고 송곳으로 찌른 듯 작은 눈에 입술이 얇아서 온새 미*로 오종종해 보이는 그 늙은 여자는 등짐을 지고 있는 어깨를 추슬러보며 조금 더 턱을 치켜들었다. 무덤인 듯 크고 작은 돌멩이들이 서낭목*을 둘러싸고 있는데, 길가로 뻗어 나온 늙은 서낭목 가지에는 붉고 푸르고 노랗고 흰 갖가지 색깔 헝겊쪼가리들이 걸려 있었고, 뉘 댁에서 아들을 낳았는가. 여남은 자도 넘어보이는 명다리* 무명자락이 서리서리 휘감기어 있다.

온새미 죄. 모두. **서낭목** 성황당 나무. **명다리** 신神이나 부처를 모신 상像 앞 천장 가까운 곳에 원을 드리는 사람 생년월일시를 써서 매다는 모시나 무명.

"간섭보살."

버릇처럼 다시 한 번 관세음보살을 불러보던 구궷집은 화들짝 놀라는 시늉을 하며 얼른 네둘레를 둘러보았다. 빽빽하게 잡목이 우거진 오솔길에는 청설모 한 마리 보이지 않았고, 산그늘이 발등을 덮고 있었다. 후유 하고 긴 숨을 내쉬며 등에 지고 있던 방물 고리짝을 내려놓은 그 늙은 여자는 두 주먹을 옹송그려° 쥐고 콩콩 몇 번 무릎을 두드리고 나서 허리를 폈다. 그리고 둘레둘레 네둘레를 휘둘러보더니 여기저기로 다니며 조그만 돌멩이 세 개를 주워 들고 서낭당 앞에 섰다. 두 눈을 꼭 감더니

"서낭님."

하고 부르며 한 개

"서낭님."

하고 부르며 또 한 개

"서낭님."

하고 부르며 마지막 한 개를 던졌는데, 세 개 다 밑으로 굴러 떨어졌다.

"간섭보살. 간섭보살."

탄식처럼 중얼거리던 구궷집은 깜짝 놀라 얼른 손사래를 치며 퉤 하고 돌무더기 쪽으로 침을 뱉았다.

옹송그리다 궁상스럽게 옹그리다.

"어떤 늠인지넌 물르지면 구렝이알 같은 내 돈 훔쳐간 그 따기 꾼*늠 손목쟁이나 그저 똑 분질러지게 헤주시구……"

다시 한 번 침을 뱉으며

"그 괴생 오래비마냥 생겨처먹은 왜늠 다리목쟁이나 똑 분질 러지게 헤주시구……"

마지막으로 세번째 침을 뱉으며

"드팀전* 백가늠 쫄딱 망허게 헤주시구……"

비나리*를 하고 난 구겟집은 방물 고리짝 곁에 털푸덕 소리가 나게 주저앉아 버리었다. 저만치 떨어져 아스라한 김사과댁 돌 담께를 바라보던 그 늙은 여자는 자꾸만 눈을 껌벅이었다. 무슨 까닭으로 눈이 침침하여지면서 눈앞이 뿌옇게 흐려 오는 것이어 서 몇 번이고 힘껏 눈을 감았다 뜨기를 되풀이하던 구겟집은 손 가락 끝으로 눈곱을 떼어낸 다음, 방물 고리짝을 꼭 끌어안았다.

"간셥보살. 오참의댁 애기씨 하해 같은 은덕을 워찌 갚을꾸."

헌 치맛자락이나 저고리 떨어진 것으로 이어 만든 듯 굵게 시 친* 바늘 자국이 여기저기 성기게 나 있고 색깔이 다른 헝겊으로 만들어진 보자기를 끄른 구겟집은 고리짝을 열었는데, 고리짝을 반 넘어 채우고 있는 것은 엽전이었다. 두 눈을 꼭 감으며

"하이구우. 간셥보살님 같으신 우리 마님 아녔으면 워쨌을꾸."

따기꾼 소매치기. **드팀전** 온갖 피륙을 팔던 가게. **비나리** 앞날 흐뭇한 삶을 비는 말. **시치다** 바느질할 때 여러겹을 맞대어 임시로 호다.

중얼거리던 그 여자는 뽀드득 소리가 나게 이를 갈았다.

"엠병이나 맞다 거우러나지구 마른하늘이 날벼락이나 맞다 뒈질 늠덜 같으니라구. 구렝이 아랫턱 같은°내 돈 알겨먹구 워디 멫 조금°이나 가나 보자."

시나브로 흔들리는 손길로 엽전꿰미를 쓸어보던 구겟집은 눈을 떴다. 송곳으로 찍은 것처럼 오목하니 쏙 들어간 옴팡눈을 기울여 엽전꿰미를 들여다보는 그 늙은 여자 얄팍한 입술이 벙긋 벌어지더니, 눈을 깜작깜작한다.

"내가 너무 심허게 말했나?"

친정조카들이 글궁구에는 뜻이 없고 주색잡기에만 골몰하고 있다는 소리를 듣고 땅이 꺼질 것 같은 한숨을 내쉬던 김사과댁 안방마님 얼굴이 떠오른다. 출가외인이라는데, 그것을 모르지 않을 양반댁 마님이, 그것도 환갑을 넘긴 노마님이 무던히도 친정 쪽 사정에 애타한다. 아마도 행세깨나 한다는 며느리 쪽 친정과 뻠어보게°되어서 더욱 그러한 것이겠지만, 보기에도 딱할 지경이다.

따기를 당해서 빈털터리가 되었다는 말 한마디에 선뜻 밑천을 대주시넌 마님헌티 내가 너무 심헌 말씸을 듸렸나? 허지만 글궁구넌 슴서히°허구 주색잡긔에만 빠져 있넌 것두 증말인걸 뭐.

조금 '만큼'이나 크기가 적게. **뻠어본다** 견주어본다. **슴서히** 가볍게.

구겟집이 오씨부인한테 고자질해 바친 오씨부인 친정 쪽 소식은 그러나 진짜와 다르다. 조선팔도 삼백스무세 고을 온갖 벼슬자리를 쥐고 흔드는 민문閔門과 줄을 댈 길이 없는데다가 벼락 감투˚를 마다한 것으로 해서 관찰사 눈에도 난 까닭에 문무회시는 그만두고 생진방말에도 오르지 못하는 울분을 몇 잔 술로 달래기는 하지만 주색잡기에 빠져 있다고까지 할 수는 없다. 오씨부인 친정조카들만이 아니라 과거에 뜻을 두고 시골에서 책이나 읽는 유학˚들 형편은 어디나 다 마찬가지다. 그런데도 구겟집이 오씨부인 친정조카들이 주색잡기에 빠져 금방이라도 집안이 망할 것처럼 거짓 고자질을 해바쳤던 것은 오참의댁에 대한 감정이 있기 때문이다. 오참의댁 안방마님한테 장사밑천을 조금 대어줍시사고 청을 넣었던 적이 있는데, 그 장사밑천이라는 것이 한양 남산 밑 진고개라는 데 있다는 왜인倭人들 황아전˚에서 몬을 받아다 팔겠다는 속셈이라는 것을 알게 된 마님한테 자빡˚을 맞았던 것이다.

"간섭보살."

시커멓게 또아리를 틀고 있는 엽전꿰미를 한 꿰미 한 꿰미 헤아려보며

벼락감투(別惡龕套) 조선왕조 끝무렵 매관매직 풍토에서 처음에는 다투어 원납전을 바치고 벼슬을 샀으나 나중에는 그 돈머릿수가 차츰 높아지면서 너무 흔하여 천하여졌으므로 꺼리고 피하였던 데서 생겨났던 말. **유학**(幼學) 벼슬하지 아니한 유생. **황아전** 온갖 잡살뱅이를 파는 가게. 황화방荒貨房. **자빡** 퇴짜놓다. 내치다. 거부하다.

"간섭보살. 간섭보살."

중얼거리는 구곗집 마음은 한양으로 달려간다. 한양 남산 밑 진고개라는 데 모여 있다는 왜인 마을. 거기에만 가면 생전 보도 듣도 못했던 온갖 것들이 둥덩산 같다*고 하였다. 기생오라비같 이 생긴 왜상倭商이 혀짤배기*조선말로 더듬거리던 것이야 그렇 다고 하더라도 무엇보다도 대흥大興읍내 쇠전거리에서 드팀전 을 열고 있는 백가白哥가 그렇게 말하지 않던가.

드팀전도 있는데 여기처럼 무명 명주 비단 같은 조선 피륙을 파는 게 아니라 양이洋夷 나라에서 배 타고 왔다는 면직 모직 교 직이며 옥양목 광목 생목 아마포며 모슬린 후란넬 라사천 같은 신기한 옷감들이 있고, 왜경대 왜포수건 손거울 머리빗 왜장도 왜식갈 물분 가루분 왜비누 왜바느질고리 궐련초 당성냥 돈지갑 사기등잔 남포등 지우산 박쥐우산…… 없는 것이 없는 황아전이 있으며, 온갖 병약 봉지약에 모찌떡 눈깔사탕에, 온갖 어린애들 장난감에 지남철에 요지경에 천리경까지 있다고 하였다.

"급살옘빙이나 맞다 거우러나질 늠덜."

다시 한 번 뽀드득 소리가 나게 이를 갈던 구곗집은 옴팡눈을 깜작깜작한다.

그란듸…… 이 돈 가지구 한양까장 가서 그런 몬덜을 받어올

둥덩산 같다 몬이 산처럼 쌓였다. 혀짤배기 혀가 짧아서 'ㄹ' 받침소리를 잘 내지 못하여 말이 똑똑하지 아니한 사람. 혀짜래기.

수가 있을까? 한양까장 갔다 오자면 노자만 혜두 월만디. 허기야 당장 가지 않넌다구 헤서 그 몬덜이 다 워디루 가넌 것은 아닐 것이구…… 우선 이 돈만침만 예전대루 방물을 받어다 팔지 뭐. 그러다 보면 밑천두 블어날 것이구 그때 가서 한양이루 가먼 되지 뭐.

느긋하게 맘밑*을 눅여보던 구겟집은 그러나 침이 마른다. 자기가 이런 마음을 내었을 적에는 다른 방물장수들이라고 해서 그런 마음을 먹지 말라는 법이 없을 터. 그 왜상이 만나본 방물장수는 여럿 되는 눈치였고 부보상으로 충청도 일대를 떠돌아다니는 왜인들도 여럿이라고 하였다. 구겟집 마음은 다시 급해진다.

제긔랄. 내 팔자이 긘마잽혀 서울 나들이 허자넌 것두 아니구, 한 골 두 골 팔어가면서 올러가지 뭐. 이 돈이루 우선 몬을 받어가지구 아산 그쳐 긩기도루 올러가서…… 가만. 스무냥이라구 헸넌디 맞기는 맞나?

구겟집은 맨 위에 놓여 있는 엽전꿰미를 들어올리었다. 실꽉하니 팔뚝에 전해져오는 엽전 무게에 스르르 눈이 감겨진다. 언제나 심기가 좋은 것은 엽전을 만지고 있을 때이다. 수중에 돈만 들어 있을 때면 점심을 굶고 영마루를 오를 때라도 조금도 시장기가 느껴지지 않는다.

맘밑 마음자리.

"한 닢, 두 닢, 세 닢……"

소리 내어 엽전을 젖혀 나가던 구곗집은, 하. 숨을 삼키었다. 누군가 앞으로 다가서는 기척이 났던 것이다. 화들짝 놀란 그 늙은 여자 엽전꿰미를 들고 있던 손이 출렁하고 흔들리면서 쩔그렁 소리가 났고, 제 방귀소리에 놀라는°토끼처럼 그 여자는 마른 침을 삼키었다.

"뉘, 뉘기여?"

쇳된 소리를 내며 엽전꿰미를 꽉 끌어안는데, 사내 웃음소리가 들려왔다.

"예서 뭐하고 있나?"

돈 세는 재미에 정신을 잃었던가. 나이 사순°쯤 되어보이는 웬 사내가 고리짝 속 엽전꾸러미를 넘겨다보며 히뭇이°웃고 있었다.

"아녀. 암것두 아니라니께."

소리치며 구곗집은 얼른 고리짝 뚜껑을 닫았고, 사내가 말하였다.

"할멈이 웬 돈이 그렇게 많은가?"

"아니라니께."

후들거리는 손길로 급하게 보자기를 싸고 난 구곗집은 후유

사순(四旬) 마흔 살. **히뭇이** 가뭇없이 히죽하게.

하고 한숨을 내쉬었다. 땟국이 꾀죄죄 흐를망정 중치막*을 걸치었고 먼지가 뽀얗게 앉고 태가 나달거릴망정 반듯한 통영갓을 머리에 얹고 있는 양반이었던 것이다. 중치막자락 터진 옆댕이 밑으로 보이는 바지는 맞붙이*라 어딘지 추워보였고 검버섯이 핀 얼굴이 꺼칠해보였다.

흥. 꼴에 양반이라구 니가 시방 이 늙은이헌티 하게를 허구 있다만, 몰골을 봐허니 영락웂넌 개다리소반이라.

인적이 드문 호젓한 산길이라 후꾸룸한* 생각이 안 드는 것은 아니었으나 구메도적*이나 발피*로 알고 놀랐던 것이 분해진 구계댁은

"아이구머니나. 간떨어질 뻔했네."

중얼거리며 손바닥으로 가슴을 쓸어내리었다.

"봐허니 양반님네 같은디…… 사람이 긔척이 있어야지 워쩌자구 늙은이를 이렇긔 놀래킨다우."

"기척이야 했지. 그런데 돈 세는 재미에 그랬겠지만 할멈이 쳐다보지도 않더먼그래."

말을 하면서도 사내 눈길은 김사과댁께로 가 있었다.

"늙으니께 귀가 어둬서 그러우. 양반님네를 물러뵌 점을 용서 허시우."

중치막 벼슬길에 오르지 못한 양반들이 입던 나들이용 웃옷. **맞붙이** 솜옷을 입어야 할 때에 입는 겹옷. **후꾸룸하다** 어쩐지 무서운 생각이 들다. **구메도 적** 좀도둑. **발피**(潑皮) 뚜렷한 생업이 없이 떠돌아다니는 무리. 건달.

입에 발린 소리로 말하며 고리짝을 둘러싼 보따리 멜빵에 팔을 끼는데, 사내가 고개를 돌리었다.

"할멈."

"왜 그러시우."

"저 댁에서 내려오는 길이우?"

"그렇수."

"사과장어르신 계시든가?"

"출타 중이신듸 아마 오늘쯤 돌오실 규."

"작은사랑나으리는?"

"한양 출입허구 안 지시우. 그란듸…… 왜 그러시우?"

산이 올러 산나무

들이 네려 배나무

븽화국이 홰나무

불이 붙여 향나무

남쪽이난 뎡백나무

푸르러두 단풍나무

단풍져두 푸른나무

나무노래를 흥얼거리며 언덕길을 내려오고 있던 만동萬同이는 무춤 걸음을 멈추었다. 윗사랑채 뒤란을 둘러싸고 있는 돌담 밖으로 난 길이었는데, 저만큼 기슭집 모롱이*를 돌아 갓짜리* 하나가 걸어오고 있었다. 대문 앞까지 온 갓짜리는 뒤쪽을 한 번 돌아보고 나서 대문에 붙어 있는 입춘서立春書를 올려다보았고, 만동이는 지게를 내려놓았다.

서방님이 오시는가?

담 밖으로 휘어져 넘어온 적송赤松 가지 밑에 나뭇짐을 받쳐놓고 달음박질쳐 내려가려던 만동이는 피식 웃음을 깨어물었다. 과객過客이로구나.

건넌방아씨 심부름으로 이웃고을과 살피* 어름*에 있는 주막까지 다녀오는 길이기 때문인가. 갓 쓰고 도포 입은 사람은 물론이고 갓 쓰고 중치막만 걸치고 있는 사람만 봐도 죄 서방님으로 보이는 만동이였다.

거탈*은 비슷해보이지만 서방님이 아니다. 견마는 잡히지 않더라도 세마나마 잡아타고 오지 않는 것도 그렇고 무엇보다도 걸음걸이가 다르다. 가뭄에 콩 나기로 바람처럼 문득 들렀다가는 바람처럼 또 훌쩍 떠나버리고는 하는 서방님이지만, 집으로 돌아올 때 서방님 걸음걸이는 유난히 느리다. 도살장으로 끌려들어가는 소가 그럴까. 한 발짝 떼놓고는 하늘 한 번 쳐다보고 한 발짝 떼놓고는 다시 또 하늘 한 번 쳐다보며 느릿느릿 걸어오는

모롱이 모퉁이 휘어둘린 곳. **갓짜리** 갓 쓴 양반을 비꼬아 일컫던 말. **살피** 두 땅 어름을 나타내 놓은 표. **어름** 두 몬 끝이 닿은 자리. 몬과 몬 한가운데. **거탈** 겉으로 보이는 꼴.

것이어서, 먼빛으로도 금방 알아볼 수 있다.

산그늘이 발등까지 내려와 있어 봄날이라지만 오히려 선뜻한 느낌이 드는 다저녁때인데, 손등으로 이마를 두어 번 훔치고 난 과객은 둘레둘레* 사방을 휘둘러보며 사랑대문께로 올라왔고, 만동이는 가볍게 혀를 찼다. 명색이 양반짜리임에는 틀림없는데 몸가짐이 어딘지 경망하여보인다. 사랑대문 틈으로 안을 들여다보던 과객이 다시 황황한* 걸음으로 본채 쪽으로 내려갔고, 쇠불알처럼 달랑거리는 괴나리봇짐*을 바라보던 만동이는 지게 멜빵에 어깨를 집어넣었다. 사랑나으리를 뫼시고 떠나 아버지도 안 계신 집안에는 어린아이들과 여자들만 있다는 데 생각이 미친 만동이는 작대기로 땅을 찍으며 으윽하고 장딴지에 힘을 주었다.

"입춘대길하니 만사가 형통이라."

입춘서를 바라보며 입안엣소리로 중얼거리던 과객은 흠칫 몸을 떨었다. 인기척도 없이 바로 뒤쪽에서 사람 말소리가 들려왔던 것이다.

"누구슈?"

"으응."

하면서 고개를 돌리던 과객은 저도 모르게 마른침을 삼키었다.

둘레둘레 이리저리 네둘레를 자꾸 둘러보는 꼴. **황황(遑遑)한** 마음이 급하여 허둥지둥함. **괴나리봇짐** 걸어서 길을 갈 적에 보자기에 싸서 어깨에 메는 조그마한 짐.

"누구를 찾으시우?"

엄장˚ 큰 장정이 꼿꼿한 눈길로 쏘아보며 따지듯 물었고, 과객은 난처해하는 웃음을 띠었다.

"저어…… 이 댁에 계시오?"

웃음을 거두고 정중하게 묻는데, 고봉˚이 넘는 생솔짐을 지고 있는 장정 대꾸는 퉁명스럽다.

"그렇수."

꼬락서니로 봐서 노복奴僕임이 틀림없고 기껏해봐야 면천免賤이나 하였을 머슴으로 보이는데도, 엄장 큰 체격과 부리부리한 눈매 탓인가. 영락했을망정 양반 신분인 과객 입에서는 하오가 나온다.

"이 댁이 김아산댁 맞지요?"

"뭐요?"

"김아산이라고 나하고 허교하고 지내는 어른인데……"

만동이 빙그레 웃었고, 과객이 손등으로 뒷목을 훔치며

"댁에 계시오?"

하고 묻는데, 만동이가 픽 웃었다.

"아산은 아랫사랑서방님 예전 골살이 허시던 디구, 이 댁 택호넌 짐사과댁이올시다."

엄장(嚴壯) 풍채 있게 큰 허위대. **고봉** 바지게 위로 수북하게 담음.

"그걸 모르는 게 아니라……"

우물거리며 뒷말을 흐리던 과객이 마른기침을 하였다. 엄장 큰 장정으로 알고 저도 모르게 기가 죽어 하오로 말했는데, 가만히 보니 이제 겨우 턱밑에 수염발이 잡히기 시작하는 사내아이였던 것이다. 아파牙婆를 만날 때부터 어쩐지 재수가 없다고 했더니 이거 일진이 사나운걸…… 생각하며 과객은 헛기침을 하였다.

"김장원 계신가?"

말투가 당장 바뀐다. 그나마 해라로 하지 않고 하게로 하는 것은 웬만한 장정 뺨치게 힘꼴이나 쓸 것 같은 걸때* 때문이다.

"안 지시우."

"그럴 것이네."

과객이 고개를 끄덕이었고, 만동이 눈이 커졌다.

"서방님이 안 지신다넌 것을 아시우?"

"알지."

"워치게……"

하며 만동이 눈이 다시 커지는데, 과객이 고개를 잦혔다.

"그것까지는 네가 알 것 없고, 사과어르신께 통기나 하거라."

"윗사랑나리두 출타 중이신듀."

걸때 사람 몸피 크기.

"그래에?"

"예, 그저께 떠나셨넌디 아마 오늘 해전이룬 돌어오실 겝니다."

하루 저녁 허기나 꺼보려고 들른 잔반°으로 알고 퉁명스럽게 대하던 만동이는 서방님 소식을 알고 있는 듯한 과객에게 말투를 바꾸었고, 과객은 헛기침을 하였다.

"네 이름이 무엇이냐?"

"만됭이라구 허우."

"성은?"

"왜 그러슈?"

"성이 무어냐니까?"

"승이야 나으리덜같이 고귀헌 양반님네덜헌티나 있지 나같이 츤헌 상것헌티 무슨 승이 있것수."

"어허. 어른이 묻는데 무슨 대답이 그렇게 불손한가."

"천가유."

천만동이라. 천방지추마골피 千方池秋馬骨皮라고 미상불 천한 상것다운 성이로구나. 그런데…… 상것이라고 했것다. 그렇다면 종놈은 아니란 말인가.

"만동아."

가느다랗게 째진 눈가에 잔주름이 많아 가살스러워°보이는

잔반(殘班) 터수가 이운 양반. 터수: 살림 셈평이나 만큼. 이운: 기운. **가살스럽다** 교활하다. 약다. 약삭빠르다. 바냐위다. 꾀바르다. 반지랍다. 능갈맞다.

과객사내가 부르는데,

"왜 그러슈."

만동이 대답은 여전히 퉁명스러웠고, 그 사내는 아랫배에 힘을 주며 헛기침을 한 번 하였다.

"어허, 고이허구나."

"……."

"대흥 김사과댁이라면 근동은 차치물론하고 충청지중에서도 알아주는 양반댁이어늘, 이런 양반댁에서 대궁*을 먹는 아랫사람으로서 손을 맞아들이는 법도도 모르더란 말인가? 황차 작은 나으리 소식을 전하고자 불원천리 달려온 양반명색 손을."

이제는 완연히 제 편에서 쇠귀*를 잡았다고 생각한 과객은 낮았으나 힘이 들어간 목소리로 잔뜩 무게를 부려 말하였고, 만동이는 작대기로 땅을 찍었다. 흠칫하고 과객이 놀라는데, 꼿꼿한 눈길로 과객을 쏘아보던 만동이는 어깨로 대문을 밀었다.

"으윽!"

힘주는 소리와 함께 마구간 곁 나무광에 생솔짐을 부리고 난 만동이는 탁탁 소리가 나게 손바닥을 털었는데, 눈썹 사이에 굵은 힘줄이 돋아났다. 도무지 비위가 상해서 견딜 수가 없는 것이었다.

대궁 먹다가 그릇 안에 남은 밥. 대궁밥. **쇠귀** 우이牛耳. 주도권: 앞장서 이끎.

깐에 갓 쓰구 되포 글쳤다 혀서 양반이라 이거지. 허지만 내알
것다. 양반뗑짜인지넌 물르것다만 궁긔가 자르르 흐르는 꼬락서
니 허며 능갈맞어*뵈넌 눈빛이다가 소인스럽게 입가이 흐르구
있넌 웃음긔 허며…… 노자가 떨어져 하룻저녁 허긔나 꺼보것다
이거지. 가세가 빈한허다면 묵정밭*이래두 일구구 허다못헤 생
솔가지라두 쪄다 팔어 식구덜 입이 풀칠헐 방도넌 구허지 않구
허구헌 날을 이리 기웃 저리 기웃 사돈이 팔촌까지락두 찾어 댕
기며 과객질이나 허구 있다니.

대를 물려가며 김사과댁 노복으로 일하면서 위아랫사랑 출입
을 하는 옹반*에 깡반*에 숫반* 같은 가지각색 양반들 몸가짐을
잘 알고 있는 만동이는 퉤! 하고 침을 뱉았다.

하룻저녁 허긔나 끄구 어떻게 노잣닢이래두 빈통헤보것다넌
수작이 뻔허지먼, 그러나 서방님 소식을 즌헐 게 있다 헸으니 안
방마님헌티 이으쭙기넌 이으줘봐야것지. 허긔는 비 맞은 수캐처
럼 잔뜩 주눅이 들어 눈치만 살피다가 서방님 소식 워쩌구 허면
서버텀은 말투버텀 달러지넌 것을 보면 짜장* 빈말만은 아닌 것
같기두 허구.

중문을 지나 안마당을 걸어가는데, 누가 잠방이 뒷자락을 잡
아당기었다. 중문 뒤에 납작 엎드려 있다가 살금살금 다가온 석

능갈맞다 얄밉도록 능갈치다. 묵정밭 오래 버려두어 거칠어진 밭. 옹반 웅고
집 양반. 깡반 깡고집 양반. 숫반 숫고집 양반. 짜장 과연. 정말로.

균石均이다. 윗사랑채 사잇문을 나온 준정俊貞이 동생을 찾아 두리번거리고 있는데, 잠방이자락을 잡은 채로 석균이 팽그르르 한바퀴 맴을 돌아 만동이 앞으로 왔다. 그제서야 동생을 찾아낸 준정이 "개똥아" 부르며 달려왔고, 석균이 날름 혀를 내어밀었다.

"잡어봐. 잡어보란 말여."

"굉긔널이 허다가 졌다구 약올리구 도망가면 워척혀."

"고뉘는 두잖구 맨날 굉긔널이만 허자니게 그렇지."

"고뉘는 니가 너무 잘 두니게 그렇잖여."

"굉긔널이두 누나가 더 잘허잖여."

"굉긔널이두 이길 수 있다구 헤놓구선."

준정이 입술을 비쭉이었으나 이제 막 나래짓을 배우기 시작한 새새끼처럼 석균이는 만동이 다리를 방패 삼아 앞뒤로 맴맴*을 돌며 혀를 날름날름 약을 올린다.

"잡어봐. 잡어보면 굉긔널이 헤주지이."

골이 나 있는 누이를 놀려주는 것이 재미있는 듯 까르르까르르 웃음을 터뜨리며 맴을 도는데, 꼭 산당화 곳잎 부서지는 소리가 난다.

"되렌님, 이러시면 안 됩니다."

맴맴 아이들이 매암 돌 때에 부르는 소리.

만동이가 말하였다.

"이러시다 자뻐지면 워쩌시려구."

"자뻐지지 않어."

만동이 땀에 젖은 잠방이*자락을 잡아당기며 빤히 올려다보는 눈이 뒷동산 숲속 바위틈에서 흘러 나오는 감로수처럼 해맑다.

"이러시면 안 됩니다."

나지막한 소리로 타이른 만동이가 걸음을 옮기려는데,

"자뻐지지 않넌다니께."

잠방이자락을 놓아주지 않는다. 딱한 낯빛으로 서 있는 만동이 눈에 마침 사잇문을 나오는 춘동春同이가 보였고, 만동이가 말하였다.

"춘뎡아, 되렌님 뫼시구 윗사랑 마당이루 가서 놀어라."

"나 안 놀어. 꿩긔널이 허기 싫단 말여."

석균이는 여전히 잠방이자락을 놓아주지 않았고, 오도가도 못하게 된 만동이가 짐짓 엄한 얼굴로 석균이를 내려다보았다.

"밖이 손이 오셨습니다."

"손?"

"예."

하며 만동이 고개를 돌리는데, 중문 앞까지 들어와 열린 문 사이

잠방이 가랑이가 무릎까지 오는 홑바지.

로 안을 들여다보고 있던 과객이 헛기침을 하며 몸을 비틀었다.

"누구랴?"

잠방이자락을 놓은 석균이 과객 중치막자락을 바라보며 눈을 치떴고, 만동이가 가까이 다가와 있는 춘동이한테 목소리를 조금 높이었다.

"되렌님 뫼시구 가서 놀라니께."

저런 체신머리읎넌 작자 같으니라구. 진득허니* 지달리구 있으먼 어련히 주인헌티 즌갈을 허구 나오련만, 그새를 못 참구 중문까장 지웃거려. 저것은 뭣버덤두 우선 양반 뱁도가 아니잖은가.

쫓아가서 한마디 쏘아줄까 하다가 부릅뜬 눈길을 한 번 던져보는 것으로 갈음한* 만동이 안채 쪽으로 갔고, 아이들은 윗사랑채 사잇문 안으로 들어갔다.

"우순풍조 시화연풍이라."

쫓기듯 다시 대문 밖으로 나와 열적고* 또 안달하는 마음을 달래느라 대문 양쪽에 붙어 있는 입춘서를 읽어보던 과객 고개가 갸웃해진다.

"거 참 묘하다."

식년회시 두 번에 별시 다섯 번까지 십 년을 두고 과거에 목을

진득하다 몸가짐이 의젓하고 참을성이 있다. 갈음하다 바꾸다. 대신하다. 열적다 열없다. 조금 부끄럽다.

매어보았으나 번번이 낙방만 해온 처지로되 우순풍조雨順風調 시화년풍時和年豊이니, 때맞추어 알맞게 비 내리고 바람 불어 풍년이 들기를 기원하는 입춘서 글귀 뜻이야 알겠는데, 도무지 묘한 글씨였던 것이다. 이 댁 작은사랑서방님인 김아산金牙山 김병윤金炳允 필치야 일찍이 놀란 바 있는 달필이니 취필이라면 모를까 어딘지 거령맞고*, 윗사랑나으리 되는 김사과노인 글씨라기에는 어딘지 또 야릇하다.

노봉露鋒은 없이 장봉藏鋒만으로 씌었는데, 무딘 듯 힘차게 그 어간 솜씨가 예사롭지 않다. 영자팔법永字八法 따라 붓 잡는 법을 배우던 어린시절 독선생한테 하도 지청구*를 먹은 것이라 엄摩 압壓 구鉤 격格 저抵 오자결五字訣 법식만큼은 조금 짐작하고 있는 그가 보기에 발등법撥鐙法도 아니고 단구법單鉤法도 아니며 쌍구법雙鉤法도 아닌데, 그렇다고 회완법回腕法도 아니다. 아무래도 봉안법鳳眼法으로 썼지 싶은데, 그러나 가만히 보면 또 봉안법도 아닌 것이, 우선 비백飛白이 너무 많다.

김사과 부자가 아니라면 아까 보았던 그 아이가 썼다는 말인가. 기껏해야 대여섯 살로 보이는 그 어린아이가 이렇게 묘한 글씨를 그것도 용이 꿈틀거리고 학이 나래짓하는 듯한 장강대필長杠大筆로 써 갈겼을 수는 없는 것이겠고, 거 참 묘한 신필神筆이로

거령맞다 어줍다. 떠름하다. 어색하다. **지청구** 까닭없이 남을 탓하는 짓.

구나.

그런데······ 어쩐지 찬바람이 도는 듯한 느낌이다. 솟을대문에 중문 저쪽으로 윗사랑채 사잇문까지 달아놓고 안채 아랫사랑채에 마구간 달린 기슭집까지 갖추고 있는 반듯한 와가집임에는 틀림없으되, 봄비에 홈이 난 담벽이며 팬 기왓골도 그렇고 어딘지 모르게 썰렁한 느낌이다.

"그나저나 이 아희가 왜 안 나오나."

구시렁거리며* 다시 대문 안으로 들어서던 과객은 무춤 서버리었다. 중문을 나오던 엄장 큰 총각이 불량한 목자로 쏘아보았고, 과객은 헛기침을 하였다. 다시 한 번 헛기침을 하며 공중 괴나리봇짐을 추슬러보는데, 만동이가 말하였다.

"따러오시우."

과객이 갓끈을 고쳐 매며 중문을 들어서는데, 저만큼 안채 대청마루를 서성이던 노부인이 토방으로 내려섰다. 느릿느릿 걸어오고 있는 과객 모습을 한 번 훑어보고 난 오씨부인이 윗사랑채 쪽으로 몸을 돌리었다. 과객 또한 오씨부인과 뒤쪽으로 몸을 돌려 세우는데, 오씨부인이 말하였다.

"어디서 오시는 뉘 댁이신가 이으쭈어라."

오씨부인과 과객 어름에 서 있던 만동이가 과객을 바라보았다.

구시렁거리다 잔소리나 군소리를 듣기 싫게 자꾸 되풀이하다.

"워디서 오시는 뉘 댁이신가 이으쭈라시우."

"한양 남산골 송교리댁에서 온 유학 송배근이라고 여쭈어라."

과객사내가 짐짓 조빼는° 투로 말하였고, 두 손을 앞으로 모아 잡으며 만동이는 오씨부인 쪽을 바라보았다.

"한양 남산골 송교리댁에서 온 송 뱃자 근짜시랍니다."

"어인 연유루 불원천리허셨넌가 이으쭈어라."

"어인 연유루 불원천리허셨넌가 이으쭈라시우."

"이 댁 작은사랑나으리 되시는 김아산 소식을 갖고 왔다고 여쭈어라."

"서방님 소식을 갖구 왔다구 이으쭈라십니다."

"어인 소식인가 이으쭈어라."

"어인 소식인가 이으쭈라시우."

내외법°에 따라 가운데서 다리를 놓아주는 만동이 눈빛과 말투는 여전히 곱지 않았고, 그런 만동이를 지릅뜬° 눈으로 한 번 노려보고 난 과객은 헛기침을 하였다. 그 사내는 느릿느릿 말하였다.

"김아산이 곤경에 처해 있다고 여쭈어라."

"서방님께서 괸겅이……"

하는데, 오씨부인이 과객 쪽으로 급하게 몸을 돌리었다.

조빼다 점잖을 빼다. 얌전한 체하다. **지릅뜨다** 눈을 크게 치올려 뜨다.

"애븨가 괸긍이 츠헤 있다니…… 그게 뭔 말씀이시오?"

애가 탄 오씨부인이 마른침을 삼키는데, 과객은 먼산바라기*를 하였다.

"도대처 뭔 이은유루?"

과객 쪽으로 한 발 내디디며 오씨부인이 가쁜 숨길을 다잡는데, 그제서야 오씨부인 쪽으로 몸을 돌린 그 사내는 느릿느릿 말하였다.

"이 댁 가세는 잘 모르오나 급전을 좀 변통하셔야 될 듯싶습니다."

"급전이라면, 애븨헌티 뭔 일이 생겼단 말씀이시우?"

오씨부인이 숨가쁘게 되묻는데, 과객 한쪽 입꼬리에 잔주름이 잡히었다.

"생겼지요. 일이 생겼으니 이렇듯 불원천리 달려온 것이 아니겠소이까. 시생 또한 공사다망한 처지올시다만."

"대관절 뭔 일이우?"

"자제분께서 인지*잡혀 있소이다."

"인지라니?"

"다방골에 인지되어 있다 이런 말씀이올시다."

"간셔어엄보살."

지그시 눈을 감으며 탄식처럼 입안엣소리로 부르짖고 난 오씨

먼산바라기 한눈을 파는 짓. **인지**(人質) '인지'라고 읽어야 하며, '볼모'라는 뜻. 質: 전당잡는집 지.

부인이

"석사*께선 애븨와 워찌 되넌 사이시우?"

하고 물었고, 과객이 두 손으로 괴나리봇짐 끈을 잡으며 등을 한 번 추슬렀다.

"일매홍이라는 기생집에 인지되어 있는데, 일매홍이라는 그 갓나희* 성깔이 대단합넨다. 푼전 식채*에도 의관을 벗기는 독한 계집인데 기백냥 식채로 발목이 잡혀 있으니……"

기침을 해서 과객 말을 자르고 난 오씨부인 눈길이 꼿꼿하여졌다.

"애븨와 워찌 되시넌 사이냐구 묻지 않소."

"예. 자제분과 시생 사이로 말씀드릴 것 같으면……"

말을 끊고 괴나리봇짐을 추스르며 땀도 나지 않는 이마를 손등으로 문지르다가 한참 만에

"벗하고 지내는 사이올시다."

하고 끝을 맺었다.

"그러셨나? 한양이 송석사 같은 붓이 있다넌 말은 못 들었넌 듸……"

똑바로 바라보는 오씨부인 눈길을 피하여 헛기침을 한 번 하고 난 과객 눈가에 잔주름이 잡히었다.

석사(碩士) 벼슬이 없는 선비를 높여 부르던 말. **갓나희** 노는 계집. **식채**(食債) 외상으로 음식을 먹고 갚지 못한 빚.

"한양과 대홍이 천리라 한 선생 밑에서 같이 종아리를 맞은 사이는 아니올시다만, 김장원이 한양 출입을 할 때면 반다시 시생집에서 묵어가니, 여간 벗하고 지내는 사이가 아니지요. 뿐이겠습니까. 기묘년 회시 때 만난 이래로 친동기간 이상 도타운 정분을 나누고 있으니, 호형호제하는 사이올시다. 대부인어르신께 인사가 늦었습니다만."

"긔묘회시 때 만나셨다구?"

"예."

하고 대답하며 허리를 조금 숙여 보인 과객이

"일유께서야 원체 뛰어난 재조라 첫 번 응시에 장원을 했습니다만……"

부끄럽다는 듯 뒷목을 훔쳤고, 오씨부인은 지그시 눈을 감았다.

"간셔어엄보살."

보일 듯 말 듯 고개를 흔들고 난 오씨부인이 과객을 바라보았다.

"애븨 자까지 아시넌 것을 보니 믠분이 있넌 것은 적실허구려. 헌디, 그 사람 뫼골은 워떻습디까?"

"일유께서 도임해 있을 때 많은 신세를 지기도 했었지요. 김아산이 원체 관후장자*시라 책실*식객들 접대에도 소홀함이 없었

관후장자(寬厚長者) 너그럽고 점잖은 사람. 책실(册室) 고을 원 자제나 손님들이 머물던 방.

지요."

"뭐 그런 말씀을."

그렇게 말하는 오씨부인 반 넘어 흰머리는 그러나 보일 듯 말 듯 흔들리고 있었다.

아니다. 이런 자가 내 잘난 아들 일유—柔 벗일 수는 없다. 하물며 친동기간 이상으로 도타운 정분을 나누고 있다니. 어릴 때부터 같이 놀며 자라지 않았다고 해서 너나들이*로 사귀지 말라는 법은 없으되, 사람 보는 눈이 그렇게 문문한* 내 아들이 아니잖는가. 초췌한 행색이야 먼 길을 다니다 보면 그럴 수도 있는 것이겠으나, 피죽 한 모금도 안 붙게 빈상으로 생겨먹은 낯짝이 우선 그렇고, 반지랍게* 살살 눈웃음을 치는 것이며 계집사람처럼 얄팍한 입술이 무엇보다도 걸린다. 안보는 체하며 살살 곁눈질을 하는 것도 그렇고. 하기야 서울 출입이 원체 잦은 사람이고 보면 오다가다 어느 주막집 목로*에서라도 만나 수인사를 나누게 된 사이일 수도 있겠지. 헌데, 내 자식 본병이 또 도졌단 말인가?

"일유 그 사람 뵐골이 워떻더냐구 묻지 않소?"

자식 걱정에 애가 탄 오씨부인 목소리가 가느다랗게 떨려나오는데, 과객 태 낡은 갓이 앞쪽으로 기울어졌다.

"예에."

너나들이 서로 너니나니 터놓고 지내는 사이. **문문하다** 무르고 만만하다. **반지랍다** 됨됨이가 꾀바르다. **목로**(木爐) 술집 술청에 술잔을 벌여 놓는 상. 썩 길고 좁으며 목판처럼 되어 있음. 주로酒壚.

"몸이 많이 상헀습디까?"

"상하고말고지요."

"간셔어엄보살."

"허구헌 날을 주색에 곯았으니."

하다가 과객은 얼른 말을 바꾸었다.

"몸이 상한 것도 그렇지만 그 계집 성깔이 워낙 녹록치 않아 여간 졸경을 치르고 있는 게 아니니…… 그게 걱정이지요. 그 계집이 서방 한 뭇*은 꺾었다고 호가 난 갓나희올시다. 한번 그 계집한테 잡히면 뼈도 못 추리지요."

"그자*라구 허셨나?"

"예. 아직 출사를 못한 채 책장이나 넘기고 있는 만년 낙방거자 유학이올시다."

건넌방 쪽을 한 번 돌아보고 난 오씨가 목소리를 낮추었다.

"그 아희 이름이 뭐라구 허셨소?"

"일매홍이올시다. 약방기생* 출신이온데 대단한 계집이지요."

"일색*이겠구려."

오씨 낯에 그늘이 깔리는데, 과객이 얼른 손사래를 쳤다.

"일색은 무슨. 겨우 면추*나 했지요."

고개를 갸웃하던 오씨가 만동이를 바라보았다.

한 뭇 열 사람. **거자**(擧子) 과거를 보는 선비. **약방기생**(藥房妓生) 내의원內醫院에 딸린 의녀로서 궁중에서 침술을 하던 궁녀. **일색**(一色) '미인' 우리말. **면추**(免醜) 여자 얼굴이 겨우 더러움을 면함.

150

"아랫사랑이루 뫼시어라."

내 신세가 어쩌다가 이 지경에까지 이르게 되었누.

주인이 집에 있는 경우가 드물어 손 또한 드문 탓인가. 머리때에 절어 반질반질 윤이 나는 퇴침˙ 한 개만 달랑 놓여 있을 뿐 썰렁한 아랫사랑채 객실에 행리˙를 푼 송배근宋培根은 긴 한숨을 내쉬었다. 곡우 한식 다 지나고 입하가 멀지 않았다지만 불기 한 점 없는 객실은 선득하리만큼 냉랭하였고, 그 사내는 이맛살을 잔뜩 으등그려 붙이었다.

저녁상 나오기 전에 눈이나 붙여볼까. 춥고 배고플 땐 그저 퇴침이나 벗는 게 상수려니.

퇴침을 잡아당기려고 허리를 꺾어 길게 손을 내뻗치는 송배근이 아랫배에서 꼬르륵하고 물빠지는 소리가 나면서 힘도 없고 내음도 없는 물방귀가 나온다. 아랫배를 두어 번 문지르며 끄윽하고 헛트림을 하고 난 그 사내는 관자놀이 맡에 퇴침을 받치고 모로 눕는다.

이 생각 저 생각에 눈만 깜작깜작하던 송배근은 끙 소리와 함께 몸을 일으킨다.

집 걱정도 그렇고 이 댁 당주인 김사과노인을 만나 어떻게 돈

퇴침(退枕) 서랍이 있는 목침. 행리(行李) 나들이 때 쓰는 연모.

냥이라도 우려내어볼 궁리도 걱정이지만, 무엇보다도 우선 배가 고프다. 굴풋하고* 헛헛한* 푼수가 아니라 날카로운 연장으로 도려내는 듯 속이 쓰리면서 숫제 거시침*이 흘러나온다. 홍주洪州 책실에서 얻어먹은 아침이 부실한데다 대흥읍성으로 들어가는 목쟁이*에 있는 삼거리 주막에서 요기 시늉이나 했을 뿐, 찬물 한 모금 입에 넣어보지 못하였다.

탁배기* 두어 잔 곁들여 장국밥*으로나마 푸짐하게 요기를 하고 싶은 마음 굴뚝같았으나, 만약의 경우를 생각하여 꾹 눌러 참고 장떡* 몇 쪽으로 겨우 허기나 끈 송배근이다. 아랫배에 꼭꼭 둘러 찬 전대* 속에는 아직 두어냥쯤 남아 있을 것이지만 그 마지막 고린전*까지 함부로 써버릴 수는 없는 일이었다. 그랬다가는 아니할 말로 진실 객사주검을 하게 될지도 모른다는 생각에 송배근은 눈을 질끈 감았다. 전이라고 해서 문문하였던 것은 아니었으나 날이 갈수록 더욱 각박하다 못해 흉흉하기까지 한 인심이라는 것을 요번 행보에 알게 되었던 것이다.

이런 단매*에 쳐죽일 놈들 같으니라구.

홍주 책실에 머무를 때 홀대는 그만두고 구박과 타박이 숫제 자심하던 아전나부랭이들을 떠올리며 송배근은 끙 하고 헛심을

굴풋하다 속이 헛헛한 듯하다. 헛헛하다 출출해서 무엇이 먹고싶다. 거시침 거시춤. 거위춤. 목쟁이 목정강이. 들목. 탁배기 농주農酒. 막걸리. 장국밥 장국에 만 밥. 장떡 간장을 쳐서 만든 흰무리로 먼길 갈 때 건량乾糧으로 썼음. 전대(纏帶) 허리에 찬 돈띠. 고린전 깊숙이 감춰두어 고린내 나는 돈. 곧 비상금. 단매 한 차례 치는 매.

썼다. 이런 때 남초라도 한 대 말아볼 수 있다면 민민한˚ 심사가
어느 정도 가셔질 수 있으련만, 담배가 영 받지를 않는 송배근으
로서는 끙끙 헛심이나 써보는 수밖에 없다. 언제였던가, 울울한
심사를 달래보고자 안해가 피우던 단죽短竹에 입을 대어보았다
가 사래˚가 들려 여간 고생을 한 송배근이 아니었다.

　송배근이 한양 남산골 허미수터˚ 아래 있는 집을 나온 것은 꼭
보름 전이었다.

　안해 류씨가 석 달 걸려 짠 무명 닷 필을 진고개에서 황아전을
벌이고 있는 왜인한테 넘긴 돈 스물닷냥을 전대에 둘러차고서였
는데, 심기가 여간만 흐뭇한 게 아니었다. 운종가˚에 백목전˚을
내고 있는 조선 장사치들 같으면 필에 넉냥씩 쳐서 스무냥이나
겨우 내주겠지만, 왜말로 하시모토라 하고 조선말로 교본橋本이
라 하는 그 왜상은 하이 하이 잔나비처럼 연신 고갯짓을 해가며
놀랍게도 닷냥을 더 얹어주던 것이었다. 처음에는 이거 뭐 잘못
되는 게 아닌가 싶어 마음속으로 재빨리 산목˚을 맞추어보고 있
는데, 말투는 이상하나 알아듣기에는 어렵지 않은 조선말로 얼
마든지 더 가져오라고 하는 것이었다. 무명이든 삼베든 비단이
든 손으로 짠 피륙이라면 얼마든지 살 터이니 가져 올 것이고 집

민민하다 매우 딱하다. **사래** 목구멍이 막히는 것. **허미수(許眉秀)터** 미수眉秀
허목(許穆, 1595~1682)이 살던 이제 서울 중구 인현동. **운종가(雲從街)** 조선
왕조 때 서울 거리 이름으로 이제 종각에서 종로4가까지 한바닥이었음. **백
목전(白木廛)** 무명과 베를 팔던 가게. 면포전. **산목(算木)** 주판籌板알.

에서 짠 것만이 아니라 다른 집에서들 짠 것까지 모두 모아 오라고 하는 것이었다.

이자가 명색이 선비인 나를 시쾌*로 만들 셈인가.

처음에는 언짢은 기분이었으나, 제기랄. 공자님도 의식이 족해야 예절을 안다고 하셨거늘…… 우선 살고 봐야지.

닷냥이라. 말이 쉬워 닷냥이지, 아이구우 닷냥이면 얼마나 큰 돈인가. 상감마마 진쪼실 수라*를 짓는다는 이천利川쌀로 팔아도 한 말에 서 돈 오 푼이니 섬 반을 팔 수 있고, 보리쌀로 바꾼다면 두 섬은 실히 들여놓을 수 있다. 뿐인가. 귀가 남는 돈으로는 자반토막*이라도 곁들여올 수 있다.

물정 모르는 왜인한테 횡재를 했다고 생각한 송배근은 숭례문崇禮門을 척 나서 청파靑坡에서 세마를 잡아타고 동작銅雀나루 건너 남태령南太嶺을 넘은 다음 과천果川 지나 인덕원仁德院에서 중화*하고 수원水原 남문 밖에서 숙소를 정하였는데, 홍주까지 사흘이면 넉넉할 것을 열흘씩 잡아먹었던 것은 전수이* 느긋하여진 기분 탓이었다. 홍주 목사牧使 밑에서 책방* 노릇을 하고 있다는 조참봉趙參奉을 찾아가는 길이었다.

송배근과 동접인 조참봉 또한 번번이 낙방만 거듭해온 민머

시쾌(市僧) 장에서 흥정붙이는 것이 업인 사람. 장주릅. **진쪼실 수라** '임금님이 잡수실 진지'라는 뜻 궁중 말. **자반토막** 소금에 절인 생선토막. **중화**(中火) 길 가다가 먹는 점심. **전수이** 순전히. **책방**(册房) 외방 수령 비서일을 맡아보던 사람으로, 관제에 있는 것이 아니고 사사로이 들였음.

154

리ˇ백수白手였는데, 사람이 약삭빠르고 꾀가 많은데다 이것저것 아는 게 많아 송배근이 언제나 부러워하는 처지였다. 살림이 포실하여 첩까지 두었고, 대어놓고 물어보지는 못하였으나 민머리를 면하게 된 것 또한 이삼만냥씩 나가는 납전納錢을 바치고 얻은 참봉직첩일 리는 만무하였다. 민문과도 줄이 닿는 눈치이니 전수이 세도대감 민영준閔泳駿이 불알을 긁어주었거나 환심을 사둔 그 첩실들 베갯밑송사로 얻어 낸 것일 터이었다. 베주머니에 의송 들었다ˇ고 오종종한ˇ 외양과는 다르게 여간 재주가 많은 사람이 아니었다.

사는 형편이 다르고 노는 자리 격이 다른 만큼 왕래 또한 뜸하여 수삼 년 근래에는 서로 얼굴도 잊고 지내는 사이였는데, 송배근이 쪽에서 그 집을 찾아갔던 것은 전수이 장인영감 핀잔이 두려워서였다. 고조할아버지가 홍문관弘文館부교리副校理를 지냈으므로 송교리댁으로 불리우나 증조할아버지와 할아버지와 아버지에 이어 당자까지 벼슬길에 오르지 못한 배근 집안은 똥구녁이 찢어지게 가난ˇ하였다. 할아버지 때까지는 그래도 근기近畿 일원에 장만해놓았던 전장이 있어 꿀리지 않는 살림이었으나 아버지인 송노인이 벼락감투로 참봉직첩을 떠안게 되는 바람에 그나마 다 팔아올리고 이제는 그야말로 생쥐 볼가심할 것도 없

민머리 백두白頭. 오종종하다 얼굴이 작고 옹졸스럽다. 가난 간난艱難.

는°지경이다. 벼락감투를 떠안게 되는 바람에 살림이 거덜이 났다고는 하지만 참으로는 송노인 허욕이 빚은 뒤끝이었으니, 민머리를 벗어보는 것이 평생 소원이었던 것이다.

송노인이 처음부터 마음에 두고 노려왔던 것은 사옹원司饔院 봉사奉事 자리였다. 종팔품 미관말직으로 벼슬명색으로서는 그야말로 보잘것없는 자리였으나, 참으로는 그게 아니라는 것을 잘 알고 있는 송노인이었다. 다달이 타게 되는 삭료朔料라는 것이 야 겨우 입에 풀칠이나 할 수 있을 만큼이지만, 산목을 어떻게 늘어놓느냐에 따라서 얼마든지 포흠°질을 할 수가 있는 것이다.

봉사 자리를 바라고 오만냥을 바쳤는데, 손에 들어온 것은 수지°쪽이나 다름없는 공두고신空頭告身이었다. 선혜청宣惠廳 당상堂上으로 있는 민閔아무개 대감댁 녹사錄事 작간作奸에 속았다는 것을 알았을 때는 이미 때가 늦은 뒤였고, 해를 넘겨가며 비대발괄°로 물고 늘어진 끝에 참봉직첩이나마 받아낼 수 있었던 것이 그나마 다행이라면 다행이었다고나 할까.

종구품 미관말직이라지만 능참봉이라면 여간 행세거리가 되는 벼슬이 아니었으나, 능陵 원園 종친부宗親府 돈령부敦寧府 사옹원 내의원內醫院 군기시軍器寺에 딸린 어느 관청으로 나가 일을 하는 실함實啣이 아니라 직함만 빌릴 뿐인 차함借啣이었다. 그것도

포흠(逋欠) 관물을 사사로이 써버리는 것으로, 횡령. **수지** 밑씻개. **비대발괄** 애꿎은 까닭을 하소연하면서 애타게 빎.

감투라고 상사람들과 아랫것들한테 나으리 소리를 듣는 맛이 괜찮기는 하였으나, 영 입맛이 쓴 송노인이었다. 고린전 한 닢 도대체가 생기는 것이 없었던 것이다. 송참봉댁이라는 택호까지 얻어 행세거리가 되기는 하였다. 그러나 차함이 너무 많이 팔려 흔하다 보니 천해져서 사겠다는 사람이 없었고, 그래서 강제로 차함을 떠안게 된 것이 벼락감투였다. 울화가 도져 환갑도 못 넘기고 숨을 거두게 된 송참봉이 자식한테 남긴 유언인즉,

우리 집은 송참봉댁이 아니라 송교리댁이니라.

그나마 살림이 지탱되는 것은 전수이 안해인 류씨 덕분이다. 모시전골 장주릅°으로 돈냥이나 잡아 족보를 위조하고 공명첩空名帖을 사서 어떻게 양반행세를 하고는 있으나 본디 농군 태생 상사람인 근본이 평생 한으로 남아 있는 류첨지柳僉知가 근지°하나 보고 딸을 보내었고, 죽일 놈 살릴 놈하며 사위 처가 출입을 막으면서도 어렴시수°를 보태어준다. 보태어준다고 하지만 워낙 산목에 밝고 인색한 류초시인지라 그야말로 겨우 입에 풀칠이나 할 만큼이고, 거리로 나앉게 되지 않은 것은 전수이 류씨 손끝 덕분이다. 마음씨가 곱고 수더분하여 남편을 하늘같이 떠받드는 정성이 지극하고 쇠심줄처럼 질긴 참을성이 있는데, 거기다가 베짜는 솜씨가 뛰어났다. 솜씨 좋고 부지런한 사람이라고 하더

장주릅 장터에서 흥정붙이는 일이 업인 사람. 근지(根地) 자라온 살림살이와 살아온 길. 밑절미. 어렴시수(魚鹽柴水) 사는 데 소납인 생선·소금·땔나무·물. 소납: 어떤 일에 쓰이는 몬.

라도 베 한 필 짜는 데 두 달 가까이 걸리고 무명을 짜는 데는 한 달에 겨우 필 반인데 류씨는 남보다 반 필은 더 짰다.

삼을 훑는 데 하루 한나절. 햇빛에 바래가지고 째는데 이레. 씨를 째는 데 닷새. 날을 삼는 데 보름. 씨 삼는 데 열흘. 나는 데 한나절. 매는 데 하루 한나절. 짜는 데 닷새.

베 한 필 짜는 데 이렇게 많은 공력과 품을 매게* 되는데, 이것을 팔아 돈으로 바꾼 송배근이 제일 먼저 달려가는 곳은 기생집이다. 기생집이라고 하지만 오입 밑천이 달리고 내세울 만한 감투가 없는 민머리 백수인지라 유부기有夫妓인 일패一牌는 언감생심이요 은근짜[隱君子] 이패二牌도 버거워 다방머리 삼패三牌집이나 갈보蝎甫집에서 탁배기잔을 기울이며 노닥거린다. 사나흘씩 어떤 때는 달포가 넘도록 논다니*들과 흥뚱항뚱* 회학질*이나 하다가 돈이 떨어져서야 집으로 오는데, 집에 와서는 또 온갖 트집을 잡으며 행패가 자심하다. 구린입* 한 번 떼는 법 없이 온갖 행패를 다 받아주며 류씨가 걱정하는 것은 오로지 남편 몸이 축나는 것이다.

저렇게 몸을 상하셔가지고서야 어찌 과거를 보시누.

소금 독에 꼭꼭 묻어두었던 계란을 깨뜨려 흰자는 장에 넣을 반찬거리로 젖혀두고 노른자만 담은 접시와 꿀물이 담긴 대접을

매다 어떤 때에 떠나지 못할 이어짐을 갖다. **논다니** 웃음과 몸을 파는 여자. **흥뚱항뚱** 정신을 안 쓰고 꾀를 부리며 들떠 있는 꼴. **회학질** 농지거리. **구린입** 1.구린내 나는 입. 2.더럽고 주제넘은 말을 하는 입.

두 손으로 받쳐올리며 이렇게 말한다.

　몸에 이한 거니께 쭈욱 드셔요.

　나라고 왜 모르겠는가, 부인이여. 민민하고 또 울울한 심사를 달래보고자 내 짐짓 파적을 하고 있음이니, 너무 나무라지 마소. 요번 과거에 입격만 한달 것 같으면 모든 것을 곱장리*로 쳐서 갚아줄 것인즉.

　서안書案 앞에 올방자 틀고 앉아 눈을 부릅떠보지만, 글자가 잘 눈에 들어오지 않는다. 상기가 되면서 쪽골이 패고 다리는 또 저려오는데, 귀를 후벼오는 것은 안해 바디질 소리. 벌떡 일어난 송배근은 중치막을 걸치고 망건 위에 갓을 얹는다.

　청올치*로 삼은 미투리에 발을 꿰는데, 바디질 소리가 딱 멎는다. 베틀이 놓여진 아래채에 잠깐 눈길을 던져보던 송배근이 크흐음 헛기침 한 번 하고 나서 관솔 구멍이 여기저기 나 있는 일각대문을 나서는데, 다시 바디질 소리가 난다. 바디질 소리를 떨쳐버리려는 듯 잰걸음으로 고샅길을 벗어난 송배근은 무춤 서더니 하늘을 한 번 올려다본다.

　밤새워 책을 읽은 것도 아닌데 웬일로 눈이 아프다. 아무것도 없이 텅 빈 하늘에는 새털구름 한 무더기만 떠 있고, 어느 대갓집 사랑채인가. 돌담 너머로 가지를 뻗치고 있는 개나리 노란 꽃빛

곱장리 요즘말 '달리 이자'. 청올치 겉껍질을 벗겨낸 칡덩굴 속껍질.

이 눈부시다.

벌떡증*이 나서 집을 나오기는 했지만 막상 갈 데가 없다. 무명 한 필을 내다 판 넉냥을 가지고 삼패 갈보집에서 사흘 동안 묵새 기*를 치고 난 뒤이므로 수중에는 고린전 한 닢도 없다.

제기랄. 어떤 놈들은 홍패*는 그만 두고 백패* 한 장 없이도 벼 슬길에 잘 오르고 떵떵거리며 살건만……

입안엣소리로 구시렁거리며 느릿느릿 걸어가던 송배근이 발 길이 다시 멎었다. 그 사내는 딱 소리가 나게 두 손바닥을 마주 쳤다.

옳지. 그 친구를 찾아가보자. 민문과 줄이 닿아 있다고 도도한 체하는 게 아니꼬와 내 쪽에서 먼저 발길을 끊었지만, 그래도 동 접인 죽마고우 아니었던가. 민아무개 대감댁 문객門客으로 이름 이 높다고 했으니 곤궁한 처지에 있는 친구를 설마 모른다 하지 는 않겠지. 어떻게 잘 말해서 나도 어느 대감댁에 분긍질*이나 하 러 다닐까. 엥이, 분긍질이라니. 말이 좋아 대감댁 문객이지 청지 기 노릇까지 해야 하는 그 천한 짓을 어떻게 하누. 굶어 죽어도 남 의 집 월장은 할 수 없고 얼어 죽어도 겻불을 쬐지 않는 명색이 선 비 아닌가. 분긍질이야 그렇다지만 원체 다재한 친구이니 무슨

벌떡증 화가 벌떡벌떡 일어나는 병증病症. **묵새기다** 한군데 오래 묵으며 날 을 보내다. **홍패(紅牌)** 문과급제자에게 내어주던 증서. 붉은 바탕 종이에 성 적·등급 및 성명을 먹으로 적었음. **백패(白牌)** 사마시司馬試에 급제한 생원· 진사에게 주던 흰 종이 증서. **분긍질(奔兢-)** 엽관운동.

수가 있겠지.

오래간만에 만나는데다 어려운 부탁까지 하러 가는 처지면서 빈손으로 가는 것이 무엇하였으나, 우리 사이는 그런 사이가 아니니까 중얼거려 스스로를 달래어 부추기며 송배근은 잰걸음을 놀리었다.

배다리 건너 아랫다방골 안침에 있는 조아무개 집은 주인이 바뀌어 있었다. 주인이 바뀐 지 한 해가 넘는다고 하였다. 이사를 온 집주인이 하필이면 아버지가 그토록 목을 매었던 사옹원 주부主簿로 있다는 것이어서 송배근은 심기가 상하였는데, 거만하기 짝이 없는 상노아이놈한테 사정사정을 해서 알아낸 사직골 조아무개 집으로 찾아간 그 사내는 어느 대갓집 뺨치게 으리으리한 솟을대문 앞에서 다시 한 번 심기를 상하였다.

이 친구가 어디서 생금°이라도 주웠단 말인가?

조아무개는 집에 없었는데, 이 댁이 아랫다방골서 이사온 조석사댁이냐고 물었다가 송배근은 그만 코를 떼였다°. 엄장 큰 상노총각녀석이 같지않다는 낯빛으로 아래위를 훑어보며 이렇게 말하였던 것이다.

잘못 찾아오셨수. 여긴 조석사댁이 아니라 조참봉 나으리댁이우.

─────────────

생금(生金) 캐어낸 대로 황금.

동접인 조아무개 집임에는 틀림없는데, 깍듯하게 나으리를 받쳐 조참봉댁이라고 하니, 이 친구가 납전을 바치고 참봉직첩을 샀단 말인가?

자세한 속내는 알 수 없으되 참봉명색인 것만은 틀림없는 듯하였고, 무엇보다도 기가 질리는 것은 안채 사랑채에 마구간 달린 기슭집까지 갖추고 있는 으리으리한 와가인데다, 딸려 있는 노복들만도 열 귀˚는 넘어보였다. 새로 고신˚을 받은 홍주목사를 따라 책방명색으로 내려간 지 여섯 달이 넘는데, 인편으로 안부나 전해올 뿐 한 번도 집에 온 적이 없다는 말을 듣고 '조참봉 나으리댁' 솟을대문을 나서던 송배근은, 눈을 꼭 감았다.

까닭 모르게 부글부글 끓어오르던 가슴속 울화가 멎으면서 송배근은 어금니에 힘을 주었다.

그렇다. 이 친구를 만나보자. 이 친구를 만나 무슨 수를 쓰던지 살 방도를 마련해보자. 공자님도 의식이 족한 뒤에야 예절을 안다고 하시지 않았던가. 문객이면 어떻고 책방이면 또 어떤가. 재주가 좋고 꾀가 많아 어떻게 밥술이나 먹었다고 하지만 따지고 보면 저나 나나 돗진갯진˚이었는데, 저렇듯 고래등 같은 집에다 여남은 귀 노복까지 거느리는 장자長者가 된 것을 보면, 빤하지 않은가. 목사라는 자와 짜고 또는 눈을 속이는 온갖 간롱을 떨어

귀 종[노복] 수를 세던 말. **고신**(告身) 임명장. **돗진갯진** '거기서 거기'라는 뜻.

포흠질을 해먹은 것이 틀림없다. 홍주라면 고을이 크니 국물도 많겠지. 나도 어디 군수나 현감 밑에 책방으로 들어가 몇 해만 잘 산목을 놓아보면 조참봉만은 못하더라도 집간이나 장만하고 종자從者 두엇은 거느릴 수 있겠지. 몇 해까지는 그만두고 한 일년만 책방질을 하면. 내가 시방까지는 그쪽으로 뇌를 안 써서 그렇지 뇌를 쓰기로만 한다면야 조참봉 따위한테야 떨어질 리 없지.

방금 전까지만 해도 명색이 선비로서 그런 천한 짓을 할 수는 없다고 도머리를 치던° 송배근은, 얼른 마음을 바꾸었다. 안해 류씨가 무명 닷 필을 짜기를 기다리는 석 달 동안 그 사내는 하루에도 몇 차례씩 기와집을 지었다가는 허물고 지었다가는 또 허물기를 되풀이하느라 잠을 못 이루었다.

장부로 태어나 한세상을 건지는 것이 과거만이 아니어니, 하필이면 한평생을 썩은 선비 될까 보냐.

명륜당明倫堂이나 비천당조闡堂 뜨락에 펼쳐놓은 돗자리 위에서 붓방아만 찧다 돌아온 날 밤이면 송배근이 탄식처럼 뱉아내고는 하는 소리인데, 류씨부인은 말이 없다. 서방님 심기를 상하시게 할까 두려워 다소곳이 턱 끝을 숙인 채로 앉아 손가락 끝으로 방바닥만 문지르다가 살며시 일어나 아랫방으로 내려간다.

그리고 들려오는 것은 바디질°소리. 풀방구리 쥐 나들 듯 친정

바디질 베나 섬을 짜는 데 바디를 부리는 일.

을 들락거리며 대궁밥이나마 물어 나른다고 하지만 송배근이 십
년을 넘게 과거 궁구를 할 수 있게 되는 것은 전수이 류씨 덕분이
다. 송배근은 그러나 그 바디질 소리가 싫다. 책 읽는 데 훼방이
된다고 증을 내지만 그건 핑계에 지나지 않고, 바디질 소리가 꼭
제 신세를 말해주는 것만 같기 때문이다.

장부로 태어나 한세상을 건지는 것이 과거만이 아니어니, 하
필이면 한평생을 썩은 선비 될까 보냐.

탁 소리가 나게 책장을 덮으며 부르짖듯 뱉아보는 이 말은, 그
러나 송배근이 말이 아니다.

기묘회시 때 명륜당 과장 곁자리에 앉았던 인연으로 수인사를
나누고, 그런 인연을 빌미삼아 충청도 선비들이 주인을 잡고 있
던 사처에까지 따라가 술잔이나 얻어먹으며 건공대매*로 민문
욕설에 침을 튀길 때, 김병윤이 한 말이었다. 관옥 같은 얼굴에
눈에 영채가 있고 의젓한 행동거지여서 허텅지거리*로 던지는
한마디 농에도 어딘지 위엄이 있어보이는 김병윤이라는 선비한
테 잔뜩 주눅이 들어 있던 송배근이

말씀 한번 근사하외다. 글 많이 한 충청도 선비는 역시 다르다
니까.

저를 위자해주는 말로 알고 간롱스러운 보비위로 대거리를 하

건공대매 1.어떠한 조건이나 근거도 없이 무턱대고 승부를 겨룸. 2.결과가
무승부로 끝난 대매. **허텅지거리** 매겨진 말수가 없이 들떼놓고 하는 말.

는데, 송배근보다 다섯 살 밑인 김병윤이 빙긋 웃었다.

생 말이 아니라 열성공 고사올시다.

열성공이 뉘시오?

황희 황정승 아시지요?

알구말구지요.

그 황정승 자제 되시는 황수신 대감 싯귀지요.

호오.

세조대왕 시절 수상까지 지내셨던 어른인데, 일화가 많습넨다. 젊었을 때 그 어른이 과거를 보게 되었으나 시관한테 모욕을 당하고는 분개하여 쓴 시에 한 련이지요. 시권에 그 시를 쓰고는 붓을 던지고 나와서 이로부터 다시는 과거를 보지 않았다고 합니다. 택민제세비과제澤民濟世非科第어늘 불필평생작부유不必平生作腐儒리요. 허허.

황정승이 응했던 과거가 무엇이었수?

사마시였지요.

허허. 비렴급제*였나 보우. 생진과도 안 거친 양반이 정승까지 한 걸 보면.

그 시를 짓고 나서는 다시는 과거를 보지 않았다고 하지 않소.

과거도 보지 않았다면서 어떻게 무슨 재조로 정승까지 올라갔

비렴급제(飛簾及弟) 초시나 생진과 등을 거치지 않고 단번에 문과 장원급제 하는 것.

단 말이오?

특명제수*였지요.

연유가 있었을 게 아니오?

공이 어렸을 제 홍천사란 절에서 궁구하였는데 세조대왕께서
왕자로 계실 제 마침 절에 이르렀다가 공이 동류들과 글 읽는 것
을 보게 되었습니다. 모두 불러 사운시*를 외우게 하고 그 응대하
는 것을 살펴본즉, 공이 가장 먼저 외는데, 음절이 낭랑하였으므
로 매우 기특하게 여겼구려.

목소리 하나 취해서 정승까지 시키다니…… 참 몽매했던 시절
이었소그려.

목소리만이 아니었지요.

또 뭐가 특장이었수?

젊었을 적부터 얼굴이 심히 웅위하였지요. 일찍이 예조판서로
명나라에 갔을 제 사람들이 공 풍도를 보고자 이르는 곳마다 다
투어가면서 모여 구경했다고 하지요.

옛날이야기를 그야말로 옛날이야기 책 읽듯 나직한 목소리로
느릿느릿 말하는 김병윤이었으나, 송배근은 슬그머니 사처를 나
왔다. 어떻게 겨우 글자수나 맞춰보는 시늉이나 낼 뿐 빼어나게
아름답지는 못할망정 손가락질이나 당하지 않을 만한 시를 지을

특명제수(特命除授) 여러 차례 없이 임금이 바로 벼슬을 시킴. **사운시**(四韻
詩) 네 개 운각韻脚으로 된 율시律詩.

재주도 없고, 글을 읽는 목소리가 낭랑한 것은 그만두고 아녀자 목소리와 비슷한데다가, 얼굴 또한 말상으로 강팍하게 생긴 그로서는 저를 놀리는 말로 들려 더 그만 앉아 있을 수가 없었던 것이다.

방방일放榜日 아침 버릇대로 경복궁 근정전 뜨락으로 나가보았으나 송배근은 방말에도 끼이지 못하였는데, 김병윤이 장원이었다. 아산현감에 제수되었다는 소식을 듣고 어떻게 무슨 수가 없을까 하고 찾아갔을 때 김아산 김병윤 말은 이러하였다. 장근 달포에 가깝도록 책실에서 묵새기질을 칠 때였다.

장부로 태어나서 붉은 종이 위에 이름을 쓰지 못한다면 그 나머지는 족히 보잘것이 없겠지요. 생 말이 아니라 황정승 말씀이올시다.

아아, 저놈에 바디치는 소리.

서안 위에 펼쳐놓은 『서전書傳』에 이마를 박은 채로 깜박 잠이 들었던 송배근은 흠칫 몸을 떨며 고개를 든다. 탁탁, 타가닥 탁, 하고 끈덕지게 들려오는 소리는 안해 바디질 소리가 아니라 솔가지 타는 소리다. 엄장 크고 목자 불량한 그 아희놈이 군불을 지피고 있는 것이겠지. 궁둥이 밑이 따스하다.

"신수가 말씀이 아니시더라고?"

의붓어미인 한산네가 차려주는 과객 저녁상을 들고 만동이 부엌을 나오려는데, 리씨부인이 말하였다. 마당에 깔려 있는 땅거미가 밀려 들어오고 있기 때문인가. 아까도 물었던 말을 되풀이해서 다시 또 묻고 있는 그 여자 얼굴에 짙은 그늘이 깔려 있다. 건넌방아씨 타는 속을 잘 아는 만동은 소반만 내려다보았고, 리씨부인이 포옥 하고 한숨을 깨어물었다.

"식채 밀리신 게 월마나 된다구 허더냐?"

"긔백냥이라구 말은 헙니다만…… 준신*을 헐 수가 있어야지유."

"작은사랑나으리와 절친헌 사이라구 허더라며?"

"붓허년 사이 워쩌구 당찮은 소릴 허다가 대방마님 취궁이 찔끔허년 눈치던듀. 긔묘회시 때 만나뵙구 수인사를 나눴다구 헀습니다."

"참 실읿년 분일세. 그런 츠지에 워찌 붓허년 사이 운운허누."

리씨부인이 조그맣게 말하였고, 만동이 발을 달았다.

"이것저것 말허년 것을 보면 전수이 발러맞추년 말만은 아닌 듯싶습니다만……"

"연일 장취허시더란 말이지?"

하고 묻다가 리씨는 얼른 말을 끊고

준신(準信) 어떤 것을 따라 그것을 믿음.

"시장허실라. 싸게 내가거라."

손짓을 한 번 하고 나서 몸을 돌리었다.

"춘됭어멈."

하고 부르는데 그 여자 눈길은 건공중에 던지어져 있다.

"저녁은 나우* 졌넌가?"

"예, 아씨."

"윗사랑나리야 원체 소식이시지면, 춘됭아범이 시장할 게야. 긘마잡구 이틀 행보를 헸으니 월마나 시장허것어. 더구나 지엄 허신 나리 뫼시구 댕기너라 요긴들 빈빈히 헸것넌가. 만됭이두 시장헐 게야. 믄 질을 댕겨왔으니 장골*이 월마나 속이 허허것어."

"믄 질을 댕겨오다니유? 저우 생솔 한 짐 쩌가지구 왔넌디."

한산네가 야릇하다는 눈빛으로 바라보는데, 리씨가 짧은 한숨을 삼키었다. 그 여자 말소리가 조금 빨라진다.

"말이 생솔 한 짐이지 월마나 심들것넌가. 아무리 애긔장사 소리 듣넌 아이라지먼 월마나 심들것어. 건건이*서껀 잘 점 챙겨 멕이라 이 말일세."

주인과 종 사이라지만 어려서부터 친자매처럼 다정하게 자라온 한산네는 여간 마음이 짠한* 게 아니다. 마음씨가 곱고 인정이 많은 아씨인 만큼 서방과 만됭이까지 챙겨주는 것이 빈말만은

나우 좀 많게, 좀 낫게. **장골**(壯骨) 힘 좋고 큼직하게 생긴 뼈대, 또는 그런 사람. **건건이** '반찬' 내폿말. **짠하다** 속이 좀 아프고 언짢다.

아니라는 것을 잘 알고 있지만, 아씨 마음은 시방 건공중에 떠 있는 것이다. 일매홍이라는 그 요망한 기생년 집으로 달려가고 계시다.

"저녁상 내왔습니다."

크음, 크음. 두어 번 헛기침을 하고 나서 만동이 말하였으나 안에서는 대꾸가 없다. 잠이 들었나? 다시 한 번 헛기침을 하며 방문을 열던 만동이 눈썹 사이에 굵은 힘줄이 돋아난다.

과객사내가 아랫목 한복판에 올방자를 틀고 앉아 있는데, 대꾸도 없는데다 한 눈길도 던지지 않는다. 지그시 눈을 감은 채로 그린 듯이 앉아 있다. 소반을 내려놓는 만동이 눈썹 사이에 다시 굵은 힘줄이 돋는다.

흥. 꼴에 수캐라구 다리 들구 오줌눈다더니, 양반이다 이거지. 불뚱스런 말투두 그렇구 도드리구* 지릅떠 보는 눈빛두 맘이 걸리지먼, 그러나 이 양반펭색 심사를 뒤틀리게 허던 것은 뭣버덤두 나으리를 받쳐올리지 않는다넌 것이라넌 것을 내 안다. 그러구 말끝마다 욧자를 붙여올리지 않기 때문이라넌 것두. 허지만 입이 떨어지지 않던 것을 워쩌것넝가.

"소찬이우만 많이 잡수시우."

도드리다 눈에 힘을 주다.

한마디 하였으나 과객은 여전히 대꾸가 없고 한 눈길도 던지지 않는다. 지릅뜬 눈길로 내려다보던 만동이는 지그시 어금니에 힘을 준다.

울컥하고 무엇이 치밀어 오르면서 성질 같아서는 사람 말이 말 같지 않으냐고 한 주먹에 멱살을 잡아 올려 패대기를 치고° 싶지만, 그럴 수가 없다. 말씀은 없었으나 당신을 대신해서 서방님 소식을 좀더 알아봐주기를 바라는 건넌방아씨 애타는 속을 잘 알고 있기 때문이기도 하거니와, 무엇보다도 지체가 다른 것이다. 근지.

양반과 상놈. 아니, 상놈도 못 되는 비부쟁이. 그 비부쟁이 전실 자식.

문 쪽으로 걸어가던 만동이 걸음을 멈추었다. 잠방이에 달려 있는 호랑°을 뒤져 부시를 꺼내어 든 만동이 등잔 앞으로 걸어가는데 방바닥이 쿵쿵 울리며 소반 위에 놓여 있던 간장종지서껀 반찬보시기들이 파르르파르르 흔들린다. 치익! 치익! 소리가 나게 부시를 쳐 불을 붙이는데 과객이 마른기침을 하였다.

"시장허실 텐디 많이 잡수시우."

소반 앞으로 등잔대를 옮겨놓으며 다시 입을 여는 만동이 말소리는 그러나 여간 살부드러운 게 아니다. 원체 시장하였던 참

패대기치다 땅바닥에 내팽개치다. **호랑(胡囊)** 병자호란 때 병정과 인민들이 웃저고리에 주머니를 달아 돌멩이를 넣고 오랑캐와 싸웠던 데서 나온 말로. 주머니를 가리킴.

인지라 나으리를 받쳐올리지 않는 것에 심사가 뒤틀렸던 것도 잠깐, 어둑신한* 가운데서도 벌써 밥주발 고봉*을 헐어내고 있던 과객 황새기새끼 조린 것으로 가져가던 젓가락이 부딪치면서 창 그랑 소리가 났고, 만동이가 말하였다.

"우리 서방님과 하냥 잡수셨수?"

"엉?"

"서방님과 하냥 일매홍인가 허는 그 기생집이 지셨더냔 말씸유."

"암만. 같이 있었구말구. 같이 술잔을 기울이며 천하대세를 논하였지."

"다른 친구분덜은 안 지셨규?"

"응. 김장원이 한양 올라오면 기중 먼저 찾는 게 나라니까. 이 송아무개하고 일배일배 부일배……"

하고 뻐기는 투로 말하던 과객은 만동이가 쏘아보는 부리부리한 눈길과 마주치자 서둘러 밥숟갈을 입에 넣었고, 만동이가

"장근 달포 됭안을 하냥 지시며 약주를 자셨단 말씸유?"

따져 물었다.

"늘 함께 붙어 있으며 술만 마신 건 아니지만……"

우물거리며 뒷말을 흐리는데,

"그란듸 긔백냥 식채루 인지되어 지시다넌 건 워찌 아시우?"

어둑신하다 무엇을 똑똑히 가려볼 수 없을 만큼 조금 어둑하다. **밥주발 고봉** 수북한 밥.

종주먹을 대었고, 과객이 헛기침을 하였다. 그 사내는 시쁘다*
는 눈빛으로 만동이를 노려보았다.

"받자받자 하니까 이 아희가 시방 어른을 떠보고 있지 않나. 그
것도 상전과 너나들이하는 양반을."

"떠보넌 게 아니라 이으쭤보넌 규. 아, 안 그렇습니까. 그 아랫
녘장수* 집이서 잠시 약주 일배럴 허셨넌지는 물르나 이내 헤어
지신 듯헌디, 식채 긔백냥이 인지되어 지시다구 허니 말씀유."

"네 이름이 만동이라구 하였더냐?"

"그렇수. 천만뎡이우."

"어허, 고이하구나. 이 댁에선 아랫사람들이 양반과객 접대하
는 법도를 그렇게 하라고 가르치시더냐?"

"당찮은 말씀일랑 허지두 마슈. 그렇긔 가르침을 받은 바두 읎
거니와 손을 맞넌디 법도 틀리게 헌 바두 읎으니, 대답이나 헤
주슈."

눈에 힘을 주어 노려보며 짐짓 목소리를 높이어 양반어른으로
서 위세를 부려보았으나 열일곱 살짜리 총각인 비부쟁이 전실
자식은 내 다 안다는 듯 입꼬리에 웃음기까지 띠고 있었고, 과객
은 헛기침을 하였다.

"김아산이 본시 그렇게 강건한 체질이 못 된다는 것이야 너도

시쁘다 마음에 차지 않아 시들하다. 대수롭지 않다. **아랫녘장수** 화류계 여
자를 낮추어 부르던 말.

알고 있으렸다.”

　강건하지야 못하지만 책상물림*으로 보이는 외양보다는 단단한 강단이 있는 어른이라고 쏘아줄까 하다가 만동이는 가만히 있었고, 과객이 짐짓 조빼는 투로 말하였다.

　“그런 양반이 술독에 빠져 계시면 어찌 되겠나. 그럴 사이가 아닌지라 뿌리치기도 어려웠으나 약주 일배만 누고는 그만 그 기생집을 나왔느니라. 앞으로 큰일을 할 인물이니 옥체를 보중해야 한다고 타이르고는 집에 와 잊고 있는데, 그 기생집 중노미*란 놈이 하루는 찾아왔더구나. 김장원께서 인지되어 계시니 본댁으루 전갈 좀 해달라구. 김장원 당자에 말씀이야. 알겠느냐?”

　“식채가 월마랍디까?”

　“글쎄다. 모르긴 몰라도 한 사오백냥은 준비해야 될걸······”

　“그런 대답이 워딧수?”

　“그 갓나희가 서울 장안에서도 꼽아주는 일패기생*이라니.”

　“일패든 이패든 식채가 달렸으면 월마라는 값이 있을 게 아닌가유.”

　“만동아.”

　“······”

　“아무리 촌간에 묻혀 사는 아희라고 하지만 네가 정녕 물정을

─────────────

책상물림 인심에 어두운 사람. 중노미 주막이나 여각 같은 데서 허드렛일을 하던 남자. 일패기생 일급기생.

174

모르는구나."

"……."

"당장 식채야 삼백냥이라고 하더라만, 기간 또 며칠이 지났느
냐. 김아산 어려운 전갈 받고 득달같이° 달려오는 데 이레가 걸렸
고, 다시 올라가는 데 세마 잡아타고 달려간다 하더라도 닷새는
잡아야 할 것인즉, 합이 얼마냐. 열이레가 아니냐. 그 열이레 동
안 늬 서방님은 두 손 맺고 앉아만 계시겠니. 거기가 서울 장안에
서도 꼽아주는 일패기생 일매홍이년 집이라니까. 일매홍이가 누
구냐. 서방을 뭇으로 꺾어 넘긴 계집으로 한다하는 사처소 오입
쟁이°들도 고패°를 내리는 계집이 아니드냐. 그 갓나희 왼갖 보비
우 간롱질 앞에는 돌미륵도 입을 벌리는 판이니, 천하에 영웅호
걸이신 김아산께서 어찌 배겨나시겠느냐 이 말이야. 사오백냥도
눅게° 잡은 금이지. 암만, 눅게 잡은 금이고말고."

제 소리에 취해서 긴 사설을 늘어놓고 난 과객이 혼자 고갯짓
을 하고 있는데, 만동이 몸을 일으켰다. 문고리를 잡던 만동이 고
개를 돌리었다.

"나 모르시것수?"

"엉?"

"우리 서방님께서 아산골 사실 때 신세를 진 적이 있다셨지유?"

___

득달같다 머뭇거리지 않고 곧바로. **사처소**(四處所) **오입쟁이** 기생 서방이 될
수 있었던 각전 별감別監·포도청 군관·정원사령·금부나장과 각 궁가와 왕
실 외척 및 청지기 무사. **고패** 고개. **눅다** 값이 싸다.

"으응."

"장근 달포가 늦게 책실이 머무셨지유?"

"으응."

"그러다가 우리 서방님헌티 호령을 당허구 쫓겨 가셨지유?"

"네가 누구냐?"

"나유? 만됭이라구 허지 않습디까. 천만됭이."

"그런데…… 무슨 언사가 그리 방자한고?"

"그때 대방마님 심부름이루 아산골 갔다가 개좆부리* 차례가서 한 보름 책실 신셀 졌던 게 나유. 열두 살 나던 해였넌디 그때는 시방처럼 몸이 나지 않은 여늬 아이였으니, 물러보시넌 게 당연허지유."

목침으로 뒤통수를 맞은 듯 정신이 얼얼하여* 과객은 눈만 껌벅이고 있는데, 닫힌 문밖에서 만동이 말소리가 들려왔다.

"푄히 쉬시우."

장죽 한 대를 다 태울 시각이 지나서 다시 온 만동이가 소반을 들여갔고, 다시 한 번 이부자리를 가지고 왔지만 과객은 구린입도 떼지 않았다. 말이 없는 것은 만동이도 마찬가지였는데, 그 사내는 자꾸만 오줌이 마려웠다.

개좆부리 고뿔. **얼얼하다** 얼떨떨하다.

제3장
일매홍
一梅紅

어디로 갈 것인가?

김병윤金炳允은 문득 막막하여지는 심정이었다. 화갯골에 있
는 김참판댁 사랑을 나와 저만큼 숭례문이 바라다보이는 솔고개
에 올랐을 때였다.

곳 피고 새 우는 춘삼월 호시절이라지만 서둘러 새벽이슬 털
고 나왔으므로 이제 겨우 묘시나 되었을까. 막 비치기 시작하는
아침 햇귀* 아래 우거진 솔가지들이 드러났고, 웅덩이에 괴어 있
던 물이 햇귀를 받아 씨다리*인 듯 빛나면서, 그리고 다투어 산
것들이 깨어나고 있었다. 뼘 가웃쯤 될 곰방대에 벌써 세번째로
황엽을 다져넣고 있는 중이었다. 궁둥이를 받치고 있는 바윗전

햇귀 해가 처음 솟을 때 빛. 햇살. 씨다리 사금沙金 낱알.

에서 올라오는 냉기가 선뜩한데, 그 사내는 하염없이 황엽만 다 져넣고 있었다.

명문거족 출신 양반 자제 마흔 명 남짓으로 신천지를 열어보 겠다고……

허나, 아조 오백년 동안 갈가리 찢겨지고 무너져서 빈 껍데기 만 남아버린 나라. 도적떼는 해마다 늘어만 가고 민란은 그칠 사 이가 없어 온 나라가 아우성인데, 날탕패 사당패 온갖 놀음 벌어 지는 궁궐에서는 질탕한 풍악소리 끊어지지 않는다.

원자元子가 탄생하면서부터 궁중 기초祈醮 또한 절제가 없어진 지 오래여서 금강산 일만이천봉은 차치물론하고 팔도에 즐비한 명산대천마다 치성을 드리지 않는 곳이 없으니, 내수사內需司 탕 금帑金이 바닥날 것은 불문가지. 사흘거리로 베풀어지는 유연遊 宴에 온갖 피륙 부채 은장도 금장도 각색 노리개를 한아름씩 못 받는 재인광대 사당패 거사가 없으니, 양전兩殿이 하루에 쓰는 돈 이 천금이라. 호조戶曹며 혜청惠廳에서 끌어다 쓰는 것도 한도가 있어 대원군 십 년 축적을 거덜내는 데 한 해가 넘지 못하였으니, 벼슬자리를 파는 것 또한 당연한 이치 아닌가. 고을 하나 따가지 고 한 해만 잘 갈퀴질하면 앞길이 트인다고 오늘도 바리바리 당 나귀 노새 호마 등이 휘게 엽전꿰미 싣고 숭례문 들어서는 저 썩 은 선비 무리들. 벼슬 품계라는 것 또한 엽전꿰미가 많고 적음에 따라 달라지니, 고신을 받기도 전부터 본밑*을 뽑은 위에 더 많이

178

갈퀴질할 수 있는 자리와 곳으로 가고자 피눈이 되는구나. 승냥이와 이리떼 같은 수령방백이며 아전토호들 갈퀴질에 백성들은 가죽과 뼈가 서로 맞닿아 있는데, 해마다 흉년이요 역병은 또 창궐하여 민인들 시체는 산을 이루고 그들이 흘리는 눈물은 강을 이루는구나. 뿐인가. 왜와 양이 무리들로 해서 오늘 서울 장안은 우량하이 소굴이 되고 삼천리 강산 삼백스무세 고을은 짐승들 발자취로 덮여가고 있으니, 이 나라와 이 백성들을 어떻게 할 것인가? 삼천리 방역 팔만사천 방리에 엎드려 있는 일천이백만 생령들을 어찌할 것인가?

백성들 마음을 사로잡는 일이 무엇보다 앞서야 하지 않겠는지요?

김병윤이 조심스럽게 입을 열었으나, 여여거사如如居士 류대치˚ 낯에는 화색이 돌았다.

마흔 명 깨어 있는 양반 자제라면 그것이 어디 명목만 마흔 명이겠소. 한 사람 앞에 따르는 사람이 열 명씩은 될 것이고 그 열 명 무리에 각자 또 열 명씩은 따를 것인즉, 합이 얼마인가? 사천 명은 될 게 아니겠소. 그 사천 명이 일심전력으로 뜻을 봐 수당 한 달˚ 것 같으면……

우람한 윗몸을 기울이며 능란한 변설을 토하여내는데, 만백성

본밑 본밑천. 뒷돈. '자본資本'은 왜말임. **유대치**(劉大致) 중인 출신으로 개화운동 길잡이였던 유홍기(劉鴻基, 1831~?). **수당**(樹黨) **하다** 정당 등 정파政派를 세우다.

이 일어나지 않고서는 안 됩니다.

만백성이 죄 일어나야 된다고 하시었소?

그렇지요. 만백성이 한뜻으로 일어나기 위해서는 우선 만백성들 정신이 깨어나야 되는데…… 아직은 그 때가 아니다 이런 말씀이올시다.

그래서 민운미閔芸楣와도 거리를 두어서는 안 된다고 하였던 것인데. 청국이 비록 지는 해라고 하지만…… 부자가 망해도 삼년 먹을 것은 있다고 그들과 척을 져서는 안 되니 온갖 슬기를 다 모두어 그네들 힘까지 빌어둬야 되는 것이어늘……

이 생각 저 생각에 몸을 뒤척이다가 깜박 잠이 들었던 것 같은데…… 뒤란 곳밭에서 모란잎 두드리는 소리가 들려왔지, 아마.

비거스렁이*를 하려는가. 때아닌 하늬바람* 한 줄기가 불어오면서 김병윤 도포자락이 흩날렸고, 그 사내는 기침을 하였다. 우우 우우 아우성 소리를 내며 나뭇가지들이 바람에 흔들리는데, 그 사내 기침소리는 멎지를 않는다. 도포 소매 속에서 삼팔주* 손수건을 꺼내어 입을 막아보지만 기침은 좀처럼 멎지를 않고, 몸부림치듯 윗몸을 흔드는 그 사내 관골에 지렁이 같은 힘줄이 돋으면서 벌겋게 충혈된 눈알이 금방이라도 쏟아져 나올 듯 불거져 나온다. 바람이 멎으면서 기침도 멎었고, 너무 심하게 기침을

비거스렁이 비 온 뒤 바람이 불고 기온이 낮아지는 꼴. **하늬바람** 북서풍. 또는 북풍. **삼팔주**(三八紬) 올이 고운 중국산 명주.

한 탓인가. 눈물 한 점이 볼을 타고 흘러내린다.

핏기가 가시지 않은 눈으로 허공을 우러러보던 김병윤은 끙 소리와 함께 발걸음을 떼어놓는다. 훌쩍 큰 키에 꼿꼿한 걸음인데, 빈손이다. 안해 리씨가 정성껏 챙겨준 봇짐은 말안장에 매어놓은 채 한 번도 끌러보지 않은 김병윤이다.

어디로 갈 것인가?

선왕 생부인 전계全溪대원군 사당을 진골*로 옮기고 다섯 해 전에 들어선 안동별궁安洞別宮 지나 왼편으로 구름재가 보이는 곳까지 왔을 때, 김병윤은 다시 망설이었다. 넉넉잡고 열흘 안에 다녀오마고 가엄자친은 물론이고 안해한테 철석 같은 약조를 하고 떠나온 지 이레. 이 길로 숭례문을 벗어나 청파역말에 맡기어둔 청부루* 잡아타고 고삐를 당긴다면 수원 천안 두 군데서 숙소한다고 할지라도 사흘 안에 당도할 수가 있으련만, 무슨 까닭으로 발길이 잘 떨어지지를 않는 김병윤이었다. 질항 되는 김참판 김옥균金玉均은 나라빚을 얻어오겠다고 왜국으로 떠난 지 해가 다 되건만 돌아온다는 소식이 없고, 여여거사도 만나뵈었다. 서서구*나 홍중육*은 정사에 바쁠 터이니 금릉위*나 찾아가봐. 아니면, 죽동궁* 사랑.

진골 이제 서울 종로구 운니동. **청부루** 푸른 털에 흰 점이 박힌 말. **서서구** (徐敍九) 서광범 (徐光範, 1859~?). **홍중육(洪仲育)** 홍영식 (洪英植, 1855~ 1884). **금릉위(錦陵尉)** 박영효(朴泳孝, 1861~1939). **죽동궁(竹洞宮)** 고종 때 문신이며 서화가로 이름 높던 운미芸楣 민영익(閔泳翊, 1860~1911) 집.

보일 듯 말 듯 고개가 흔들리면서 김병윤 눈길이 가는 곳은 구름재 쪽이다.

뉘 덕으로 과거를 했는고?

김옥균 귀띔이었다. 이렇듯 엉뚱한 말로 물어보는 것은 신원新元으로 뽑힌 선비들 인물됨을 달아보고자 하는 대원위大院位 남다른 솜씨이니 응대를 잘해야 할 것이라고 하였다. 가볍게 웃으며 한귀로 흘리는 듯하였으나 마음속으로는 단단히 채비를 하고 운현궁雲峴宮을 찾았는데, 권불십년이라더니. 장김壯金 육십년 세도를 떨쳐내고 십 년간 국태공國太公 자리에서 조선팔도 삼백스무세 고을을 쥐고 흔들다가 며느리 되는 민중전閔中殿한테 쫓겨나 아재당我在堂 사랑에서 장죽만 빨고 있는 대원위는 아무런 말이 없었다. 그래서 그런지 붉은 흙이 드러난 용마루와 이름 모를 잡초만 시들어가고 있는 팬 기왓골이며…… 한마디로 스산하였다. 바리바리 온갖 진상물 싣고 줄을 섰던 우마차며 고관대작들 발길도 끊어졌고, 호가호위라고 달성위궁 마직이 명위를 건˚듯하던 노복들 숫자도 눈에 뜨이게 줄어들었을 뿐만 아니라, 남아 있는 것들도 견대팔˚이 축 늘어져 있었다.

행마를 아는가?

꿇고 앉은 발뒤꿈치가 저려와 발가락 끝을 꼼작꼼작하고 있는

달성위궁(達城尉宮) 마직(馬直)이 명위를 걸었나 뒤에 의지할 데가 있다고 하여 버릇 없는 짓과 거만한 짓을 할 때 이르는 말. **견대팔** 어깻죽지.

데, 대원위가 누구한테라고 할 것 없이 혼잣말처럼 불쑥 던진 말이었다. 한일자로 늘어앉아 무릎을 꿇고 있던 을과 병과 두 장원은 김병윤 얼굴을 바라보았고,

바둑 말씀이시오이까?

김병윤이 조심스럽게 되묻는데, 대원위는 대답이 없다. 국태공으로 있을 때는 누란 위기에 처한 나라를 바로잡아 반석 위에 올려놓기 위해서는 무엇보다도 먼저 양반 사대부들 고황에 든 누습인 허례허식부터 타파해야 된다고 즐기던 스스로 장죽長竹부터 곰방대로 바꾸었다더니, 민민한 울화를 삭이고자 함에서일까. 대꼭지로 청동 화롯전을 끌어당기는 자두 치짜리 장죽 자죽紫竹 설대에 새기어진 각죽刻竹이 눈부시다.

누가 상수인가?

청옥 물부리를 뽑는 대원위 눈길은 여전히 허공에 던지어져 있다.

김장원이 기중 상수올시다.

신연宸宴 뒤끝 훼술레* 자리에서 군기쯤 되는 김병윤 바둑수를 알게 된 을장乙壯이 말하였고, 병장丙壯이 발을 달았다.

군기는 넘는 바둑이올시다.

그제서야 김병윤을 바라보는 대원위 호안虎眼이 번쩍 빛난다.

훼술레 전배들이 급제자를 끌고 다니며 우세를 주던 짓.

금기서화라 했거늘, 농현도 하렷다?

겨우 기방 출입할 만큼은 되옵니다.

글씨는?

사흘을 굶었어도 붓 잡은 손이 떨리지는 않을 템*이올시다.

그림은?

감히 석파란* 진위는 분간해 볼 수 있는 눈이지요.

호오.

눈빛 가득 따뜻한 기운을 담아 김병윤을 바라보던 대원위는 장침에 손을 얹었다. 끙 소리와 함께 몸을 일으킨 대원위가 서안 곁에 놓여 있던 바둑판에 손을 대는데, 저하邸下 소리와 함께 화급하게 몸을 일으킨 을장이 바둑판을 들어 보료 앞에 놓았다.

군기라면 상수 아닌가.

대원위가 말하였고, 김병윤이 두 손으로 방바닥을 짚으며 머리를 조금 숙여 보이었다.

이제 겨우 밭 가는 법이나 알 뿐인 풋바둑*이올시다.

겸사하지 말고 한 수 가르쳐주시게. 돌을 잡아본 지도 하 오래되니 전례수나 제대로 맞춰낼지 모르겠군.

저하께서는 국박 아니시오이까?

흑백 여덟 개씩 돌로 배자*를 마치고 난 김병윤이 대원위 앞으

템 생각보다 많은 만큼을 나타내는 말. 석파란(石坡蘭) 흥선대원군이 쳤던 난. 운란雲蘭. 풋바둑 아직 익지않은 바둑. 배자(排子) 순장바둑에서 바둑판 위에 돌을 미리 놓던 것. 초석.

로 백돌이 담겨 있는 청옥 바둑통을 놓아주며 슬쩍 바라보는데,
대원위 눈은 지그시 감기어 있다.

하수로세.

몇 점을 놓으라시는 말씀이온지?

국박인들 무엇하며 국창인들 또 무엇하겠는가.

……

바둑은 그만두고 고누 하나 제대로 둘 줄 모르는 위인이었다
이 말인즉.

육십년 장김세도 언덕이 무엇으로부터 비롯되었다는 것을 잘
아는지라 이렇다 하게 내세울 만한 현관 하나 제대로 없는 가문
을 고르고 골라 며느리로 앉혔던 그 며느리 민중전한테 동곳을
뽑히게 된 스스로 불찰을 꾸짖는 것일까. 이순耳順을 눈앞에 둔
노인 목소리는 가느다랗게 떨려 나왔다.

두시게.

몇 수 두지 않아서 대원위는 안석에 등을 기대며 눈을 감았고,
김병윤과 두 사람 신원은 아재당을 나왔는데, 운현궁 둘레에는
개미새끼 한 마리 얼씬거리지 않았다.

임오군변壬午軍變으로 다시 국병國柄을 잡았으나 보정保定으로
끌려간 지 어언 이태. 연지서원蓮池書院이라는 데서 석파란石坡蘭
이나 치고 계시다는 그 어른 춘추도 올해 예순다섯인가.

보일 듯 말 듯 고개를 흔들며 운종가 쪽으로 걸음을 옮기는 김

병윤 머릿속을 맴도는 것은 여전히 대원위대감이다. 김옥균 또한 고개를 끄덕이었고, 김병윤은 한 무릎 더 다가앉았다.

민심을 잡기 위해서는 대원위만 한 인물이 없소이다.

온갖 기름진 음식 내음 코를 찌르고 노랫소리 장구소리 딩당디디당 디당당 딩딩 가야금소리 낭자한 다방골로 들어서는 사내가 있었다. 서른 안팎으로 보이는 그 사내는 깍짓동˚ 같은 몸집에 키가 칠 척은 되어보였고 솔밭인 듯 무성한 구렛나룻이 귀밑 살쩍˚까지 덮여 있어 한눈에도 여염 민인으로는 보이지 않는데, 땟국이 조르르 흐르는 중치막 위로 찌그러진 통량갓이 삐딱하게 얹히어 있다. 비스듬히 열리어 있는 일각문 앞까지 온 그 사내는 잔기침을 두어 번 하고 나서 똑똑 주먹으로 대문을 두드리었다.

"누구슈?"

바로 코앞에서 수리목˚진 사내 소리가 들려왔고, 중치막이

"팔도."

하고 낮은 목소리로 말하자

"강산."

하고 대꾸하는 소리와 함께 소리 없이 대문이 열리었다.

깍짓동 몹시 뚱뚱한 사람. 살쩍 관자놀이와 귀 사이에 난 털. 수리목 목청이 곰삭아서 조금 쉰듯하게 나는 목소리.

"늦었네그려. 무슨 일이 있었는가?"

"응. 삽사리 한 마리 재우구 오느라고. 누룽지 한 쪽 없는디 웬 삽사리새끼들에다 떴다봐라꾼*놈들까지 그리 달려드는지."

"이 사람 또 일냈는가? 아무쪼록 말썽 없이 와야 된다구 그렇게 일렀거늘."

"두 놈이 달려드는데 오간수다리* 밑으로 처박아뒀으니께 해 뜨기 전엔 못 기어나올 거여. 그건 그렇고, 다들 모였능가?"

"응. 일곱 놈이 죄 모였네."

"일곱 놈을 다 재워야 되야?"

"이 사람아, 누가 죄 재우라던가. 기중 기승한 놈 한두 놈만 적당히 주물러놔서 다시는 우리 아씨한테 집적거리지 못하게만 해놓으란 말여."

"알것네. 한디 아씨가 날 알아보기나 할랑가? 웬 발피 깍다귀* 냐고 포청에 일러 오라* 지우는 거 아녀?"

"객적은 소리 그만두구 어여 들어가기나 혀. 초저녁부터 졸경 치르구 계시니까."

중치막 등을 밀며

"손님 드십니다요!"

떴다봐라꾼 야경 돌던 순라꾼. **오간수다리** 동대문에서 중구 을지로6가로 가는 성벽 아래에 있던 조선시대 다리로 5개 수문으로 이루어짐. **깍다귀** 각 다귀. 여느 모기보다 조금 큰 모기로, 남 것을 뜯어먹는 사람 곁말. **오라** 도 둑이나 죄인을 묶을 때 쓰던 붉고 굵은 줄. 홍줄. 홍사紅絲.

퇴 쪽으로 돌아가며 흔드는 중노미사내 한쪽 팔은 곰배팔*
이다.

"평안들 하시우?"

한 소리 던지며 중치막이 대청마루로 올라서는데, 중간 장지
문을 떼어낸 삼간방에 즐비하니 앉아 있던 일곱 명 선객들은 힐
끗 쳐다볼 뿐 아무런 대꾸가 없다. 그러거나 말거나 주인 기생을
보고

"기간 별고 없으신가?"

인사수작을 던지며

"좀 죄어 앉읍시다."

방으로 들어가 앉는데, 장구채를 잡고 있던 기생이 활짝 웃는
낯으로 몸을 일으켰다 앉으며 두 팔 짚고 고개를 숙여 보인다.

"어서 옵시오."

"선손들이 많으시군."

혼잣소리인 듯, 그러나 청국비단으로 된 바지저고리에 명주
중치막을 걸쳐 입고 있어 한눈에도 행세깨나 하는 양반가 자제
들로 보이는 일곱 사람 오입쟁이들이 다 듣게 우렁우렁한 목소
리로 말하며 중치막이

곰배팔 굽거나 펴지 못하는 팔.

"불청객이 끼어들어 미안하우만 술좌석에서는 선후가 없는 법이니 함께 마셔봅시다."

거탈수작*을 던져보는데, 아무도 대꾸가 없다. 귀때기가 새파래서 약관에도 못 이르러보이는 도령에서부터 기껏해야 스물대여섯 살을 넘어보이지 않는 고량자제*들은 저마다 쩝쩝 입맛만 다시며 아니꼽다는 눈빛으로 훑어보기만 할 뿐, 빈말로나마 좋다고 하는 사람 하나가 없다.

"허허. 불청객이 끼어들어 파흥들이 되시었나."

또한 혼잣말인 듯, 그러나 우렁우렁*한 목소리로 중얼거리며 중치막이

"쥔은 왜 꿰다 놓은 보릿자루마냥 아닌보살*로 앉아만 있는가? 장구라도 좀 치고 잡가 한 토막이라도 뽑아 오입쟁이어르신네들 흥을 돋워드리지 않고."

기생 얼굴을 바라보는데, 기생 곁에 직수굿이 앉아 있던 사내가 고개를 쳐들며 쩍 소리가 나게 입맛을 다시었다.

"여보게, 일매홍이."

"예."

"장구 그만 치우게."

"치우라십니까?"

거탈수작 알속 없이 겉으로만 주고받는 말이나 짓. 고량자제(膏粱子弟) 부귀한 집안 젊은이. 우렁우렁 소리가 아주 크게 울리는 꼴. 아닌보살 알고도 모른 체하고 가만히 있는 사람을 가리키는 말. 내전보살.

"치우라니까."

체소하나 좌상으로 보이는 그 사내가 짜증기 있게 말하였는데 지체가 다른 저런 자와는 한자리에서 같이 놀지 않겠다는 뜻으로, 초면 사람을 앞에 놓고는 차마 하기 어려운 몰강스러운* 말이었다. 중치막은 그러나 쇠배 짐작이 되지 않는다는 듯

"왜 그러시우? 봐허니 풍류를 아는 천하 오입쟁이들 같으신데, 장구도 없이 무슨 맛으루 노시겠다구 그러시우."

하고 말하더니, 이내

"허허. 이런 정신머리하고는."

두 손으로 방바닥을 짚으며

"왕십리 사는 왕가유."

하고 갓전을 까딱하여 보이었다.

"흥을 깨뜨린 것 같아 미안하우만, 봄밤에 흥이 바이 없지 아니하여 놀러 왔은즉 함께 놀아봅시다그려."

같지않다는 눈빛으로 쏘아보며 고량자제들이 모두 똥 밟은 낯을 하고 있는데, 기생을 바라보며 중치막이 히뭇이 웃었다.

"일매홍이라고 했는가? 여보게 일매홍이."

"말씀하시어요."

"나한테는 술 한잔 안 주는가?"

몰강스럽다 억세고 모질며 악착스럽다.

190

"손이 닿아야 드립지요."

"그런가? 하기는 자리가 너무 멀구면그려."

몸을 일으킨 중치막은 사람들 틈을 비집고 들어가 일매홍一梅
紅이 곁에 앉았다.

오른쪽 곁에 올방자를 틀고 앉아 있던 체소한 사내 눈찌°가 사
납게 치떠지는데, 산모롱이°를 안고 도는 가을 물결인 듯 은은한
비색 고려청자 호리병을 기울여 호박으로 된 앵무배를 가득 채
운 일매홍이 한쪽 무릎을 세우며 두 손으로 받쳐올리었다.

"받으시어요."

희고 고른 잇속이 살풋 드러나면서 낭랑한 목소리로 말하는
데, 북두갈고리° 같은 손으로 덥석 받아 단숨에 비워버리고 난 중
치막 눈가에 파뿌리 같은 잔주름이 잡히며,

"크흐. 거 참 일미로다. 대저 무슨 술인가?"

하고 물었다.

"닷둘흡°이올시다."

"닷둘흡이라."

"오갈피술 말씀이어요. 춘삼월에 향산 상상봉 올라 물오른 오
갈피 벗겨 그늘에 말린 다음 잘게 썰어 명주주머니에 넣어 질항
아리 밑에 넣고 멥쌀 닷 말을 깨끗이 씻어 가루로 만들어 죽을 쒀

눈찌 흘겨보거나 쏘아보는 눈길. **산모롱이** 산모퉁이 밑둘린 곳. 산기슭이
나와서 휘어져 돌아가는 곳. **북두갈고리** 상일을 많이 해서 험상궂게 된 손
가락. **닷둘흡** 오갈피[五加皮].

서 식힌 다음 누룩가루 닷 되를 섞어 버무려넣고 석 달 열흘을 땅
속 깊이 묻어두었던 것이지요."

일매홍이 나직나직 대꾸하는데, 체소한 사내 앞에 외상*으로
놓여 있는 둥근 나주반羅州盤 위 갖은 안주 가운데서 육회 한 젓가
락을 듬뿍 집어넣고 우물거리며,

"거 참 일미로다. 이것이 무슨 안주인가?"
하고 물었다.

"육회올시다."

"육회라."

"육회도 모르시어요?"

일매홍이 고른 잇속을 드러내며 되묻는데, 둘러앉아 있던 고
량자제들이 같지않다는 눈빛으로 쏘아보며 킬킬거렸고, 중치막
이 잔입맛을 다시었다.

"육회도 이지가지라니, 무슨 고기로 만들었는가 말일세."

"안심이올시다. 기름기 없이 연한 쇠고기 안심살로만 얇게 저
며 물에 담가 핏기를 빼고 가늘게 채를 썬 다음 파마늘을 다져 후
춧가루 깨소금 기름 꿀을 섞어 잘 주물러 하룻저녁 잰 뒤에 포천
잣가루를 섞었지요."

편육 한 점을 집어 입에 넣고 우물거리며

외상 한사람 몫으로 차린 음식상. 독상獨床.

"거 참 일미로다. 이것은 또 무슨 안주인가?"

"편육이올시다."

"무슨 고기로 만들었는가?"

"우설과 우랑만으로 다져 만들었지요."

"우설?"

"쇠 혀지요."

"우랑?"

"……"

"우랑이 뭔가?"

"……"

"우랑이 뭔가 말이야?"

중치막이 다그쳐 물어오는데, 일매홍이는 대꾸를 못하였다. 쇠불알을 가리키는 우랑牛囊 뜻을 몰라서가 아니라 쇠불알이올시다 하고 차마 말할 수가 없어 경칩 전 개구리처럼 잔뜩 입을 봉한 채 낯만 붉히고 있는데, 체소하나 다부져보이는 사내가 쩍 소리가 나게 입맛을 다시었다. 그 사내가 같지않다는 눈빛으로 뚜렷한 조롱기를 담아 쏘아보며

"왕선달이라고 하셨나?"

하고 말하였고, 중치막이 고개를 비틀었다.

"그렇수. 왕십리 사는 왕가유."

몇 번 잔입맛을 다시던 사내가

"나 민영달이외다."

하고 그제서야 수인사를 하는데, 꼿꼿하게 올방자를 튼 채로다.

"뉘시라구?"

가는귀를 먹어 잘 안 들린다는 듯 중치막이 한쪽 손으로 귀를 막으며 고개를 갸웃하였고, 민영달閔泳達이라고 스스로 성명삼자를 밝힌 사내 눈꼬리가 가느다랗게 좁혀졌다.

"민영달이라니까."

"노형이 그럼……"

중치막이 놀랐다는 눈빛으로 바라보며

"민대감나으리 길카리*되시우?"

하고 물었고, 민영달이 턱 끝만 끄덕이는데, 중치막이 푸우— 된 숨을 내쉬었다.

"장 이렇게들 자시는가?"

일매홍이를 바라본다.

"예?"

"안심살로 다진 육회에 쇠혀와 쇠불알로 만든 편육에 가투리 앙가슴살로 끓인 전골 안주해서 닷둘훕들만 자시는가 이 말일세."

"원 선다님도. 왕십리서 오셨다더니 탁배기에 미나리회말고

───────────────

길카리 가깝지 않은 동성同姓이나 이성異姓 겨레붙이.

194

는 모르시는 모양이지요."

"탁배기에 미나리는 아무나 먹을 수 있는가."

"육회 편육뿐이겠습니까."

"또 있는가?"

"있다마다지요."

"허."

"갈비찜 잡채 해삼저냐 웅어저냐 숭어저냐 알쌈백숙에 곰거리로 밑을 안치고 그 위에 미나리난병 다시 덮은 위에 은행 호두 실백 달걀 표고 느타리 석이버섯에 갖은 고명 얹어 끓여낸 신선로에……"

하고 듣기만 해도 생침이 넘어가게끔 주워섬기는데, 솥뚜껑 같은 중치막 주먹에 굵은 힘줄이 돋아났다.

"이런 전수이 날강도 같은 놈들이 있나."

혼잣소리로 중얼거리던 그 사내가 끙 하고 헛심을 쓰면서 부리부리한 눈으로 좌중을 쭉 훑어보았다.

"이 양반님네들인가? 이 양반님네들이 장 그렇게들 자시며 닐니리를 부르고 있다. 이말이야?"

떡 벌어지게 차려진 교자상 둘 앞에 반달 꼴로 둘러앉아 땡감 씹은 얼굴을 하고 있는 고량자제들을 하나하나 훑어보았고, 헌칠민틋한* 사내들은 하나같이 아닌보살로 먼산바라기만 하고 있었다. 흥선대원군 실권 뒤 민중전을 등에 업고 온갖 세도를 다

부리고 있는 신흥 명문가 자제들이다.

사민천하四閔天下*를 구가하고 있는 민태호閔台鎬 민영익閔泳翊 부자를 비롯하여 민영목閔泳穆 민응식閔應植과 조영하趙寧夏 리조연李祖淵 한규직韓圭稷 아들이나 조카 또는 그 아우되는 이들인데, 민태호는 시임 어영대장이고 민영목은 병조판서이며 민응식은 좌영사이고 조영하는 지중추부사이며 리조연은 협판이고 한규직은 전영사이다. 여기에 예조판서 민영위閔泳緯 손자가 끼어 있다.

이들을 가리키어 세상에서는 칠공자七公子라고 불렀으니, 저마다 든든한 뒷배*를 가지고 있었으므로 세상에 무서운 것이 없는 젊은 오입쟁이들이었다. 이들이 다방골 안침에 있는 일패기생 일매홍 집에 처음 들이닥쳤던 것은 김옥균이 국채 삼백만 원을 얻어오고자 상 위임장을 지닌 위에 서재필徐載弼 서재창徐載昌 같은 예순한 명 유학생을 데리고 세번째로 일본에 건너간 다음인 상년 가을이었다.

"물렀거라. 질렀거라!"
"에이 이놈들, 게 들어섰거라!"
"선 놈들은 모두 게 앉거라!"

헌칠민틋하다 키와 몸집이 크고 똑고르다. 뒷배 겉에 나서지는 않고 남 뒤에서 일을 보살펴 주는 일.

청사초롱 홍사초롱 밤바람에 너울거리며 벽제辟除 소리 호기로운 구종별배들 줄줄이 앞뒤로 세운 평교자平轎子 사린교[四人轎] 초헌軺軒 남여藍輿가 일곱 채였는데, 평교자 앞에서 벽제를 하던 구종 하나가 이렇게 소리쳤다.

"합하 행차시오!"

합하閤下라니? 합하라면 영의정을 높여 부르는 말인데, 시임 영의정이라면 김병국金炳國이다. 장김 육십년 세도 끝물에 대사성大司成과 예병호禮兵戶 삼판서를 거쳐 훈련대장에까지 이르렀다가 대원군 시절에도 이조판서를 지내었고 민문천하에서도 우의정을 거쳐 영의정까지 오른 억세게 관운이 좋은 사람이다. 그런 김병국이 다방골 출입을 하다니. 김대감 춘추 더구나 육십노인이라는 데 생각이 미친 일매홍은 고개를 갸웃하면서도 서둘러 옷매무새를 매만지며 일각문 밖으로 나가다 말고, 무춤 그 자리에 서버리었다. 일곱 채 가마에서 줄줄이 거드름을 피우며 내리는 사내들은 하나같이 젊은 오입쟁이들이었던 것이다.

"어서 납시어요, 영상대감."

잠깐 아미를 찡기고* 서 있던 일매홍이 두 손을 앞으로 모아 잡으며 고개를 숙여 보이는데, 잔뜩 갸기*를 부리며 평교자 앞에 서 있던 체소한 사내가 깜짝 놀라는 시늉을 하였다.

찡기다 찡그리다. 갸기 몹시 얄밉게 보이는 교기驕氣.

"영상대감이라니…… 무슨 망발인가?"

"합하를 합하라고 하지 무어라고 합니까?"

"……"

"영상대감을 높여 부르는 말씀이 합하 아니던가요?"

"그렇긴 하지만……"

"어느 나으리댁 자제분 되시는 어른이신지는 모르오나, 한 가지 여쭈어보겠습니다."

"음. 수인사는 방에 좌정한 다음 하기로 하고……"

사내가 말을 얼버무리며 어서 앞장을 서라는 시늉을 하는데, 일매홍이 주먹을 입에 대고 잔기침을 한 번 하였다.

"새로 생기고 아름이 바뀌는 벼슬자리며 명색이 하도 많은지라 쇤네 과문한 소치인지는 모르겠습니다만……"

잠깐 말을 끊고 사내 얼굴을 빤히 바라보는데, 사내보다 뼘 가웃쯤은 키가 커서 훨씬 내려다보는 형국이다. 톡 차게 넓은 이마가 잘생겼고 팔이 길어 어딘지 조금 기상이 거세어보이지만 항라깨끼°로 휘감고 있는 몸매가 늘씬하게 곱고 어글한° 낯이 총민해보이는데, 날이 선 콧날은 또 여간 고집이 세고 영리해보이지 않는다. 스물대여섯쯤 나보이는 그 여자가 고른 잇속을 살폿 드러내며 가볍게 웃은 다음

항라깨끼 호사바치가 초여름에 입던 주사니것. **어글하다** 서글서글하다.

"이 나라에 영상대감이 두 분 계시오니까?"

묻고 나서 사내 얼굴을 빤히 바라보았고, 사내가 헛기침을 한 번 하는데 홍사초롱 밑 낯빛이 빨갛다.

"무슨 무엄한 말을 그렇게 하는가?"

"이 나라 조선 시임 영상이라면 영어*대감 한 분이 계신 것으로 알고 있는데, 합하 행차시라고 벽제를 하니 말씀입니다."

"어허, 참. 이런 무엄할 데가 있나. 아직 민머리도 면하지 못한 유학한테 감히 합하를 받쳐올리다니……"

혼잣말로 중얼거리며 쩝쩝 잔입맛을 다시던 사내가 청사초롱 홍사초롱 받쳐들고 서 있던 구종별배들을 둘러보며

"너냐? 아니면 너야? 네가 그런 무엄한 장난을 했어?"

영상합하 행차시오! 하고 벽제소리 호기롭게 드높였던 것이 제가 데리고 온 구종별배였다는 것을 잘 알면서도 그 사내는 꾸짖어 묻는 듯 짐짓 목소리를 높이며 여기저기로 눈길을 던지는데, 히물히물*웃기만 할 뿐 천하를 휘잡고 있는 세도대감네 작은 서방님들을 모시고 온 아랫것들은 말이 없다. 상전이 던져주는 행하*를 받아 쥐고 갈보집이나 투전방으로 달려갈 생각에 좀이 쑤실 뿐.

영어(穎漁) 쇄국정치를 고집하였던 고종 때 상신 김병국(金炳國, 1825~1904) 호. 히물히물 입술을 좀 실그러뜨리며 소리없이 자꾸 웃는 꼴. 행하(行下) 품삯 밖으로 더 주거나, 경사가 있을 때 주인이 하인에게 내리어주던 금품. 양말로 '팁'.

"듣거라."

시임 어영대장으로 천하사민天下四閔 수령 노릇을 하고 있는 민태호 민대감댁 둘째아들은 점잖게 헛기침을 하였다.

"장난으로 한번 해본 소리로 알고 더 이만 나무라지는 않겠거니와, 앞으로는 명념들 해야 할 것이야. 같은 장난을 하더라도 해야 될 장난이 있고 해서는 아니 될 장난이 있는 즉."

칠공자패가 일매홍이 뒤를 따라 일각문 안으로 들어간 다음, 상찬 말은 그만두고 행하 한 닢 못 받아 꿩 떨어진 매°신세가 된 구종별배들이 청사초롱 홍사초롱에 빈 평교자 사린교 초헌 남여를 메고 든 채로 하릴없이 다방골을 나오며 싹둑깍둑°저마다 지껄이는데—

"아무리 상전이요 종 신세라지만 이렇게 똥뎅이 굴리듯 해도 되는가."

"똥 싼 놈이 성낸다더니 별꼴을 다 당하네."

"똥 싼 년이 핑계 없을까°. 똥 마려운 년 국거리 썰 듯°하는 거지 뭐."

"아무리 그래도 그렇지, 영상합하 행차시라고 벽제하란 게 누군데 이제 와서 딴소리야. 안동김씨 거쳐 여흥민씨댁에까지 와서 벽제질하기 삼십 년에 이런 봉변 당하긴 또 처음일세."

싹둑깍둑 부질없는 말을 수다스럽게 자꾸 지껄이다.

"제 입으로 민머리도 못 벗은 유학이라면서 청사초롱 홍사초롱은 왜 들라고 해."

"정일품 종일품 벼슬이 아니면 밤나들이에 들고 나설 수 없는 게 홍사초롱 아닌가."

"종삼품에서 정이품까지만 들 수 있으니 청사초롱도 가당찮지."

"가마는 또 어떻구. 초헌만 해두 종이품 이상만 탈 수 있는 승교인데 종일품 이상 당상관만 탈 수 있는 평교자까지 타구 거들먹거리니, 말해 뭐하겠는가."

"그만들 두게. 사민천하 세상이요 천하사민 댁 자제분들 아니신가."

"아무리 그렇다지만 아비나 할아비 또는 아재비나 언니가 대감들이지 그 당자들이 대감명색은 아니잖는가."

"얼씨구. 서당개 삼 년이면 풍월을 읊구 다방골 행랑살이 삼 년이면 노랑목* 뽑는다더니, 종살이 삼 년에 문자속까지 배웠네그려."

"삼 년이 아니라 삼십 년일세. 할아비에 할아비 적까지 올라가면 삼백 년두 넘구."

"그건 그렇고, 듣던 대로 과연 녹록찮은 계집일세그려."

"민대장 둘째아들 고패 떨어뜨린 걸 보면 여간 당찬 계집이 아

노랑목 판소리에서 시원찮은 목소리.

니야."

"아, 여부가 있겠는가."

"뭐가아?"

"김참판이 머리얹어준 고당명기*인데 범연한 인물이겠어."

"김참판이 돌아오면 소실로 들여앉힐 거라데."

칠공자패들로 해서 일매홍이 아미*는 늘 찡기어 있었다.

영상합하 행차시오! 어찌구 불경한 장난짓거리를 하다가 일
매홍이 준절한 가램*에 고패를 내린 다음부터는 청사초롱 홍사
초롱도 앞세우지 않고 평교자 사린교 초헌 남여도 타지 않아 벽
제소리 내어지르는 구종별배 또한 없는 여느 오입쟁이 명색이었
으나, 사흘거리로 찾아와 판을 벌이었던 것이다.

우수리*는 받을 생각도 하지 않는 채 술값 안주값 밥값 셈을 치
렀고 광릉이 벌어질 만큼 행하를 주는 위에 대국비단이며 왜국
분에 서양노리개까지 떠안겨주었으나, 할수록에 여간 민민하여
지는 일매홍이가 아니었다. 김참판 쪽 사람들이 드나들 수가 없
는 탓이었다. 김참판 김옥균이야 지금 조선에 없다지만 금릉위
와 서광범 홍영식이며 전 현감 김병윤을 비롯한 마흔나문 양반
댁 자제들이었고, 그들이 수시로 모여 무릎을 맞대는 곳이 일매

고당명기(高唐名妓) 이름 높은 기생. **아미**(蛾眉) 누에나방 눈썹처럼 아름다
운 눈썹. 곧 일색一色 눈썹. **가래다** 추궁하다. 캐묻다. 따져묻다. **우수리** 몬 값
을 제하고 거슬러 받는 잔돈.

홍이 집이었다.

　김참판이 머리를 얹어주었다고 털어놓았으나 쓸데가 없었다. 그것을 벌써 알고 있는 칠공자패였고, 그래서 더욱 지분거리는* 것이었다. 그들 가운데서도 좌상으로 출몰꾼* 노릇을 하는 게 전 군수 민관호閔觀鎬 아들 민영달*이었는데, 반드시 일매홍이 미색에 혹하여서만 그러는 것 같지도 않았다.

　운자韻字가 떨어지면 사언절구 칠언절구 몇 줄씩은 읊을 수 있고, 법첩法帖 놓고 배운 솜씨는 아니지만 영자팔법永字八法 바탕으로 오체五體 흉내나마 낼 수 있었으며, 난 한 포기쯤은 치마폭에 다라도 담아낼 수 있고, 당률唐律 맞추어 가야금 열두 줄도 짚어낼 수 있었는데, 어글하니 총민한 눈빛에 톡 찬 이마가 서늘하게 넓어 잘생긴 얼굴이었고 늘씬하게 고운 몸매였으나, 첫눈에 사내들 눈길을 확 끌어당겨 오금을 못쓰게 만들 만큼 빼어나게 아릿다운 자태는 아니었다. 꽃처럼 어여쁘다기보다는 끼끗한* 기상으로 잘생긴 얼굴과 모습이어서 함부로 범접하기 어려운 위엄이 있다고나 할까.

　이러함에도 무릅쓰고 머리를 얹어주어보고자 민영달이 기를 쓰는 것은 전수이 시새움하는 마음 탓이었다. 김옥균이라는

지분거리다 짓궂게 자꾸 남을 건드리어 귀찮게 하다. **출몰꾼** 앞장서는 사람. **민영달**(閔泳達, 1859~?) 김홍집金弘集 내각에서 내부대신이 되었으나 다음해 을미참변을 맞자 사직, 합방 때 남작을 주었으나 자빡놓았음. **끼끗하다** 구김살 없이 깨끗하다.

잘난 사내에 대하여 갖게 되는 같은 사내로서 호승심이라고나 할까.

일곱 살 때 벌써 시를 지었고 서화며 당률에까지 능통한 뛰어난 재주로 스물두 살에 알성급제謁聖及第하여 성균관 전적成均館 典籍 사간원 정언司諫院正言 홍문관 교리弘文館校理 승정원 우부승지承政院 右副承旨에 형조참의刑曹參議를 거쳐 삼십 전에 당상관堂上官인 호조참판戶曹參判에 올라 상감 총애를 한 몸에 받고 있는데, 나는?

괴괴하다.

야심하도록 칠공자 패거리한테 시달린 이 댁 주인아씨는 아직 기침을 아니하였고, 동자아치* 오목이五木伊도 찬광 곁 제 방에서 코그루를 박고 있어, 섭섭댁攝攝宅이 반빗아치* 알뜰이 데리고 새벽저자를 보러 나가고 난 일매홍이 집 아침나절은 양반님네 기지개처럼 느리고 한가롭기만 하다. 칠공자패들이 손도 안 대고 간 온갖 기름진 안주 가운데서 전복 몇 점으로 입매*를 하고 난 지서방池書房이 나뭇잎 몇 개 떨어져 있는 것을 쓰윽쓰윽 싸리비로 담장 밑에 쓸어 붙이고 나서 허리를 펴는데, 푸드득 소리와 함께 참새 서너 마리가 날아올라 기슭집 곁 감나무 가지에 앉는다.

"퉤에."

동자아치 밥짓는 일을 하던 여자 하인. **반빗아치** 반찬 만드는 일을 하던 여자 하인. **입매** 음식을 조금 먹어 시장끼나 면하는 것.

안채 안방 쪽을 힐끔 쳐다보며 한숨을 내쉬고 난 지서방이 손바닥에 침을 뱉는다. 통나무 위에 궁둥이를 받치고 앉아 손도끼로 참나무 장작을 불담 좋게* 쪼개고 있는 지서방 잠방이 등짝으로 소낙비 같은 아침 햇살이 내려꽂히고 있다. 바른쪽 아래턱이 위쪽으로 잔뜩 비틀려 올라가게 이빨을 옹송그려 물고 도끼를 힘껏 내려찍을 때마다 터질 듯 알통이 부풀어오르면서, 그리고 굵게 파인 이마 이랑마다 보리자 염주알 같은 땀방울이 맺히는데, 장작을 받치고 있는 왼팔이 사시나무인 듯 흔들린다. 무말랭이처럼 말라비틀어진 왼쪽 견대팔 팔꿈치 아래가 옆으로 비틀려 돌아가고 있다.

쩡쩡 얼음장 갈라지는 소리를 내며 두 쪽으로 나누어지는 장작을 도끼바탕* 옆으로 치우고 나서 다시 도끼를 들어올리던 지서방 오른팔이 그 자리에 멎는다. 한 송이 복사꽃인 듯 붉은 상모 象毛를 단 외코* 콧중배기*가 이마에 걸리었고, 그 사내는 숨을 삼키었다. 힘껏 눈을 감았다 뜨며 고개를 드는데, 그 사내 눈길은 옆쪽으로 쏠려 있다.

"어쩌면 좋누."

아미를 찡기고 서 있던 일매홍이 포옥 하고 한숨을 삼키었고, 지서방이 벌떡 몸을 일으키었다.

불담 좋게 불에 잘 타게. **도끼바탕** 도끼질 할 때 밑에 받치는 나무토막. **외코** 아무 장식이 없는 민짜로 첩이나 기생들이 신던 신. **콧중배기** 코머리.

"오늘도 오것다구 했습니까?"

"그래요. 어쨌든 오늘은 탁방坼榜을 내겠다며 벼르고 갔으니, 이 일을 어쩌면 좋지."

주인아씨 한숨에 맞추어 어금니에 힘을 주는 중노미택 지서방 관골에 굵은 힘줄이 돋는다. 명토박은 중노미도 아니고 상노˚도 아니지만 안살림을 도맡아 해주는 마누라 섭섭댁에 기대어 더부살이 비스름하게 지내고 있는 지서방은 둥그넓적한 얼굴 바탕에 눈이 커서 여간 선량해보이는 얼굴이 아니다. 곰배팔이에 사팔 뜨기인 것이 흠이지 완강하게 네모진 턱이며 떡 벌어진 가슴이어서 다부지게 생긴 사내다.

"아씨."

하고 부르고 나서 지서방은 아랫입술을 꼭 깨물었다.

"내 아무리 날 샌 올빼미 신세˚가 되었습니다만……"

꿀꺽 소리가 나게 생침을 한 번 삼키고 나서

"아무래두 이 작자들을 훼술레 한 번 시켜야 될 듯싶습니다."

주먹을 부르쥐어 보이는데, 일매홍이 눈이 크게 벌어졌다.

"지서방이요?"

"예에. 도깨비는 방망이로 떼구 귀신은 경으로 뗀다˚구, 도리가 없지 않습니까요."

상노(床奴) 밥상 나르는 일과 잔심부름 하는 아이.

"아이그, 지서방도 차암. 그 몸을 해가지고……"

하다 말고 일매홍이 얼른 입을 다무는데, 지그시 눈을 감는 지서방 목소리가 가느다랗게 떨려 나왔다.

"임오년에 이 꼴이 되구 나서야 늙은이 호박나물에 용쓰긴°지 모르겠습니다만…… 그까짓 책상물림 몇 눔쯤이야 해장거리두 안 됩니다."

"지서방."

"예."

"내 지서방 용력을 낮추어 봐서 하는 말이 아니라……"

잠깐 말을 끊었다가

"그 위인들이 누군지나 알고 그러셔요?"

"칠공자패 아닙니까. 대신댁 송아지 범 무서운 줄 모른다°고 마름쇠°도 삼킬 눔°들 아닙니까."

"대신댁 송아지가 아니라 대신댁 자제들이니까 걱정이지요. 게다가 홑으루° 책상물림만이 아니라 주먹질에도 호가 난 위인들이고."

"제깟눔들이 주먹질을 한단들 몇 조금이나 하겠습니까. 내 아무리 꿩 떨어진 매 신세가 되었다지만……"

마름쇠 날카로운 송곳 끝같이 된 네 가지를 가진 무쇠덩이. 적군을 막기 위하여 진지 앞에 여기저기 던져두었음. **홑으로** 세기 쉬운 적은 낱수로.

오른쪽 주먹을 부르쥐어°보는 지서방 지불이池不伊는 강화江華섬 태생이다. 금뿌리가 되기를 바라는 염원에서 자식 이름을 불이라고 지은 그 아비는 법국 함대가 강화섬에 쳐들어와 장근 달포가 넘게 분탕질°을 치던 병인년 정족산성鼎足山城 싸움에서 죽었고 어미는 지불이를 부잣집 아이머슴으로 주고 동네방네° 품을 팔아 밑에 어린것들을 키우다가 이태만에 쥐통°으로 죽었다.

천하에 의지가지없게° 된 불이는 어린 동생들을 데리고 이 집 저 집 떠돌아다니며 어떻게 간신히 입에 풀칠이나 하다가 그래도 없는 놈이 살기는 인총 많은 데가 낫다는 말을 듣고 서울로 올라온 게 나이 스무 살 때였다. 왕십리往十里에 움막을 묻고 나무도 해다 팔고 물도 길어다 파는 틈틈이 닥치는 대로 가리지 않고 품도 팔아 살다가 훈련도감訓鍊都監 병정으로 들어가게 된 것은 그 이태 뒤였다.

이웃에 살며 도감병정으로 있는 옥개玉介 연비聯臂 덕분이었다. 첫 달에 받은 삭료가 쌀 네 말이었는데, 해마다 조금씩 올라 임오년 전해인 신사년 봄에는 여덟 말까지 받게 되었고, 그 사이에 장가도 들었다.

옥개 면붙이 되는 색시로 심덕이 후하고 방치° 또한 실해서 작수성례를 마치자마자 줄줄이 뽑아놓기 시작한 어린것들이 연년

부르쥐다 힘껏 주먹을 쥐다. **분탕질**(焚蕩-) 재물을 죄다 없애는 짓. **동네방네** 저희 동네 여기저기. **쥐통** 콜레라. **방치** 아래치 여자 엉덩이.

생으로 사남매였다. 먹이고 입히고 거두어 키울 일이 아득하였
으나 접시밥도 담을 탓°이라고 서둘러 단산을 하고 난 섭섭댁이
워낙 손끝 맵짜게* 살림을 하는 틈틈이 바디질까지 하여 옴팡간*
이나마 장만하게끔 되었다.

이제 겨우 밥은 안 굶게 된 지불이가 원통하고 불쌍하게 죽은
어미아비 생각에 이따금 눈물지으면서도 동생들 여읠* 생각에
돈닢이나마 여축하고자 각띠*를 죄고 있는데, 갑자기 삭료가 나
오지 않았다. 나라 살림이 어려워 한두달 지체되는 것일 뿐 언제
받아도 받게 될 삭료거니 믿고 숫제 여축해둔 셈치고 있는데, 그
게 아니었다. 한 해가 넘어 열석 달이 지나도록 도무지 꿩 구워 먹
은 소식인 것이었다. 거기다가 훈련도감 오천여 병대를 죄 흩어
버린 다음 신식 병대로 바꾼다고 하였다.

별기군別技軍이라는 이름 신식 병대가 만들어진 것은 신사년*
사월이었다. 훈국訓局 병정 가운데서 날래고 용맹한 자로만 팔십
여 명을 가려 뽑아 만들었는데, 정작으로 무슨 무예 겨룸을 하여
뽑은 것이 아니었으므로 여기저기 연비를 대거나 상관들에게 뇌
물을 써서 들어간 자들이 태반이었다. 천금을 주고 왜국에서 모
셔왔다는 육군 소위 굴본예조堀本禮造라는 자 밑에서 조련을 받
는 왜별기倭別技들은 해산될 날만 기다리고 있는 훈국병정들 앞

맵짜다 1.매섭게 사납다. 2.옹골차다. **옴팡간** 아주 작은 집. **여의다** 자식이나
동생을 시집장가 보내다. **각띠** 허리띠. **신사년**(辛巳年) 1881년.

에서 여간 뽐을 내는 것이 아니었다. 초록색 왜모시로 지은 군복 떨쳐입고 총구 곁에 일곱 치짜리 창날 달린 신식 양총으로 무장한 그 병정들은 훈국병정들보다 여러가지로 많은 혜택을 받았고 무엇보다도 더 많은 삭료를 받았는데다가 쓰개치마* 뒤집어쓴 다방골 기생년들이 하도감下都監 조련장까지 구경을 가는 판이었으니, 뽐을 낼 만도 하기는 하였다.

지불이가 십여 년 간 쓰고 다니던 산수털 벙거지를 벗게 된 것은 임오년 봄이 되면서였다. 선차로 예순 명 훈국병정들을 해산시키는데, 그 속에 끼이게 되었던 것이다. 한 해가 넘도록 삭료한 되 못 받고 헛번만 서다가 쫓겨나게 된 지불이는 눈앞이 캄캄하였으나 별조가 없었다.

유월 초닷새.

밀렸던 삭료 가운데 우선 절반만 준다고 해서 선혜청宣惠廳 도봉소都捧所 뜨락에 쌀자루를 들고 서 있던 지불이는 눈알이 튀어나올 것만 같았다. 마지막으로 받았던 삭료가 쌀 여덟 말이었으므로 네 말을 받아야 되는데, 바구미*가 먹어 썩고 모래가 절반인데다 그나마 두량*도 턱없이 모자라 딱딱거리는 창리倉吏 손끝에서 부어지는 것은 두 말에 지나지 않았다.

"여보."

쓰개치마 왕조시대 여자들이 나들이할 때 머리로부터 몸 윗 어섯을 가리어 쓰던 치마. **바구미** 곡식을 갉아먹는 벌레. **두량**(斗量) 되나 말로 곡식을 되어서 셈.

하고 부르며 지불이가 눈을 지릅뜨는데, 말잡이* 창리는 들은 체
도 하지 않은 채 다음 병정 이름을 불렀다.

"맹불뚝이!"

지불이가 가빠오는 숨결을 다잡기 어려워 씨근덕거리고* 있
는데, 병정 하나가 창리한테 삿대질을 하였다.

"어이!"

"어이라니?"

말감고질로 늙은 창리가 어이가 없다는 눈빛으로 그 병정을
바라보았고, 병정 눈까풀이 파르르 떨리었다. 무위청武衛廳 전영
前營에 달린 병정 가운데서도 의협심 강하고 성질이 괄괄하기로
유명짜한* 김춘영金春永이다.

"이걸 시방 삭료라고 주는 게요?"

도끼눈을 한 김춘영이 관골에 지렁이 같은 힘줄이 돋는데, 창
리는 콧방귀를 뀌었다.

"삭료가 아니면 무슨 전공을 세웠다고 상급으루 주는 줄 아나
베. 맹불뚝이이!"

민비 십이촌 친정 오라비 되는 척신戚臣으로 선혜청 당상인 민
겸호閔謙鎬 대감댁 하인인 창리는 콧방귀를 뀌며 다음 병정 이름
을 불렀고, 김춘영이 낯에 핏기가 가시었다.

말잡이 되나 말로 곡식 되는 것을 업으로 하는 사람. 말감고. 되장이. **씨근덕
거리다** 들떠서 숨을 잇달아 가쁘게 쉬다. **유명짜하다** '유명하다'를 힘있게
쓰는 말.

"썩은 쌀 반 모래 반에 두량도 반이나 모자라는 이것을 그래, 사람 먹으라고 주는거요?"

"원 별 시러베자식 다 보것네. 이눔아 사람 대접 온전히 받으려 거든 짠지패°나 되서 경복궁 놀이판이나 갈 일이지, 뭣 줏어먹것 다고 병정질을 해."

김춘영이 직수굿이 고개를 숙이고 있는데, 다른 병정 하나가 앞으로 나섰다. 김춘영이와 아삼륙°인 류복만柳卜萬이다. 류복만 이 말하였다.

"당신은 왜 짠지패 안 따라가고 창리질이나 하슈?"

"뭐여?"

"아, 안그렇수. 사람 대접 온전히 받으려면 짠지패나 되야 된 다메."

"이 자식이 말하는 것 좀 보소."

쌀자루를 받아 쥐었으나 돌아가지 않고 여기저기서 웅성거리 고 있던 병정들과 줄을 서 있던 병정들이 울근불근° 씨근덕거리 며 창리 곁으로 모여드는데, 청마루에서 장기책帳記冊을 넘기고 있던 수창리首倉吏가 다가왔다. 민당상댁 청지기를 겸하고 있는 수창리가 잔뜩 거드름을 피우며

"이 자식들이 밥알이 곤두서나!"

짠지패 대여섯 또는 예닐곱 사람이 떼를 지어서 북과 장구를 두드리며 상 스러운 노래를 부르고 질탕하게 뛰놀던 놀이패. 날탕패. **아삼륙** 서로 꼭 맞 는 짝. **울근불근** 서로 으르대며 사납게 맞선 꼴.

목자를 부라리는데,

"이런 쳐죽일 놈 봤나!"

낮게 소리치며 류복만이 부르쥔 주먹을 수창리 턱에 꽂았고, 어쿠! 하며 쓰러지려는 수창리 명치 끝에 김춘영이 감발*친 짚신이 꽂히었다. 깨벌레처럼 잔뜩 사지를 오그려 붙인 수창리가 손바닥으로 땅을 짚으며 간신히 몸을 일으키려는데

"이런 개새끼!"

소리와 함께 뭇 병정들 발길이 퍼부어졌고, 그리고 그 사내는 움직임이 멎었다.

수창리를 때려죽인 병정들이 선혜청 고직이며 무위영 장교들 멱살을 틀어쥐고 제대로 된 삭료를 내어놓으라고 아우성을 치는데, 머리에 벙거지 쓰고 꽁무니에 몽치*차고 손에는 붉은 오라든 나장이들 거느린 포도군관들이 들이닥치었다. 앞장섰던 김춘영과 류복만이가 오라지어져 끌려간 다음에도 병정들은 흩어지지 않았다. 흩어지지 않았을 뿐만 아니라 산수털 벙거지를 벗기운 예순 명 가량 병정이었던 것이 차츰 불어나기 시작해서 수천수백 무리로 늘어났고, 마침내는 훈련도감 딸린 오천여 병정들이 죄 모여들게 되었다. 성이 난 병정들이 저마다 소리쳤다.

"사모 쓴 놈들은 모두가 도적놈들이다!"

감발 발감개. **몽치** 짧고 단단한 몽둥이로 병장기 하나였음.

"도적놈들을 때려죽이자!"

"민중전을 잡아 죽이자!"

"민가들을 박살내자!"

"왜놈들을 때려죽이자!"

누가 먼저라고 할 것도 없이 무더기 무더기로 무리를 이룬 병정들은 여러 패로 나뉘어 선혜청 도봉소를 빠져 나갔다. 지불이는 '민당상을 때려죽이자!'는 패에 끼었다.

수백 명이 무리를 지어 교동校洞에 있는 아흔아홉 간짜리 민당상네 고래등 같은 집으로 갔을 때, 선혜청 당상에 병조판서를 겸하고 있으면서 왜별기를 만든 척신 민겸호는 입궐 중이었다. 들고 간 몽둥이며 쇠몽치며 돌멩이 같은 것들로 집을 부수는데, 기골 있게 생긴 장년 대부大夫가 호령을 하며 나섰고, 병정들은 그를 때려죽이었다. 민겸호 손자로 이조참의와 호군護軍을 겸하고 있는 민창식閔昌植이었다.

좌포청 우포청과 의금부를 들이쳐 억울하게 갇혀 있는 민인들을 풀어주고, 하도감 조련장으로 달려가 굴본예조 아래 왜순사들을 닥치는 대로 쳐죽이며 새문* 밖으로 쏟아져 나가 천연정天然亭에 있는 일본 공사관으로 쳐들어갔는데, 스스로 불을 지른 화방의질花房義質 공사는 이미 뺑소니를 치고 없었다. 되돌아온 병

새문 숭례문·홍인문보다 가장 늦게 지었다는 뜻에서 돈의문敦義門을 일컫던 말.

정들은 경기감영을 들이쳐 군기고에서 병장기들을 앗아낸 다음, 그 밤을 새우고 나서 이튿날 아침 일찍 영의정으로 있는 흥인군興仁君 리최응李最應이 집을 들이쳐 그를 요정내고, 창덕궁 궁문을 깨뜨리고 대궐 안으로 쏟아져 들어갔다. 민겸호를 죽이고 경기감사 김보현金輔鉉을 죽이고 난 병정들은 눈에 불을 켜고 민중전을 찾았으나, 상궁복색으로 변복을 한 중전 민씨는 무감武監 홍재희洪在羲 등에 업혀 대궐을 빠져 나간 다음이었다.

오천여 훈국병정들이 들고일어나 열흘 가량 이어지다가 대원군이 다시 국병*을 잡음으로써 가라앉게 된 임오군변은, 그러나 병정들만이 일으킨 사변은 아니었다. 처음에는 물론 아무런 방책 없이 산수털 벙거지를 벗기어 밥숟가락을 빼앗기게 된데다가 열석 달 간이나 삭료마저 못 받게 된 예순여 명 병정들이 일으킨 난리였으나, 이튿날부터는 민인들까지 들고일어났으니, 주로 왕십리나 이태원에 사는 가난한 민인들이 그들이었다. 여기에 도성 안에 사는 가난한 상민들이며 천민들까지 들고일어나 맞불을 놓았으니, 군변이라지만 참으로는 몰리고 쏠리어 벼랑끝에 서게 된 민서民庶들이 일으킨 봉기였다.

지불이가 이러한 사정을 알게 된 것은 왕십리에 있는 옴팡간에서였다. 안해인 섭섭댁과 아우들을 통해서도 들었지만 가장

국병(國柄) 국가권력.

똑바른 소식을 알려준 것은 옥개였다.

지불이가 총에 맞고 쓰러진 것은 새문 밖 천연정에 있는 일본 공사관을 들이쳤을 때였다. 공사관을 지키고 있는 일본 외무성 왜순사들과 육박전을 붙게 되었는데, 총알도 없는 화승대로 세 놈인가를 거꾸러뜨리고 네 놈째와 맞상대를 붙었을 때였다. 둔 턱진*얼굴에 뱁새눈*을 하고 있어 어쩐지 섬뜩한 느낌이 드는 그 왜순사가 찔러오는 총창질을 화승대로 받아넘기며 딴죽을 걸어 넘기는데, 왼쪽 팔뚝이 불에 덴 듯 뜨거우면서 눈앞에 불꽃이 일 었다. 공사관 안에 숨어 있던 자가 쏜 총에 맞고 딴죽 걸어°자빠 뜨리던 왜순사 몸 위에 겹쳐 쓰러지면서 그 왜순사가 쥐고 있던 총창에 눈을 찔렸던 것이다.

다른 사람들은 다 세상이 뒤집어졌다고 좋아하는데, 갑자기 곰배팔이가 되고 사팔뜨기가 된 지불이는 지지리도 박복한 놈에 팔자라고 허희탄식*만 하는 수밖에 없었다. 한 달 남짓 지나 세상 은 다시 뒤집어져 민씨천하가 되었고, 하릴없이 누워있게 된 지 불이는 약값을 대느라고 그동안 여축해두었던 고린전까지 다 까 먹고 말았다.

섭섭댁이 흥인문興仁門으로 들어가 다방골 기생들 빨래수발을 들어주고 받아오는 푼전으로 겨우 입에 풀칠이나 하고 있던 지

둔턱진 두두룩한. 뱁새눈이 눈이 작고도 샐쭉한 사람. 허희탄식(歔欷歎息) 한 숨지음.

216

불이가 몸을 일으킨 것은 상년* 가을이었다. 섭섭댁 맵짠 솜씨를 눈여겨본 일매홍이 섭섭댁한테 숫제 안살림두량을 맡기면서 지불이를 보게 되었는데, 알고 보니 풋낯*이나마 있는 사이였다. 일 매홍이 창경궁 양화당養和堂에서 명순왕후明純王后 김씨金氏를 모 시고 있을 때 창경궁 번을 서던 지불이와 몇 번 낯을 마주하였던 적이 있었던 것이다. 붙박이로 있는 것은 아니지만 한 달에 반 위 로 기슭집에 와 머물며 사내 손이 들어가는 것들을 돌보아주는 지불이는 일매홍이 집 상노 택이었다.

"아씨."
하고 부르며 지불이가 일매홍이를 바라보았다.
"이렇게 한번 해보면 어떻겠습니까?"
"어떻게?"
"제 동무 가운데 큰개라는 위인이 있습니다."
"큰개?"
"예. 엄장 큰 체수에 용력이 출중해서 큰개라고 부르는데, 본 이름은 옥개라고 하지요. 본래는 고릿적* 임금왕짜에 점 하나 찍 어 구슬옥자 옥씨로 숨어 살게 되었다고 합니다만, 아무튼 주먹 질 하나만은 장비 뺨치게 범강장달이 같은 위인이지요."

상년 '작년' 우리말. **풋낯** 조금 아는 만큼 낯. **고릿적** 고릿적 '麗'자는 '고울 려'가 아니라 '나라이름 리'로 읽고 써야 하므로, '고려'는 '고리', '고구려' 는 '고구리'가 맞음.

"그런데요?"

"그 친구를 불러다가 그 작자들을 좀 어거하게 했으면 어떨까 해서요."

"뭐 하는 사람인데요?"

"저하구 같이 병정질을 했던 동뭅니다요. 훈국 다닐 때는 날리던 동무였지요."

"임오년 난리 때도 그럼 같이 싸웠겠네요?"

"그러믄요. 청수관 들이칠 때도 같이 맨 앞장을 섰는데……"

하다가 말을 끊고 곰배팔이가 된 왼팔을 들여다보는 지불이 눈이 뿌옇게 흐려지며

"그 동무 아니었으면 이나마 목숨을 부지할 수도 없었지요."

힘껏 눈을 감았다 뜬다.

"산이 커야 골이 깊다°고 엄장 큰 체수에 걸맞게 국량 또한 여간 크고 깊은 게 아닙니다요. 나 같은 위인은 족탈불급°이지요."

"그래요?"

"그러믄요."

하고 턱을 주억이던 지불이 사팔눈°이 모꺾어° 돌아가며

"아 참."

하고 말하였다.

족탈불급(足脫不及) 신을 벗고 뛰어도 못 따라간다는 말. **사팔눈** 보고 있는 것에 눈동자가 똑바로 보지 않고 비뚤어진 눈. **모꺾어** 옆으로.

"아씨께서도 그 친구와는 풋낯이나마 있으실 텐데요."

"나도 아는 이어요?"

"예에. 아씨 양화당 계실 때 번 들러 갔던 적이 있으니까요."

"그래요오?"

"예에. 번 서느라 애쓴다며 아씨께서 편이며 약과에 수정과까지 내려주신 적이 몇 차례 있었다고 자랑한 적이 있었거든요."

"옥개라고 했지요?"

"옥개는 호적 이름이고 동무들은 그냥 큰개라고 부릅니다. 당자는 왕개라고 하는데, 요즘은 왕선달로 통하고 있구요."

아미를 숙인 채 잠깐 무엇인가를 생각하는 듯하던 일매홍이 지불이를 바라보며

"요즈음엔 무얼 하고 지내나요?"

하고 묻는데, 푸우 하고 지불이는 긴 한숨을 뱉아내었다.

"재갈 먹인 말°이요 포청에 잡힌 장비 짝이지요."

큰개 왕선달은 전라도 익산益山 태생이다. 그 아비는 큰개가 아홉 살 나던 해 사월 봉기에 들었다가 잡혀 전라도 영광靈光으로 정배를 갔고, 어미는 큰개를 근동°마름집° 아이머슴으로 준 뒤 동네방네 품을 팔아 큰개 밑 어린 남매를 키우다가 이태 뒤에 병

근동(近洞) 가까운 이웃 동네. **마름집** 지주땅을 맡아보는 사람 집.

으로 죽었다. 김제金堤 땅에 외삼촌이 하나 있어 남매를 맡기고 난 큰개는 아비를 찾아 남녘으로 내려갔다. 물 반 밥 반으로 얻어 먹어가며 장근 달포만에 영광에 이르러보니, 아비는 이미 죽어 성밖 공장公葬 터에 묻힌 지 오래였다. 치도곤°을 당한 뒤끝을 추스르지 못한 탓이었다는 말이나마 들려준 것은 옥에 밥을 넣어 주는 것으로 벌잇줄을 꾸려간다는 늙은 아낙이었다. 눈물을 닦을 사이도 없이 김제 외삼촌댁으로 올라가보니, 이번에는 막내누이가 보이지 않았다. 오라비가 오나 보겠다며 매일같이 동네 어귀까지 아장아장 걸어 나가던 다섯 살박이 어린 계집아이는 그만 한길 곁 둠벙°에 빠져버렸던 것이었다.

그해를 넘기고 나서 큰개는 세 살 밑 아우를 맡겨둔 채 외삼촌댁을 떠났다. 남의땅을 얻어 부치며 똥구녁이 찢어지게 살망정 마음씨 착한 외삼촌 내외는 같이 살자고 붙잡았지만, 그럴 수는 없었다. 충청도땅을 돌아다니며 머슴살이를 하다가 서울로 오게 된 것은 열일곱 나던 해였다.

엽전 두냥이 들어 있는 괴나리봇짐을 따기당하게 된 것은 광통교를 지날 때였다. 숭례문을 들어서면서부터 좌우로 죽 잇대어 있는 육의전六矣廛 온갖 물화들에 넋을 놓고 있는데, 덩덕새머리° 웬 총각놈 하나가 딴죽°을 걸어왔고, 어쿠! 하며 자빠졌다가

치도곤(治盜棍) 곤장棍杖 한가지. 둠벙 '웅덩이' 내폿말. 덩덕새머리 빗지 않아 더부룩한 머리. 딴죽 다리를 걸어당기는 짓.

일어나보니 괴나리봇짐을 벗겨든 총각놈이 저만큼 달음박질쳐 가고 있었다. 잡고 보니 좌포청 포교들 밑에서 삽사리질*을 하고 있는 깍정이패*였다. 깍정이패들을 주먹질 몇 번에 무릎 꿇린 큰 개가 청계천 아랫녘 소경다리 아래 거지 움막에서 도꼭지* 노릇 을 하고 있는데, 엄장 큰 체수와 날쌘 용력을 눈여겨본 포교 집에 서 상노질을 하게 되었고, 그러고는 곧 훈국병정으로 들어가게 되었다.

오천여 훈국병정이 떨쳐 일어났던 임오군변에서 가장 용맹하 게 싸웠던 큰개가 왕십리 옴팡간에 엎드려 이나 죽이고 있는데, 지불이가 찾아왔다. 상년 봄이었다. 금릉위 박영효朴泳孝대감이 유수留守 겸 수어사守禦使로 있는 광주廣州로 가보라고 하였다. 광 주 수어영守禦營에 연병대鍊兵隊라는 이름으로 신식 병대를 만든 다는 것이었다. 훈국병정 출신들 줏대로 천 명 가량을 뽑는다고 하였다. 왜별기 못지않은 신식 훈련을 시켜 임오년 때처럼 다시 한 번 일어날 것이라고 하였다.

"시방은 그럼……"
잠깐 말을 끊고 난 일매홍이 포옥 하고 한숨을 삼키며
"전영에 들어가 있나요? 아니면 후영?"

삽사리질 앞잡이질. 포교 끄나풀. 요즘 '경찰 정보원'. **깍정이패** 동냥질과 소 매치기 들치기를 하던 사내아이들. **도꼭지** 어떤 패 우두머리.

하고 물었고, 지불이는 쓰게 웃으며 도머리를 쳤다.

"웬걸요. 거기서 큰개 같은 사람을 받아주기나 한답니까요. 또 받아준다고 할지라도 들어갈 위인도 아니고."

"그럼……"

"참판영감이 돌아오셔야지요. 김참판영감이 돌아오셔서 무슨 거조를 내셔야……"

하는데, 일매홍이 얼른 일각문께를 바라보며 목소리를 낮추었다.

"지서방."

"예에."

"낮말은 새가 듣고 밤말은 쥐가 듣는다°는데, 무슨 말을 그렇게 함부로 하셔요."

"가랑잎으로 눈 가리기°지 형편도 그렇고 실정이 그렇지 않습니까요."

"아무리 그렇다지만 누가 들으면 어쩌려고……"

"아씨와 나밖에 없는데 듣기는 누가 듣습니까. 그리고 또 듣는단들 대수겠습니까요. 참판나으리가 하루바삐 돌아오셔서 무슨 탁방을 내든 거조를 차리든 하셔야지, 이거 어디 답답해서 살겠습니까. 금릉위대감께서도 파직이 되셨잖습니까."

"그랬지요."

"연병대도 다 흩어진 마당에 무얼 가지고 누가 싸운답니까?"

"안타까운 노릇이긴 하지만…… 그거야 나나 지서방이 걱정

222

할 일이 아니겠지요."

"왜 걱정할 일이 아닙니까. 도대체 병대가 있어야 싸우지 조련 받은 병대 한 명도 없이 어떻게 싸운단 말씀입니까. 왜별기놈들 은 저렇게 펄펄 날고 친군 또한 전영 후영으로 똘똘 뭉쳐 조련을 하고 있는 마당에."

"누가 듣는다니까 그러셔요."

"답답해서 복장이 터질 것만 같으니 해보는 말씀이지요. 나나 큰개 같은 위인만 그런 게 아니라 한양성 안팎 모든 민인들이 다 그렇잖습니까. 한양성 안팎 민인들뿐입니까. 조선팔도 삼천리 강산에 엎드려 죽지 못해 살고 있는 모든 백성들이 다 그렇지요."

낮았지만 힘있는 목소리로 지불이가 울기를 터뜨리는데 일매 홍이는 눈을 감았고, 지불이가 말하였다.

"충의계 어른들이 우선 출입을 못하고 있잖습니까."

"그래서 걱정이지요."

"큰개를 부를까요?"

지불이가 목소리를 낮추는데, 눈을 감은 채로 아미를 찡기고 서 있던 일매홍이 한 손으로 치맛자락을 모아 잡으며 몸을 돌리 었고, 지불이가 다시 말하였다.

"어떻게…… 통기를 할까요?"

걸어가면서 일매홍이 말하였다.

"다시는 생의*를 못하게끔 어거만 해야지, 사람을 상하게 해서는 안됩니다."

민영달이는 말없이 눈을 감고 있고 교자상 앞에 빙 둘러앉아
있는 오입쟁이들 또한 꿀 먹은 벙어리°요 침 먹은 지네°인 듯 낯
만 붉히고 있는데, 민영달이 곁에 모꺾어 앉아 있던 사내가 킁킁
하고 콧소리를 내었다.
"듣자듣자 하니 이자가 시방 못하는 말이 없네그려."
혼잣말로 낮게 중얼거리며 지릅뜬 눈으로 왕선달을 바라보는
그 사내 관골에 굵은 힘줄이 돋아난다. 왕선달만은 못하지만 엄
장 큰 체수에 둔턱진 얼굴이어서 한눈에도 힘꼴이나 쓰게 생긴
이 젊은 오입쟁이는 지중추부사 조영하 조카로 칠공자패 가운데
서 가장 용력이 좋은 사람이다. 서울 장안에서도 기승한 한량패
로 사직골 한량패를 꼽는데, 아래위 다방골을 제집인 듯 드나들
며 행짜°가 자심하던 그 사직골패 좌상을 외손질° 한 번으로 회목
을 꺾어 남촌 색주가로 쫓아버린 사람이다. 천하사민 자제들한
테 빌붙어 다닌다기보다는 천하사민 자제들 쪽에서 오히려 꽉
붙잡아두고 있는 용력 출중한 싸움꾼이었다.
"여보."
하고 부르는 그 사내 말소리에 비양거리는 웃음기가 묻어 있다.

생의(生意) 생심生心. 행짜 못된 짓. 외손질 한쪽 손만 쓰는 짓.

"거기가 힘꼴이나 쓰는 모양인데…… 대체 힘을 쓰면 얼마나 쓰시우?"

"나 말이우?"

왕선달이 한 손으로 제 가슴팍을 가리키었고, 사내가 턱 끝을 까닥까닥하여 보이었다. 너같이 지체 낮은 자와는 상대가 안 된다는 듯 얕잡아보는 투가 뚜렷한데, 왕선달이 깜짝 놀라는 시늉을 하면서 얼른 손사래를 쳤다.

"힘꼴이라니…… 고깃근이나 나가보이는 체수를 보고 그러시는 모양이우만, 그런 말씀은 아예 하지두 마슈. 사흘에 피죽 한 모금도 못 얻어먹고 자란 처지라 이게 다 시늉만이우. 두부살에 바늘뼈°다 이런 말씀이우."

"그런데?"

"예에?"

"여보, 왕선달."

"예."

"그대는 이제 예가 어떤 자린 줄 아시우?"

"여기 말씀이우?"

사내는 말없이 턱만 내밀었고,

"여기, 여기가 어딘가?"

혼잣말로 중얼거리던 왕선달이 일매홍이를 돌아보며

"여기가 어딘가?"

하고 물었다.

"여기가 어디여? 천하에 오입쟁이들이 목을 맨다는 일패기생 일매홍이 집 아니여?"

일매홍이 가볍게 웃으며 아미를 숙이는데, 사내가 헛기침을 한 번 하였다.

"왕선달은 이 자리가 어떤 자리라고 생각하시나?"

"이 자리? 이 자리는 술자리가 아니우?"

"어떤 어른들이 계신 자린지 아는가 말이야."

"알우. 노형께서는 성명삼자를 밝히지 않으니 모르겠수만."

민영달을 바라보며

"천하사민 자제분들을 위시한 칠공자나으리들이 노시는 자리라는 것쯤은 알구 있수."

"그런데 무슨 말투가 그런가. 귀한 댁 나으리들 술맛 떨어지게시리."

사내 말투에 윤척이 없어*지면서 슬그머니 하게*로 바뀌고 있는데, 왕선달 입가에 소인스러운 웃음기가 감돈다.

"부러워서 그랬수. 장 이렇게들 자시며 닐니리나 부르시는게 부러워서."

"닐니리를 부르다니?"

윤척(倫脊)없다 이말저말 되는대로 지껄여 줄거리가 되는 웃점이 없다. 하게 벗 또는 아랫사람에게 쓰는 여느 낮춤 말씨.

"널니리가 아니고 무엇이우. 이렇게 먹고 마시면서 널니리가 나오지 그럼 울음이 나온단 말이우?"

"여보게, 일매홍이."

"예, 나으리."

"잔 이리 주게. 아무래도 내가 왕선달한테 오늘 술 한잔 올려야 할까 보이."

재담으로 듣고 있다는 듯 입가에 엷은 웃음기를 띠고 있으나 왕선달 하는 꼴이 못 미더워 도무지 조 비비듯* 하고 있던 일매홍이 호박으로 된 앵무배를 내미는데, 사내가 턱을 흔들었다.

"놋잔을 주게."

놋잔을 받아 든 사내가 두 손으로 술잔을 감싸 안으며 으윽! 으윽! 하고 두어 번 힘을 쓰니, 방짜*로 된 술잔이 배 모양으로 훨씬 오그라졌다. 거기에 술을 따른 다음 왕선달한테 내어밀며

"드시우."

하고 말하는데, 왕선달을 바라보는 사내 얼굴에 이놈 어디 한번 견뎌봐라는 듯 비웃음이 뚜렷하다.

"고맙수."

단숨에 잔을 뒤집고 난 왕선달이 술잔을 민영달 앞 외상 위에 올려놓더니 검지손가락 두 개를 집어넣었다. 그리고 별다른 힘

조 비비다 마음을 몹시 졸이거나 조바심을 내다. 방짜 좋은 놋쇠를 녹여 거푸집에 부은 뒤 이것을 다시 달구어 가며 두드려 만든 그릇.

을 쓰는 것 같지도 않게 몇 번 잡아당기자 본디 모습대로 반듯하게 펴지는 것이었다. 그것을 다시 한 주먹으로 움켜잡고 가래나 호두알을 놀리듯 몇 번 주물럭거리고 나서 사내 앞으로 휙 던지는데, 햇박쪼가리같이 바짝 오그라 붙어 밤톨만 해진 놋쇠덩어리였다.

"신입구출°이라니 먼저 온 우리는 갑니다."

민영달이 말하며 몸을 일으켰고, 낯빛에 핏기가 사라진 오입쟁이들이 모두 따라나서는데, 왕선달이 소리쳤다.

"다시는 이 집에 발걸음들을 하지 마시우! 만약 다시 한 번 이 집에 얼씬거린다는 소문이라도 들린달 것 같으면 저 술잔 꼴이 될 터인즉, 명렴들 할 것이며!"

신입구출(新入舊出) 새로 온 사람이 들어오면 먼저 왔던 사람은 나간다는 기생집 말.

제4장
고을살이

소낙비처럼 퍼부어 내리는 아침 햇살에 눈이 부셔서인가. 대추씨인 듯 **뿟뿟하게*** 날이 선 콧날 위로 긴 그늘을 드리우고 있는 눈썹 사이가 가느다랗게 좁혀진다. 종루鐘樓 앞에서 육조六曹 쪽을 바라보는 김병윤金炳允 바른손이 이마로 올라가는데, 노점*이 또 도지는가. 손등에 묻어나는 것은, 그리고 송진인 듯 끈적끈적한 식은땀이다.

나직하게 한숨을 뱉고 나서 다시 한 번 손등으로 이마를 훔친 김병윤은 고개를 돌린다. 광통교 쪽으로 가는가 싶던 그 발길이 접어드는 곳은, 그러나 운종가 쪽이다. 숭례문을 들어서 수각다리를 넘어서면서부터 비롯되는 선전 면포전 면주전 지전 저포전

뿟뿟하다 반듯하게 곧추서 있다. **노점**(癆漸) '폐결핵' 그때 말. 부족증. 허로.

포전 내어물전 외어물전 앞에는 아직 아침나절임에도 온갖 사람들로 백차일을 친 듯하다.

두 손을 모두어 뒷짐을 진 김병윤이 느릿느릿 그야말로 양반걸음을 하고 운종가를 지나가는데—

청국비단으로 한껏 멋을 낸 대님 위로 바짓가랑이가 처지게 입고 넓은 소매에 직령直領으로 된 창옷° 받쳐입고 망건 없는 민머리 위에는 삐딱하게 갓을 얹은 오입쟁이짜리 젊은이들은 거개가 장사치 자식으로 밥술이나 먹는 왈짜°들이고, 분바른 계집사람인 듯 낯이 희고 손길 고운 중치막짜리는 행세깨나 하는 것으로 보이는 양반명색들인데, 저고리도 명주 바지도 명주 두루마기도 명주 창옷도 명주 중치막도 명주…… 하나같이 모두가 주사니것°으로 휘감고 있다.

파리가 낙상하게끔 자르르 윤기 흐르는 통영갓에 곱게 다듬어 홍두깨 입힌° 한산 세모시로 만든 도포 떨쳐입은 위에 덕국이나 법국 또는 영길리에서 들어온 대모테° 안경을 걸치고 있는 부가옹도 있고, 무명치마저고리 위로 너울 장옷° 뒤집어쓴 것은 여염 아낙들이며, 납독이 올라 푸르딩딩한 낯짝을 금실은실 번쩍이는 홑것 쓰개치마로 가린 채 잰걸음 치고 있는 계집사람들은 마수

창옷 두루마기와 비슷하면서 소매가 좁고 무가 없는 겉옷으로 평민들이 입었음. 왈짜(曰子) 미끈하게 잘생기고 여자를 잘 다루는 불량한 무리. 왈짜자식. 주사니것 명주로 만든 옷. 홍두깨 입힌 홍두깨질 한. 대모(玳瑁)테 바다거북 껍질로 만든 고급 안경테. 장옷 평민 부녀들이 출입할 때 머리에서부터 내려쓰던 풀빛 옷.

걸이 에누리*맛에 나온 북촌이나 사대문 밖 이패 삼패들이다.

그런가 하면 다 떨어진 누더기 걸친 가마귀손에 쪽박 들고 허리에는 또 자루 찬 깍정이패며, 머리에는 벙거지 쓰고 꽁무니에 몽치 찬 사령도 있는데, 가장 많은 것이 장삼이사 필부필부들이다. 맨상투에 동저고리 바람이거나 나무비녀 뿔비녀 뼈비녀 은 입힌 구리비녀 꽂은 쪽머리에 때 절은 목수건 질끈 동인 그들 배추시래기빛으로 누렇게 뜬 얼굴에는 주린 빛이 가득하다. 양주나 광주 아니면 동작나루 노들나루 삼개나루 건너 올라와 배우개* 야주개* 칠패* 종루 새벽저자를 보고 돌아가는 사람들로서, 봄채소며 산나물 또는 장작짐을 돈사고 판 보리쌀이나 좁쌀 몇 되가 든 자루를 이고 진 채로 달구지* 뒤를 따라가고 있다.

겨우 자반토막이나 사 든 촌사람들이 황아전 앞에서 눈요기나 해보려다가 꺽짓손* 센 여리꾼*한테 잡혀 곡경들을 치르는 것을 보며 쓴웃음을 짓던 김병윤이 길쭉한 고개가 보일 듯 말 듯 흔들린다.

서울에 올 적마다 느끼는 것이지만 해마다 눈에 띄게 쪼그라들고 있는 육의전 모습이다. 사람들은 여전히 아귀다툼으로 백차일을 치고 있으나 어딘지 풀이 죽어 있다는 느낌이다. 장사치

에누리 값을 더 얹어서 부르는 일. 배우개 이제 동대문시장 자리에 있던 그때 민간시장. 야주개 이제 서소문 밖에 있던 민간시장. 칠패 이제 남대문시장 자리에 있던 민간시장. 달구지 1. 소 한필이 끄는 짐수레. 2. 구루마. 꺽짓손 억세고 사나워서 마음대로 되지 않는 솜씨. 여리꾼 상점 앞에 서서 손님을 끌어들이어 몬을 사게 하고 상점 주인한테서 삯을 받던 사람.

들 낯에 웃음기가 사라진 지 오래니, 난전을 금하는 나라법에 기대어 서울 장안 장사자루° 틀어쥐고 온갖 재미를 보아왔던 것도 옛말이 되고 말았다. 권세 있고 재물 많은 권귀들이 농촌과 어촌은 물론이고 궁벽진 두메산골까지 죄 훑으며 돌아 온갖 물화들을 긁어올려 서울 장안 사람들한테 풀어먹이고 있는 것이다.

"잇빠이 시로요°라는 왜말이 무슨 뜻이오이까?"

입에 올리기도 무엇하여 망설이던 끝에 김병윤이 물었으나, 박영효朴泳孝는 대꾸가 없다. 자 두 치짜리 장죽 끝에서 번쩍번쩍 빛을 내고 있는 은수복 대통에 청국산 남초를 꾹꾹 눌러 담고 있을 뿐, 눈길 한번 던지지 않은 채 입꼬리만 비틀어 올리고 있다. 우집는° 것 같기도 하고 근대는° 것 같기도 한 야릇한 입모습이다.

이자가.

울컥하고 무엇이 치밀어 오르면서 검은빛 나는 김병윤이 할쭉한° 얼굴이 붉게 상기된다. 맺고 끊는 것이 분명해서 여간 칼칼한 성품이 아닌 김병윤은, 지그시 어금니에 힘을 주며 눈을 감는다. 역시 일매홍이한테나 잠시 들렀다 내려가는 걸 그랬지.

지체는 비록 차이가 진다고 할지라도 예에 어긋남이 없이 여간 깍듯하게 대해주는 게 아닌 박영효였으나, 박영효를 대할 적

장사자루 상권商權. **잇빠이 시로요** 조금 분부하듯 '술 한잔합시다'라는 왜말. **우집다** 나지리보다. 얕잡다. **근대다** 빈정거리다. **할쭉하다** 수척하다. 야위다.

마다 무슨 까닭으로 비위가 상하고는 하는 김병윤이었다. 깍듯하게 예를 갖추어 대해준다고 하지만 그 깍듯하게 예를 갖추어 대해준다는 그것이 시늉일 뿐, 장님 손 보듯 한다°는 것을 김병윤은 안다. 철종대왕 부마로 정일품 상보국숭록대부 지위를 받은 금릉위라 해서 사람들이 모두 대감을 받쳐올리었고 김병윤 또한 그러한 예를 갖추고는 있었으나, 마음속으로부터 감복을 해서 대감을 받쳐올리고 스스로를 낮추어 시생 또는 소인이라고 하는 것은 죽어도 아니었으니, 웬일로 마음에 들지 않는 것이었다.

대궐 못지않게 으리으리한 아흔아홉 간짜리 진골택저가 그렇고, 택저 안에 득시글거리는 꺽짓손 세고 버르장머리 없는 노복이며 노류장화 뺨치게 차리고 다니는 비녀들이 그렇고, 육간대청을 끼고 있는 세 간짜리 넓은 사랑방을 치레하고 있는 살림살이들이 그렇다. 문갑 고비 탁자 빗접함 연상 경상 서안 서견대 필통 필갑 필가 지통 책거리 책롱이야 어지간한 양반집 사랑에는 다 있는 것들이어서 하나도 별다를 것이 없었지만, 그것들이 거지반 조선에서 만들어진 것이 아니다. 화각 입히고 광채나는 조개껍데기 입힌 사층탁자 두 짝에 놓여 있는 전조청자 아조백자 빼놓고는 거지반 청국 왜국에서 천금을 주고 들여온 것들인데, 시각 맞추어 뻐꾸기 울음소리를 토해내는 자명종 시진종표°라

시진종표(時辰鐘表) 시계.

는 돈은 미리견 사람들한테서 선사를 받은 것이라고 한다.

대추씨처럼 뿃뿃한 청년 선비 김병윤 마음에 들지 않는 것은 그러나 이런 것들보다 호피 깔린 안석 위에 올방자 틀고 앉아 있는 이 방 주인이다. 부대하게 풍신 좋은 체수 위 굵은 목과 그 목 위에 얹혀 있는 살지고 기름진 낯짝이다.

"김아산."

미리견 선교사인 '빵커'라는 자한테서 또한 예물로 받았다는 양성냥으로 불 붙인 장죽 한 모금을 맛있게 빨아들이고 난 박영효가 김병윤을 불렀는데, 눈길은 여전히 은수복 대통 끝에 가 있다. 김병윤이 검은빛 나는 얼굴에 다시 핏기가 올라온다. 몇 달을 채우지는 못하였으나 아산현감 노릇을 한 적이 있다는 것을 가지고 사람들은 김아산 또는 김사또 하고 부르는데, 그때마다 눈썹 사이가 바투어지고는 하는 김병윤이다.

사또[使道].

원형이정元亨利貞하는 천지이치를 막힘없이 두루 꿰뚫어 하늘을 갈음하여 만백성을 다스리는 성군 뜻을 받아 한 고을백성들에게 올바른 도를 깨우쳐주게 하는 심부름꾼이라는 뜻에서 그 사람 성 밑에 그가 맡고 있는 고을 이름을 붙여주거나 사또라고 부르는 것인데, 그 자리를 물러난 자한테 무슨 그런 이름을 붙인다는 말인가. 그리고 성군도 없고 올바른 목민관도 없어 개나 도야지 세상이 된 지 오래인 마당에 언필칭 무슨 사또가 있고 아무개 고을이 있다는 말인가. 아랫사람들이 그렇게 부를 때는 엄하게 소리쳐 꾸짖었고 손윗사람이나 품계 높은 벼슬아치들이 그렇게 부를 때면 얼굴에 핏기가 올라왔다.

"일유라고 불러주시지요. 시생 자는 일유올시다."

영채 가득한 눈에 힘을 주어 쏘아보며 김병윤이 말하는데, 박영효가 픽 하고 웃었다.

"잇빠이 시로요 뜻을 물으셨던가?"

김병윤은 가만히 있었고

"왜?"

하며 박영효가 김병윤을 바라보았다.

"일본국에 유학이라도 해보시려오? 아니면 유람이라도?"

"대감."

하고 부르는 김병윤 목소리에 날카로운 쇳기가 들어 있다.

"무슨 말씀을 그렇게 하시오이까."

"허허. 농으로 한번 해본 소리를 가지고 웬 증을 내고 그러시오."

"시생 소경력을 잘 아시면서 그런 말씀을 하니, 희롱하시는 뜻으로 들려 듣기가 거북하외다."

"허허. 김아산은 다 좋은데 그게 탈이야. 그 칼칼한 성품이 탈이라니까."

손사래를 쳐 연기를 쫓는 박영효 살찐 눈시울이 위로 치켜올라간다. 김병윤이 박영효를 비위 상해하는 것과 마찬가지로 박

영효 또한 김병윤이라는 꼿꼿한 선비를 마뜩하지 않게 여기는
지 오래이니, 그러게 구월 열네 명 종사관들을 데리고 일본으로
갈 때 같이 가자는 것을 일언지하에 자빡놓아*버린 김병윤이었
던 것이다. 박영효 제의만이 아니라 이른바 신사유람단으로 함
께 가자는 김옥균 제의마저 자빡놓았던 것이 그 전해였는데, 저
마다 무슨 살판이나 생겼다고 유람단에 끼고자 이리저리 연비를
넣는다 뇌물을 쓴다 상갓집 개처럼 꼬리를 치고 돌아다니는 양
반명색 자제라는 자들 그 꼬락서니에 만정이 떨어져서였다. 발
톱을 감춘 채로 한 발 한 발 기어 올라오고 있는 왜국에 대한 물정
상탐物情詳探을 해봄으로써 거기에 합당한 방책을 세워보고 싶은
욕구가 없는 것은 아니었으나, 괴승 리화상*과 홍영식한테 전해
듣는 것으로 대신할 수밖에 없었다.

"일본이라면 치를 떠는 일유께서 그 일본말을 입에 올리시니,
대저 무슨 내력이외까?"

"왜말을 입에 올리자 해서 올리는 것이 아니라 하도 해괴한 꼴
을 보았기로 해보는 말씀이올시다. 대감께서야 왜말에 박통하지
않소이까."

비위가 상하기는 하지만 그래도 많은 물정을 알고 있는 박영

자빡놓다 아주 딱 잡아 내박차다. **리화상**(李和尙) 개화승 리동인李東仁.

효이니만큼 그 사랑에 들러 김옥균 소식도 듣고 또 시국 돌아가는 형편이나 알아보고 내려가자고 마음을 고쳐먹고 진골로 들어서는 네거리 한복판에 백차일 치듯 사람들이 모여 있었다. 아침 나절부터 무슨 요술을 부리는 놀이판이라도 벌어진 모양인가 보다 허턱* 생각하며 진골 쪽으로 걸음을 옮기는데,

"아이구머니나!"

깁*을 찢는 듯한 아낙네 쇳된 비명소리가 나면서 네거리 한복판에 모여 있던 사람들이 거미알처럼 흩어지는 것이었다.

"아이구머니나!"

머리 위에 장옷을 뒤집어쓴 젊은 아낙 하나가 다시 한 번 쇳된 비명을 지르며 황황히 걸음을 옮기는데,

"호라, 오네상*. 호라, 오네상……"

어쩌구 지껄이며 쫓아와 아낙 앞을 막아서는 것은, 왜인이었다. 마흔 살쯤 나보이는 왜인인데, 멧도야지상으로 흉칙하게 생겨먹은 낯짝이다. 진고개에 있는 왜인 마을에서 내려온 것으로 보이는 그 왜인은 맨머리에다 상복처럼 생긴 검정 천을 한 껍데기 걸치고 맨발에 굽 높은 왜나막신을 신고 있다. 천상 건달패 아니면 왜말로 '노가다'로 생겼는데, 저희들 말로 이른바 낭인浪人 행색을 하며 돌아다니는 자인지 검정 허리띠에 일본도까지 지르

허턱 아무 생각 없이. **깁** 명주실로 바탕을 좀 거칠게 짠 비단. **호라, 오네상** '어이, 색시'라는 왜말.

고 있다.

"헤헤. 호라, 오네상. 호라, 오네상……"

누런 이빨을 드러내고 징글맞게 웃으며 소매를 어깨 위로 걸어 올려 겨드랑이 사이 시커먼 거웃*을 드러낸 두 팔을 벌린 채 한 발짝 더 다가섰고, 새파랗게 질린 낯으로 오들오들 떨며 아낙은 꼼짝도 못한다.

"저런, 저런……"

입안엣소리로 중얼거리며 김병윤이 마른침만 삼키고 있는데,

"이런 쳐죽일 놈 봤나!"

소리치며 사람들 사이에서 뛰쳐나오는 사내가 있었다. 서른 안팎으로 보이는 그 사내는 깍짓동 같은 몸집에 키가 칠 척은 되어보였고 솔밭인 듯 무성한 구렛나룻이 귀밑 살쩍까지 덮여 있어 이야기책 속에 나오는 장수같아 보였는데, 짠짓국*이 조르르 흐르는 중치막 위로는 찌그러진 통량갓이 삐딱하게 얹혀 있었다.

"이놈! 이 개 같은 왜놈아!"

벽력같이 소리치며 중치막이 왜인 앞으로 썩 나섰고, 아낙이 황황한 걸음으로 사람들 사이로 들어왔다. 흰창이 많은 눈을 치떠 중치막을 노려보던 왜인이

거웃 털. **짠짓국** 짠지 국물.

"요로시이*!"

소리치며 허리춤에 지르고 있던 일본도를 쑥 뽑아 들었다. 햇빛을 받아 번쩍번쩍 빛을 내는 시퍼런 갈날을 본 김병윤 이마에 진땀이 돋으면서 입천장에 소금기가 앉는데, 두 손으로 일본도를 높이 치켜올린 왜인이

"에잇!"

하고 합기合氣하는 소리를 들으며 김병윤은 눈을 감았다.

사람들이 웅성대는 소리에 눈을 뜬 김병윤은 벌어지는 입을 다물 수가 없었다. 중치막짜리는 보이지 않는데, 패대기질*당한 개구리꼴로 네 활개를 편 채 길바닥 위에 널부러져 있는 것은 왜인이었다.

종루 앞까지 온 김병윤은 걸음을 멈추었다.

잔뜩 찌푸린 낮으로 숭례문 쪽을 바라보는데, 이마에 걸리던 목멱산*이 아슴아슴* 멀어지면서, 출렁 하고 갓끈이 흔들리었다. 하늘이 한 뼘 더 낮게 가라앉으며 바람기가 있는가 싶더니 빗낱이 듣기* 시작하였다. 빗낱은 점점 굵어지고 있었다.

주먹을 입에 대고 간신히 기침을 진정시키고 난 그는 부르르 하고 꼭 추운 겨울밤 소피를 보고 났을 때처럼 진저리를 쳤다. 비

요로시이 '좋다'라는 왜말. **패대기질** 땅바닥에 내팽개쳐진 꼴. **목멱산**(木覓山) 남산. **아슴아슴하다** 또렷하지 않고 흐릿하고 희미하다. **듣다** 물이 방울방울 떨어지다.

피할 데를 찾아 사람들이 거미알처럼 흩어지고 있는데, 김병윤은 꼼짝도 하지 않는다. 직수굿이 고개를 숙인 채 무슨 골똘한 생각에 잡혀 있던 그는 힘껏 도머리를 쳤다. 광통교 쪽으로 몇 발짝 옮기는가 싶던 그 사내 느릿느릿한 양반걸음이 잡히는 곳은, 윗다방골 쪽이었다.

물명주 수건에 왜비누칠을 하여 정성껏 목물을 마친 일매홍一梅紅은 방으로 들어갔다. 오늘 중으로 천세환千歲丸이 제물포濟物浦에 닿는다는 소식을 들은 탓인가, 장롱을 뒤져 아껴두었던 의복 일습을 꺼내는 그 여자 손길이 황황해지면서, 두 볼에 살짝 홍조가 어린다.

안으로 걸어 잠근 문고리를 다시 한 번 만져보고 난 일매홍이는 물기 젖은 다리속곳*을 벗었다. 왜수건으로 하초를 몇 번 찍어내고 볼기짝과 종아리며 젖가슴서껀 등짝 물기를 꼭꼭 찍어 닦아내었다. 불면 호르르 날아갈 것 같은 생삼팔주 백삼팔주 색삼팔주로 지은 다리속곳 속속곳* 고쟁이* 단속곳* 받쳐입고 무지기*를 걸친 위에, 대접무늬 남갑사 치마를 두른 다음, 터질 듯 부푼 젖무덤 꼭꼭 졸라맨 맨살 겨드랑이 위로 속저고리 안저고리 겉저고리 삼작 받쳐 덧씌워 입더니, 바래서 희게 만든 순지*로 발

다리속곳 부녀들이 아랫도리 가장 속에 입던 옷. 양말로 '팬티'. **속속곳** 다리속곳 위에 입던 옷. **고쟁이** 속속곳 위 단속곳 위에 입던 속옷. **단속곳** 치마 속에 입던 속옷. 속치마 격. **무지기** 치마 속에 입던 짧막한 속치마.

싸개를 댄 위에 진솔버선°을 신었다.

참판영감이신가?

켕기는 듯 죄어드는 발가락에 몇 번 힘을 주며 아미를 찡기던 일매홍이는 귀를 세웠는데, 빗소리였다. 빗방울이 떨어지는 소리였다.

오늘 중으로 천세환이 제물포에 들어온다면 호마를 잡아타고 달려오신다 해도 오밤중이나 되어야 할 것이고, 본댁에 먼저 들르실 테니 빨라야 내일 중으로나 오시겠지.

처음 머리를 얹던 날 입었던 차림으로 매무새를 하고 난 일매홍은 석경石鏡 앞에 섰다. 넉 자 두 치짜리 석경 앞에서 앞모습 옆모습 뒷모습을 요리조리 조리요리 비추어보는 그 여자 붓으로 그린 듯 뚜렷한 입술 사이로 포옥 하고 짧은 한숨이 뽑아져 나온다.

가셨던 일은 잘 성사되셨는지……

오월이었던가. 구미호 꼬리인 듯 한없이 길기만 하던 봄이 잦아들면서, 갓 솟아낸 푸성귀 속잎처럼 싱싱한 푸르름이 금원°넓은 숲을 덮는데, 온갖 수목들 그림자는 또 미친 듯 소용돌이치고 있었다. 밤이었다. 밤이 깊어 있었다.

순지(純紙) 부드러운 한지. **진솔버선** 한번도 빨지 아니한 새 버선. **금원(禁苑)** '비원秘苑'은 왜제시대 왜인들이 고친 말로, 그때 우리말이었음. 후원後苑.

이 숲 저 숲에서 숨넘어가게 울어쌓는 두견새 소리에 잠 못 이루고 이리저리 몸을 뒤척이던 생각시° 숙향淑香이는 가만히 귀를 기울이었다. 고요하다. 앙가슴을 찢어발기는 것 같고 애를 끊는 것만 같게 울어쌓는 두견새 소리로 해서 네둘레가 더욱 고요한 느낌이다. 조금 전까지만 하더라도 막막한 신세자탄으로 베갯잇을 적시던 동무 나인 원숙元淑이도 코그루를 박고 있고, 다른 방에서도 기척이 없다. 숙향이는 살그니 분합문을 열고 양화당養和堂 퇴를 내려섰다. 그믐이 다 되었는가. 어리중천°에 걸리어 있는 달은 눈썹 같은 초승달인데, 쏟아질 듯 반짝이는 별무더기에 눈이 시리다.

철종이 예척禮陟한 다음부터는 더구나 대왕대비 조씨趙氏 서슬 푸른 위세에 눌려 그나마 끈 떨어진 뒤웅박° 신세가 된 대비 김씨金氏 침전에는 불이 꺼져 있은 지 오래다. 명색이 약방기생이라지만 중전 민씨閔氏 날카로운 눈빛과 호령이 두려워 대전 근처에는 발길도 하기 어려운데다, 궁중에 양의洋醫들이 들어오고부터는 그나마 녹의홍상 큰머리차림에 귀고리 달고 다니는 은침통을 열일마저 없게 된 열아홉 살짜리 어린 생각시 숙향이는 포옥 하고 한숨을 내쉬었다.

출궁을 할까.

생각시 나이 어린 의녀醫女. 어리중천 하늘 한가운데.

잘래잘래* 고개를 흔든다. 내탕금이 바닥난 지 이미 오래인 궁중에서는 원하는 궁녀들을 사가私家로 내어보내고 있었지만, 숙향이한테는 그러나 나가서 몸을 의탁할 사가마저 없다. 쥐통이 창궐해서 수천수만 사람들이 죽어나가던 정묘년*에 부모를 여의고 이모집에 업저지* 노릇을 하다가 아기나인으로 입궁을 하게 된 것이 아홉 살 때였는데, 이모네와도 소식이 돈절된 지 오래다.

김신원金新元이신가?

양화당 뜨락을 내려서 이리저리 거닐며 산 밖에 난 범이요 물 밖에 난 고기 꼴°이 된 제 신세를 애달파하다가 담장 밖으로 나서던 숙향은, 하. 숨을 삼키었다. 대여섯 간통이나 저만치 떨어진 통명전通明殿 담벽 아래서 웬 사내 하나가 뒷짐을 진 채로 어슬렁거리고 있었는데, 그럴 리는 없다고 생각하면서도 몇 발짝 잰 걸음을 치던 숙향은 쓴웃음을 깨어물었다. 번을 서고 있는 병정사내였던 것이다. 상감마마 정침正寢이 있는 통명전에도 중전마마 침전이 있는 환경전歡慶殿에도 불빛은 없었다. 양전께서는 오늘밤에도 경복궁에 머무실 것이었다. 노랑저고리에 다홍치마를 입은 젊은 사당 거사 날탕패며 재인광대들이 벌이는 짠지패놀이에 밤을 밝히실 것이었다.

먹빛 더그레 위에 산수털 벙거지 뒤집어쓰고 붉고 푸른 곳술

잘래잘래 머리를 옆으로 가볍게 자꾸 흔드는 꼴. **정묘년** 1867년. **업저지** 어린아이를 업어주던 계집아이.

달린 창대를 잡고 있던 그 젊은 병정은 황황히 드므*놓여진 모퉁이 쪽으로 걸음을 옮기었는데, 웬일로 떠오르는 것은 이모부였다. 역졸질 다니던 이모부 상투 위에 얹혀 있던 거먹초립*이었다. 거먹초립 위에 켜켜로 얹혀 있던 싯누런 황토. 밤두억시니처럼 엄장 큰 그 사내가 무슨 까닭으로 추워보였고, 서둘러 양화당 찬광으로 간 그 어린 생각시는 김대비가 저*도 대지 않아 물려놓은 떡이며 저냐며 약과며 강정이며 송화다식 흑임자다식 너비아니에 수정과까지 한 광주리 들고 나왔다.

숙향이 김참판을 처음 본 것은 열세 살 때였다. 임신년 알성문과에서 장원급제를 한 스물두 살짜리 청년 김옥균이 대비 김씨한테 장원인사를 올리러 왔을 때였는데, 김대비가 고단하고 쓸쓸하게 된 처지를 몇 마디 곡진한 언사로 위자하고 퇴를 내려서던 김옥균이 고개를 돌리었고, 눈이 마주치게 된 열세 살짜리 아기나인 숙향이는 문득 숨이 멎는 것만 같았다. 해마다 정초가 되거나 김대비 생신날이 되면 김옥균은 양화당으로 빠지지 않고 꼬박꼬박 세배를 오고 문후를 왔는데, 까닭 모르게 숙향이는 가슴이 뛰면서 볼이 또 붉어지고는 하는것이었다.

숙향이 궁을 나온 것은 철인왕후哲仁王后 김씨가 돌아간 해이니 다섯 해 전이다. 영돈녕부사 김문근金汶根 딸로 왕비가 되어

드므 넓적하게 생긴 독으로 불이 났을 때 비방祕房으로 쓰기 위하여 물을 담아두었음. **거먹초립** 역졸들이 쓰던 벙거지. **저** 젓가락.

장김 육십년 세도 곳망울을 터뜨리는 데 있어 못박는 안받침*이 되었으나, 김대비는 박행한 여인이었다. 김대비가 양화당을 지키고 있을 때는 그래도 의지할 언덕이라도 되었으나, 스물두 살에 낳았던 원자를 잃고 열다섯 해를 홀로 쓸쓸히 살던 철인왕후가 돌아간 다음에는, 더 붙어 있을 까닭이 없었다. 영돈녕대감 손항*되는 김아무개 영감댁에 머물며 앞날 두량을 해보고 있는데, 다시 만나게 된 것이 김옥균이었다. 성균관 전적 사간원 정언 홍문관 교리 승정원 우부승지를 거쳐 형조참의까지 승승장구하고 있던 김옥균은 윗다방골 안침 아늑한 곳에 집을 한 채 장만해주었고, 그러고는 머리를 얹어주었다. 김옥균이 지어준 일매홍이 그 여자 기생 이름이었다.

"홍합이 되겠다……"

호박씨를 털어넣듯 단숨에 잔을 뒤집고 난 김병윤이 잔 든 손을 쭈욱 내어밀었다. 호리병 하나는 벌써 바닥이 났고, 두번째로 꺼내온 병도 반 넘어 기울었다. 기생집 술로는 격이 높은 해묵은 송순주松筍酒다.

"조반 진지도 안 잡수셨다면서 이렇게 소나기술*로 잡수시면 어쩝니까. 안주 한 점 안 집으시면서."

안받침 안에서 받쳐줌. **손항**(孫行) 손자뻘 되는 항렬. **소나기술** 여느 때는 먹지 아니하다가 입에만 대면 그지없이 먹는 술.

손아래 어린 동생을 걱정하는 나이 든 누님 그것처럼 일매홍
이 그렁그렁*한 눈에 안타까운 빛이 어리는데, 김병윤 눈길은 잔
위에만 머물러 있다.

　　"홍합을 먹으면 될 게 아닌가, 홍합으로 배를 채울 날이 코 앞
에 박두했음이어늘, 황차 안주리오."

　　"홍합이라니, 무슨 말씀이어요?"

　　백자로 된 호리병을 기울여 잔을 채우고 난 일매홍이 묻는데,
김병윤 입에서 쩝 하고 입맛 다시는 소리가 났다.

　　"나합을 아는가?"

　　"아닌밤중에 홍두깨 내밀듯 그건 또 무슨 말씀이셔요?"

　　"배짱 한번 좋으이."

　　"절개라면 몰라도 계집사람이 무슨 배짱이 좋다고 그러셔요."

　　"일매홍이."

　　"예."

　　"자네가 기방을 연 게 얼마나 되는가?"

　　"여서 해지요. 햇수로는 일고 해째이고."

　　"기생 노릇 육 년이면 이제 문리가 터질 만도 하련만, 상기도
내 말뜻을 모르겠는가?"

　　쏘아보는 김병윤 눈매가 날카로왔고, 허텅지거리로 던져오는

그렁그렁 물몬이 가장자리까지 괴어 거의 찰 듯 찰 듯한 꼴.

희영수*로 여기어 설렁설렁* 대꾸해 나가던 일매홍은 발등을 덮고 있는 남갑사 치맛자락을 쓸어 내리었다. 그 여자는 주먹을 입에 대고 잔기침을 한 번 하였다.

"가르쳐주시지요. 쇤네 아둔하와 당최 그 뜻을 모르겠사옵니다."

말은 그렇게 하였으나, 김참판 김옥균도 어렵게 대하는 김병윤이라는 이 뻣뻣한 선비가 묻는 말 뜻을 일매홍은 안다. 알기 때문에 일부러 짐짓 희영수로 받아넘기고 싶었는지도 모른다.

나합羅蛤이 누구인가. 물오른 장김세도 아래서 한세상을 쥐락펴락*하던 여인이다. 안동김씨 일족 수령으로 일인지하에 만인지상이라는 영의정을 세 번씩이나 지내며 철종임금 대신 천하를 호령하던 하옥荷屋 대감 김좌근* 소실이다. 전라도 나주羅州 태생 기생 출신이었으므로 나주 조개라는 뜻에서 붙여진 이름이었는데, 정일품 대감들한테만 받쳐올리는 경칭인 합하閤下를 붙여 나합이라고 불리었을 만큼 위세가 대단했던 여인이다. 술서에 달통하였던 강산대신薑山大臣 리서구李書九가 전라감사로 있을 때, 나주 쪽에서 이상한 기운이 뻗쳐오르는 것을 보고 수하 군관을 보내며 이르기를, 아무 곳 산댁에 나라를 도모할 아이가 태어났은 즉 사내거든 없이하고 계집이거든 그냥 두라 하였는데, 그때 태어난 계집아이가 나합이었다고 할 만큼, 신이한 정기를 타고

희영수 남과 실없는 말이나 짓을 함. **설렁설렁** 주눅 좋게 슬그머니. **쥐락펴락** 쥐었다 폈다 하는 꼴. 곧 번듯한 힘으로 남을 마음대로 부리는 꼴. **김좌근** (金左根, 1797~1869) 왕실 척족으로 세력을 잡았던 철종 때 영의정.

난 여인이라고 하였다.

"무얼 하는가? 술을 치지 않고."

생각난 듯 잔을 뒤집고 난 김병윤이 손을 뻗치었고, 일매홍은 말없이 병을 기울이었다.

"나합은 이제 없습니다만, 홍합이라도 한 점 집으시지요. 큰 뜻을 품으신 어른께서는 모름지기 옥체를 돌보셔야 하지 않겠습니까."

생각난 듯 일매홍이 말하는데, 김병윤은 말이 없다. 묵묵히 술잔만 들여다보면서 돌미륵처럼 꼼짝도 하지 않는다. 박영효와 쾌하지 아니하게 헤어진 뒤끝이라 그런지 아침 점심을 거른 빈속에 소나기술로 거푸 대여섯 잔 독한 송순주를 마셨음에도 그저 주기가 오르지 않으면서, 쪽골*만 팬다.

수구당이라는 게 단순한 수구당만이오이까? 수구당 뒤에는 청나라가 있지 않소이까? 원세개袁世凱 오조유吳兆有 황사림黃士林 수하 청병이 사백이외다. 뿐입니까, 무장한 청인 천이백에 수구당 병정 또한 팔백은 될 터인데, 그들과 어찌 대적하겠다는 말씀이오이까?

다케조에 신이치로 공사 밑 무라카미 대위라는 자가 거느리는 왜병 이백 명이면 된다는 박영효 장담에 김병윤이 한 말이었는

쪽골 편두통.

데, 박영효는 잇달아서 큰소리만 쳤다.

정예한 일본군 이백 명 뒤에는 또 이노우에 오카모토 같은 일당백 낭인들이 기십 명은 있소이다.

"허욕이라."

아산현감으로 제수받은 김병윤이 청파역참靑坡驛站에 맡겨두었던 청부루에 오르는데, 웬 사내가 앞을 막아섰다. 등등거리° 위에 모시적삼과 진솔° 창옷 받쳐입고 양태 좁은 흑립을 쓰고 있는 그 사내는 마흔 고개를 넘어보이었다. 올이 가는 한산 세모시로 홍두깨 입힌 바지 밑에는 삼색 왕골미투리°를 신었는데, 너부데데하게° 퍼진 얼굴에는 기름기가 돌아 돈닢이나 있는 장사치나 부랭이 아니면 이름난 오입쟁이명색으로 보이는 그 사내가 하정배°를 올리었다.

"신영 나온 현이방이오니다."

"엉?"

"아산고을서 이방살이하는 현직순이 현신 아뢰오."

"무어라고?"

"곧을직자 순박할순자올시다."

등등거리 등나무 줄기를 가늘게 오려서 드문드문 엮어 소매 없이 만든 등거리로 여름에 적삼 밑에 입어 땀이 배지 못하도록 하였음. 진솔 새옷. 깃것. 왕골미투리 굵게 쪼갠 왕골로 삼은 미투리. 너부데데하다 얼굴이 둥그번번하고 너부죽하다. 하정배(下庭拜) 지체가 낮은 사람이 웃사람을 뵐 때 뜰 아래에서 절함.

"나를 맞으러 아산서 올라왔다는 말인가?"

"녜에. 안전을 뫼시고자 사흘 전부터 기다리고 있었습지요."

김병윤이 눈썹 사이가 가느다랗게 좁혀지는데, 두 손을 마주 잡고 서 있던 사내가 조붓한 이맛전 밑으로 날카롭게 째진 눈을 깜박깜박하더니, 다시 한 번 허리를 접었다.

"상께오서 마패를 내려주셨을 터인데, 어째서 사마를 타시는지요?"

현직순玄直淳 현이방玄吏房이 몰골이며 차림새를 마뜩하지 않다는 눈길로 단숨에 훑어보고 난 김병윤은 아까부터 청부루 갈기만 쓰다듬고 있었고, 현이방이 밭은기침을 하였다.

"미설가未挈家이시오니까?"

"현이방이라고 했나?"

"녜에, 사또."

"사또라……"

되받아 혼잣말로 뇌어보던 김병윤이

"현씨면 희성인데…… 관향이 어디신가?"

하고 물었고, 등토시*낀 현이방 계집사람처럼 희고 고운 손등이 뒷목으로 올라갔다.

"토성이올시다. 전조 아주牙州 적부터 살아왔습지요."

등토시 등 줄기를 가늘게 오려서 엮어 만든 토시. 여름에 땀이 옷에 배지 않게 낌.

"내려가게."

"네에?"

"현신은 점고 때 받을 것인즉, 내려가서 기다리란 말일세."

"내려가라닙쇼? 전고의 예에 좇아 거행하고 있는 중로문안이 올시다, 사또오."

하며 야릇하다는 눈빛으로 현이방이 빤히 올려다보는데, 김병윤은 청부루 옆구리를 힘껏 찼다.

"말이 많구나!"

낮았으나 위엄이 깃들인 목소리로 꾸짖어 중로문안中路問安 나온 장년 활리猾吏를 물리친 스물네 살짜리 청년 현감 김병윤이「춘향가」에 나오듯—

동작銅雀나루 얼핏 건너 남태령南太嶺 넘어가서 과천果川 지나 인덕원仁德院에서 중화하고, 여물 먹인 청부루 몰아 냉천冷泉고개 갈미술막 군포軍浦내 별사근내 지지대遲遲臺 넘어 미륵당이 참나무정이 얼른 지나 교귀정交龜亭 돌아들어 영화迎華 역참 말 먹이고 수원 북문水原北門 들이달아 남문南門 밖에 숙소하고, 상류천 하류천 새술막과 대황교大皇橋 비켜놓고 떡전거리 지나 여진 개울 중메 넘어 오뫼를 지나서 진위振威 들어 중화하고, 희제원 넘어 칠원漆原 지나 가양可養 역참 말 먹이고 평원광야平原廣野 넓은 들을 순식간에 얼른 지나 천안天安 들어 숙소하고, 삼거리를 슬쩍 지나 중화 전에 아산 읍내까지 들어서는데, 머무는 곳마다 중로문안이었다. 육방관속은 차치물론이고 호장戶長에 관청官廳 승발承發 도서원都書員 의생醫生이며 온갖 창색倉色과 관기官妓들까지 줄줄이 엇바뀌어 나왔으니, 새로 도임해오는 안전을 맞아들이기 위한 신영례新迎禮였다.

전고典故의 법도라고 하였다. 몇 군데 고을살이를 한 적이 있는 엄친한테서 귀띔을 받은 김병윤이었으나, 그 번다하고 번잡한 허례허식에 정신이 어지러웠고, 그 허비되는 문물에 한숨이 터져 나왔다.

신영 예절이라는 것은 도임 중에 있는 신임 안전한테 잇달아 사람들을 보내어 인사를 올리는 중로문안만이 아니었다. 타고 올 말을 장식할 온갖 치레거리와 갈아입을 갖가지 의관일습과 안전 명령과 지시며 그리고 흥취가 나서 읊어대는 오언절구 칠언절구 받아낼 각색 종이며 그 고을에서 나는 빼어난 방물들을 갖다 바치는 지장봉진支裝封進과, 신임 안전이 머물러 살며 일을 볼 관아 내아를 새로 고치고 꾸미는 아사 수리와, 좌수座首 향유사鄕有司 형리刑吏 이방吏房 호방戶房 예방禮房 병방兵房 형방刑房 공방工房 수집사首執事 급창及唱 사령使令 통인通引 포교 포졸 온갖 관속이 대금 소금 해금 향피리 장구 좌고 불고 치는 길군악°에 맞추어 깃발 들고 마중 나오는 기치영접旗幟迎接에, 읍 밖 풍헌風憲 약

길군악 '길에서 부르는 노래'라는 뜻. 노요곡路謠曲.

정約正 존위尊位들이 안전이 오기 며칠 전부터 읍내에 들어와 기다리는 풍약대후風約待候가 있는데, 여기에 들어가는 돈과 물품과 수공과 사람은 어디에서 나오는가.

민인이다. 민인들한테 온갖 명목을 붙여 어르고 겁박하여 소용되는 돈과 물품 몇 곱절을 반강제로 빼앗아낸다. 임금한테 고신 받은 외방 수령이 어느 날 언제 어디서부터 어디까지 무슨 일로 가겠다고 하면 병조에서 마문馬文을 끊어주고 상서원尙瑞院에서는 그에 따라 마패馬牌를 내어주는데, 육품 위면 중등마 한 필을 받아 탈 수 있다. 여기에 드는 돈은 쇄마가刷馬價라고 해서 나라에서 내어주었으나 아전들은 다시 민인들한테서 말값을 따로 거두어들였으니, 그것이나마 덜어보자는 생각에서 굳이 아버지가 타시는 사마私馬 청부루를 타고 온 김병윤이었다.

식솔을 데리고 가지 않는 미설가未挈家를 택한 것도 마찬가지 생각에서였다. 수령 임기는 1천8백일 곧 5년이지만 당상 품계에 있거나 미설가 경우 그 절반인 2년 6개월이니, 나그네처럼 잠시 머물다가 떠나는 역려지과객逆旅之過客은 되지 않겠다는 생각이었다. 비구比丘처럼 혼자 살면서 책에서 배운 성현 가르침대로 목민을 하여보겠다는 생각이었다.

책상물림이었으므로 오로지 성현 말씀대로만 따라서 행하면 될 것으로 여기었던 김병윤이었다.

덕과 예로써 다스리면 된다고 믿었다. 덕으로써 이끌고 예로써 가르치면 염치를 알게 된 백성들이 스스로 따라올 것이라는 공부자 말씀을 믿었다. 무릇 예라는 것은 사람이 사람일 수 있는 근본 벼리이므로 예가 아니면 듣지 말고, 예가 아니면 말하지도 말고, 예가 아니면 움직이지도 말면 된다고 믿었다. 문에 나갈 때는 큰손님을 맞아들이듯이 하고, 백성을 부릴 때는 큰제사를 받들듯이 하며, 스스로가 하기를 원하지 않는 것은 남에게 시키지도 말 것이니, 그렇게만 하고 보면 나라와 집안에 원망이 없을 것으로 믿었다. 그렇게 배웠다. 그렇게 배우고 익힌 바를 실답게 행하여 모름지기 군자가 되고자 하였고, 하루에도 세 번씩 스스로를 되돌아봐서 조금도 잘못된 점이 없는 군자가 되고 보면, 모든 일에 근심하고 두려워할 것이 없다고 믿었다. 스스로가 이처럼 애를 쓰고 보면 백성들 또한 순한 양처럼 다 따라올 것으로 믿었다. 대저 군자 덕은 바람과 같고 소인 덕은 풀과 같은즉, 풀 위에 바람이 지나가고 보면 풀은 반드시 바람이 지나가는 쪽으로 그 몸을 눕히게 될 것이 아니겠는가.

민심가실民心可失이언정 사심불가실士心不可失이니, 알겠느뇨?

청부루에 오르는 아들을 자랑스럽고 또 걱정스러운 눈빛으로 보며 김사과金司果가 말하였을 때, 김병윤은 단전에 힘을 주었다.

사심가실이언정 민심은 불가실이올습니다.

소리 내어 말을 하지는 않았으나 그렇게 생각하는 김병윤이었고, 그러한 생각을 다지며 도임 길에 오르는 김병윤이었다.

254

백성들 마음을 잃을지언정 선비들 마음을 잃어서는 안 된다는 것은 김사과만이 아니라 사모 쓴 벼슬아치들 모두 생각이었는데, 차라리 선비들 마음을 잃을지언정 백성들 마음을 잃어서는 죽어도 안 된다는 것이 김병윤 생각이었다.

대원군이 저 지경에 이르게 된 것 또한 따지고 보면 최면암崔勉庵 최익현*저 계유상소癸酉上疏로부터 비롯된 것이 아니겠느냐며 사람들은 더욱 '민심가실 사심불가실'을 무슨 진언眞言인 듯 입에 달고 있었으나, 대원군이 화무십일홍으로 영락하게 된 것은 최면암 상소 때문이 아니라 백성들 마음을 잃었기 때문이라는 생각이었다. 무릇 이 세상에서 일어나는 모든 일에는 때가 있고 순차가 있는 법인데 오백년 동안 고황에 든 누습을 하루아침에 고쳐보고자 서두른 탓에 선비들 마음도 잃었고 백성들 마음도 잃었다는 생각이었다.

수원 남문 밖에 있는 허름한 주막 봉놋방*에 숙소참을 대고 있는데, 현이방이 찾아왔다. 천한 상것들이 머무는 곳에 존귀하신 안전께서 숙소하신다는 것은 아산고을 백성 모두 수치라며 펄쩍 뛰는 현이방을 꾸짖어 물리쳤으나, 중로문안은 끊어지지 않았다. 숙소참만이 아니라 중화를 하고 말에 여물을 먹이느라 들

최익현(崔益鉉, 1833~1906) 고종高宗 때 배일파 우두머리로 을사늑약에 맞서 의병항쟁을 이끌다가 대마도로 끌려가 죽었음. **봉놋방** 주막집 대문 가까이에 있어 여러 사람이 함께 잘 수 있던 큰 방.

르는 역참마다 아산고을 관속들은 바꾸어가며 다투어 찾아왔다. 천안 객사에 숙소참을 대고 있는데, 현이방이 다시 문안을 왔다.

"저녁 진지는 잡수셨는지요?"

"응."

"객사 음식이라는 게 원체 대중이 없는데, 이런 고생을 왜 사서 하시오니까?"

"걱정해주는 건 고맙네만, 다 생각이 있음이야."

"잠시 바람이나 쏘이고 오시지요."

"내일 중화 전에 당도하자면 일찍 자야지."

"예서 주무실 작정이시오니까?"

"자지 않으면?"

"방사도 초협할 뿐만 아니라 물것이 많사오니다."

"괜치않네."

"참, 이곳 안전과는 수인사를 나누셨사오니까?"

"번잡하게 해서 폐를 끼칠 일이 있는가. 원행 나선 선비 행세로 하룻밤 유하고 가면 되지."

"정 그러시다면 약주나 한잔하고 와서 주무십지요. 소인이 잘 아는 집이 있사오니다."

"기생집인가?"

"웬걸입쇼. 촌간에 기생이래야 관기밖에 없는데 면추도 못 되는 것들이라 오히려 흥취가 깨지실 겝니다요."

256

"하면?"

"기생집도 아니고 용수 내건 주막집도 아니지만 괜찮은 데가 한군데 있으니, 소인만 따라옵쇼."

반드시 술생각이 있다기보다 너무 거절만 하는 것도 예가 아니라는 생각에서 김병윤은 현이방을 따라나섰는데, 중천에 걸려 있는 반달 아래 흰빛을 드러낸 채 소리 없이 흘러가는 시냇가 능수버들 가지에서는 또 밤새가 깃을 치고 있어, 흥취가 바이 없는 바도 아니었다. 처마끝을 맞대고 있는 마을 고샅길을 이리 꼬불저리 꼬불 한참을 돌아가자 행세깨나 하는 것으로 보이는 덩그런 기와집 일각대문이 나타났다.

"이리 오너라."

현이방이 한 번 부르자 기다렸다는 듯 이내 대문이 열리었고, 열서너 살 나보이는 계집아이 뒤를 따라 김병윤은 방으로 들어갔다. 금박 물린˚ 병풍 아래 술상이 차려져 있는데, 한양 다방골 일패기생집 못지않게 떡벌어진 교자상이었다.

잔기침소리와 함께 문이 열리면서 하얀 무명치마저고리를 입은 젊은 여인이 들어왔다. 나붓이˚ 절을 하고 나서 한쪽 무릎을 세우고 앉는데, 김병윤 눈이 크게 벌어졌다.

빼어나게 아름다운 자색은 아니었으나 법도 있는 집안에서

물리다 색깔 입히다. **나붓이** 고개를 숙이고 얌전하게 엎드리는 맵시.

자란 규수인 듯 여간 기품 있고 조출하게 아리따운 자태가 아니
었다. 두 손으로 받쳐올리는 술 한잔을 마시고 난 김병윤이 말하
였다.

"너는 무엇하는 계집이냐?"

턱 끝을 숙인 채로 그 여인은 손가락 끝으로 방바닥만 문질렀
고, 김병윤이 다시 물었다.

"무엇하는 계집이냐고 묻고 있지 않느냐?"

"술어미올습니다."

"술어미라…… 그런데 어찌하여 소복을 하고 있는고?"

"……"

"현이방과는 어찌 되는 사이더냐?"

"……"

시르죽은* 이°같이 잔뜩 기어들어가는 목소리로 한마디 대꾸
를 하고 난 여인은 손가락 끝으로 방바닥만 문질렀고, 김병윤이
목소리가 조금 높아졌다.

"어허!"

수많은 산봉우리가 서로 엇갈리면서 곁으로 둘러싸고, 두 시
냇물은 좌우를 둘러 흐르는데, 그 가운데로 너른 들판이 길게 뻗

시르죽다 설죽다. 시르죽은이 몰골이 해쑥하고 초라한 꼴을 놀려 이르는 말.

쳐 있으니, 아산牙山이다.

　골짜기마다 여염집과 논고랑 밭고랑이 서로 뒤섞여 있어 긴 숲과 골짜기에서 흐르는 물 위에 숨바꼭질하듯 하니, 예로부터 사람이 살 만한 곳으로 일컬어져왔음이다. 볍씨 한 말을 논에 뿌려 예순 말을 거두는 곳이 제일이고 마흔이나 쉰 말을 거두는 곳이 다음이며 땅이 메말라 서른 말 아래인 곳이면 사람과 가축이 함께 살 수 없는 곳이라 하였는데, 이곳에서는 종자 한 말을 뿌려 예순 말 안팎을 거두는 곳이 태반이니, 땅이 기름진 까닭이다. 산골 가까운 남쪽은 땅이 더구나 기름져 오곡과 목화 가꾸기에 알맞고, 당진唐津 평택平澤 사이로 조붓이 들어오고 있는 서쪽 갯가에는 오곡과 목화 가꾸기에 알맞지 아니하나, 생선과 소금이 흔하고 서울까지 뱃길이 편리하다. 무릇 여든 간에 이르는 공세곶貢稅串 관창官倉이 있으니, 충청좌우도 서른아홉 고을 세곡稅穀을 이곳에 거두었다가 배에 실어 서울로 올려 보내기 위함에서이다. 갯가에는 게딱지 같은 집들이 모여 마을을 이루었고 마을마다 몇백 년씩 묵은 해송들이 아름드리로 우거져 있는데, 백옥 옥돌 수정 황소어黃小魚 세미어細尾魚 조기 숭어 웅어 뱅어 새우 강다리 백화사白花蛇가 많이 난다.

　이만한 곳이라면 아산고을 백성들 모두가 늴니리와 지화자를 부르며 태평성대를 노래하여야 마땅하련만 참으로는 조금도 그러하지를 못하였으니, 두 가지 언걸* 때문이었다. 천재와 인재.

해마다 가뭄이요 올서리가 내리고 가뭄과 올서리 뒤끝이면 야릇하게도 반드시 억수가 쏟아지는데, 이름 모를 온갖 역병은 또 창궐하는 것이었다. 천재지변이나 역병이야 힘없고 슬기 모자라는 풀잎사람들로서 어쩔 수 없는 것이라고 하더라도, 견딜 수 없는 것은 구실아치들 토색질이었다.

가을이면 지주집 마름들 바짓가랑이에서는 자개바람*이 일어나는데, 열에 일고여덟은 병작농*인 농군들 입에서는 나오느니 한숨뿐이었다. 가뭄과 억수에 시달려 논 열 마지기를 부치면 고작 스무 섬을 거두는데 그 가운데서 열 섬은 지주에게, 두 섬은 종자대로 물고, 두 섬은 대동미로, 두 섬은 또 온갖 명색 잡세로 물게 되니, 한 해 농사를 지어 손에 쥐게 되는 것이 서너 섬에 지나지 않는다. 굶어 죽어도 베고 죽는다는 종곡단지 끌어안고 아낙네들은 진종일 집에 틀어박혀 샀물레를 돌리거나 동네방네 돌아다니며 샀빨래를 하고 남정네들은 짚신을 삼거나 깊은 산속으로 들어가 산주집 머슴 몰래 생솔짐이라도 찌는 수밖에 없었으니, 뜻 있는 선비 있어 일찍이 이렇게 읊고 있다.

관가에서 받을 때는 고봉으로 말질하고
정하게 찧은 쌀로 바쳐야 하네

언걸 재앙. 동티. 지실. 언짢은 일. 나쁜 일. **자개바람** 잰바람. **병작농**(竝作農) 배메기 농사. 농사꾼이 거둠새를 지주와 반씩 나누던 농사. 반타작. 왜제가 소작농 제도를 들여오기까지 이어지던 농사법이었음.

성화 같은 독촉에 기한 어찌 어길소냐

그때마다 사람 사서 운반해가니

몸은 마치 낟알 끄는 개미 신세요

마음은 다리 잘린 벌과 같도다

집안은 텅텅 비어 아무것도 없는데

곡식짐 짊어지고 새벽에 길 떠나네

아전놈들 잔꾀는 어디서나 빈틈없고

백성들 습성은 예부터 공손하여

쥐새끼들 활개치며 이리저리 날뛰는데

큰 고기는 입만 그저 벌름거린다

갈 있어 내 뼈는 깎을 수 있다지만

내 가슴 적셔줄 술이 없구나

사람 잡아가느라 온 고을이 시끄럽고

먼 친척 사람까지 포흠 징수하여 가네

감영깃발 휘날려 촌사람들 떨게 하니

굿하는 북소리도 끊어졌구나

집안에 남은 거란 송아지 한 마리요

쓸쓸한 귀뚜라미만 조문을 하네

텅 빈 집안에는 여우 토끼 뛰노는데

대감님댁 문간에는 용 같은 말이 뛰네

백성들 뒤주에는 해 넘길 것 없는데

관가 창고에는 겨울양식 풍성하다

궁한 백성 부엌에는 서리만 쌓이는데

대감님 밥상에는 고기 생선 갖춰 있네

산놀이 들놀이 어려운 일이거니

바지허리 저고리깃 누가 있어 꿰매주랴

물 안 긷는 우물에는 새벽얼음 쌓여 있고

황폐한 밭에는 늦무만 널려 있네.

"나으리이—"

장지 밖에서 앳된 사내아이 목소리가 들려왔고, 김현감은 허리를 폈다.

"들어오너라."

"네."

소리와 함께 열두어 살 나보이는 통인아이가 조심스럽게 장지를 열고 방으로 들어온다. 아랫목 서안 앞에서 『선생안』*을 들여다보고 있던 김현감을 향하여 공근하게 허리를 굽히고 나서 두 손을 마주잡고 서는데, 김현감 입가에 엷은 웃음기가 떠오른다.

책방명색으로 따라온 정참봉鄭參奉을 빼놓고는 미설가로 도임한 김현감이 오직 하나 마음을 주고 있는 아이였다. 정참봉도 민

『선생안(先生案)』 각 관아에서 전임 관리들 성명·직명·생년월일·본적 따위를 적어두었던 책.

김현감은 잠시 말을 끊더니 현이방을 똑바로 바라보았다.

"듣거라. 내 이자들부터 먼저 엄하게 다스려 어지러운 풍속을 바로잡고 나아가서는 나라와 집안과 사람과 사람 사이 근본 벼리가 되는 삼강오륜부터 바로 세우리라."

김현감은 잠시 뜸을 들이고 나서 말을 이었다.

"이제부터 첫닭이 울거든 풍헌 약정 존위들은 혹은 북을 치고 혹은 나발을 불고 혹은 꽹과리를 두드려 마을사람들 잠을 깨게 하라. 조반이 끝나면 모두들 해뜨기 전에 들에 나가 일을 시작하게 할 것이며 황혼에는 해가 지기 전에 일손을 놓고 집으로 가게 하라. 앞으로 논밭을 갈고 씨를 뿌리고 추수를 해야 할 때가 되면 소와 연장을 서로 빌려주고 빌려쓰게 하여 모두가 다 제때에 파종과 추수를 끝낼 수 있게 하라. 만일 사람들 가운데 북소리 나발소리 꽹과리소리가 들리는데도 들에 나오지 않거나 또는 들에 나와서도 게으름을 피우며 논밭에 누워 있거나 한화잡담으로 한 무세월하는 자가 있어 본관이 들녘을 살피고 다닐 때 눈에 띈달 것 같으면 노소남녀를 막론하고 그 죄를 엄히 다스릴 것인즉, 명렴들 해야 할 터."

문필이 부족한 정참봉은 받아적느라고 식은땀을 흘리었고 현이방이 히뭇이 웃는데, 김현감은 지그시 눈을 감았다.

도섭*한 구미호인 듯 일분부시행으로 능소능대한 활리 현이방 현직순이가 자신을 한낱 책상물림으로 여겨 비웃고 있다는 것을 김병윤은 안다. 천안 그 는실난실한 술집을 나설 때만 해도 점고點考를 끝내자마자 우선 이자부터 계하階下에 묶어놓고 주릿대*를 안기리라 작심하고 동헌마루에 오른 김병윤이었으나, 지그시 눌러 참았다. 아직은 그 때가 아니라는 생각이었다.

첫째로 살피고 조심해야 할 것이 아전붙이들이외다. 충청도 양반과 평양 기생과 전라도 아전을 가리켜 조선 세 가지 큰 폐라고 한 것이 대원위대감이신데, 충청도 아전이라고 해서 전라도만 못하겠소이까. 드세기로 말하면 양호가 다 마찬가지지요.

고신을 받던 날 김옥균이 해주던 웃음에 쓴말이 아니더라도 김병윤 또한 알 만큼은 아는 사람이었다. 여러 군데 고을살이를 한 부친을 뵈오러 갈 때마다 보기도 하였거니와 무엇보다도 고향인 대흥고을 아전들이 그러하였던 것이다.

"할말이 있다고?"

김현감이 현이방을 바라보았고, 그 사내가 생글거리었다.

"녜에. 아조 생광된 일이올습니다요."

입 속 혀같이 살랑거리는 현이방 채근에 못 이겨서라기보다 이자가 도대체 아침나절부터 무슨 꿍꿍이속이 있어 그러나 눈소문이나 해보려고 비석거리까지 따라나섰던 김현감은, 입이 딱 벌어졌다. 돌을 깎고 나무를 다듬어 세운 선정비善政碑 선덕비善

도섭 변화. 환술幻術. **주릿대** 주리를 트는 데 쓰던 두 개 붉은 막대.

德碑 애민비愛民碑 불망비不忘碑 유애비遺愛碑같은 송덕비頌德碑들이 어물전에 조기두름 걸려있듯 즐비하게 늘어서 있는데, 방금 깎아 세운 듯 대패질 자국도 뚜렷한 목비 하나가 눈에 들어왔던 것이다. 먹물 자국도 채 마르지 않은 그 목비에는 이렇게 씌어 있었다.

縣監 金炳允 一柔 永世不忘碑

정조 때 비석글씨로 유행하였던 구양순체*를 흉내낸 졸필이었는데, 뒷면에는 이렇게 씌어 있었다.

愛民如子 長察不臥

백성들 사랑하기를 자식같이 하여 그 살림살이를 살피고자 돌아다니느라 자리에 누울 틈이 없었다는 뜻으로 읽히는 비문을 들여다보는 김현감 입가에 어이가 없는 잔주름이 잡히는데, 현이방이 밭은기침을 하였다.

"위선 목비로 세웠습니다만 짬을 봐서 남포오석으로 다듬어 다시 세우겠습니다요."

구양순체(歐陽詢體) 선비 멋을 풍기는 엄전한 글씨. 구양순(557~641).

"허허."

김현감이 쓰게 웃는데, 현이방이

"하기야 이웃고을인 신창 온양 천안만 해도 대국오석 아니면 송덕비로 쳐주지도 않는다지만, 고을이 원체 빈한하여……"

발명하듯 중얼거리었고, 김현감은 허공을 바라보았다. 송덕비라는 것은 원래 지극한 선정을 베풀던 외방 수령이 과만°되어 떠나거나 환체° 또는 승체°되어 떠나간 다음 그 공덕을 기리기 위하여 고을 사람들 스스로 추렴해서 세워지던 것이었다. 고을마다 차이는 있었으되 예로부터 이어져 내려오던 아리따운 풍속이었다. 그러던 것이 원줄기와 끄트머리가 뒤바뀌게 된 지 오래니. 뜻 있는 선비 있어 이렇게 탄식하고 있다.

선정비는 허실표리가 각양각색이다. 중국에서도 이미 위나 진나라 때부터 그 폐단이 있어 금령을 엄하게 하였고, 우리나라에서도 선조대왕 시절 금령을 엄하게 하여 비석을 세운 지 삼십 년이 되는 것은 모두 뽑아내고 두들겨 부수게 한 바 있는데, 이즈음이 금령이 해이해짐을 틈타 입비전立碑錢이라는 명목 민력주구民力誅求가 두드러지게 늘고 있다. 이즈음 외방 수령들은 그 자리를 그만둘 때 몰래 돈 백냥을 교활한 향리한테 주어 송덕비를 세우

과만(瓜滿) 만기. **환체(換遞)** 전직. **승체(昇遞)** 승진.

도록 한다. 이를 비채碑債라 하니, 곧 자립비自立碑 일종이다.

"어디에 있는가?"

"무엇을 말씀이시오니까요?"

"백비* 말이로세."

"녜에?"

"저 많은 송덕비 가운데서도 유독 우뚝한 비 하나가 있을 게 아
닌가."

"무슨 말씀이시온지 쇤네 아둔하와 당최……"

하며 계집사람인 듯 희고 고운 현이방 손이 갓 뒤로 올라가는데,

"전조 적부터 살던 토성이라면서 토정*선생도 모르는가."

혼잣말인 듯 김현감은 나직하게 말하였고,

"아, 녜. 조오기……"

하면서 손가락질 하던 현이방은 잔기침을 한 번 하였다.

"조오기루 가면 이토정 선생 송덕비가 있사오나, 온전한 백비
는 아니올습지요."

"하면?"

"아, 녜. 다드밋돌 한 장만 한 민짜* 백차돌비긴 합지요만, 그 어
르신 성명삼자는 새겨져 있다 이런 말씀이올습지요."

백비(白碑) 아무것도 씌어 있지 않은 빗돌. **토정**(土亭) 선조 때 철인으로 민
중사상가이자 민중운동가였으며 아산현감을 지내었던 리지함(李之菡,
1517~1578) 호. **민짜** 아무 꾸밈새 없는 소박한 몬.

"또한 매일반이 아니겠는가. 친상을 당한 듯 고을백성 모두가 지극히 애통해하면서 삑삑이 송덕비를 세웠음이니, 백비가 아니고 그 무엇이리오."

나직한 목소리로 뇌이던 김현감은 잠깐 눈을 감았다.

"여보게."

뒷짐을 진 채로 하늘을 바라보며 김현감이 불렀고, 현이방이

"네."

하면서 한 발 더 다가왔다.

"본관이 이 고을에 온 지 얼마나 되었는가?"

"점고하신 지 사흘이 지났으니 이레째이오니다."

"빠르군."

김현감이 짧은 한숨을 내쉬었고, 곁눈질로 홀낏 김현감 낯빛을 살피고 난 현이방이

"빠릅지요."

하고 나서 김현감과 똑같이 짧은 한숨을 내쉬었다.

"주문공이 그랬던가요. 날과 달은 가나니, 나로 하여금 늦추지 않네. 아아 늙었고녀, 이 누구의 허물인고, 세월이 역여전亦如箭이올시다."

"일월서의日月逝矣 세부아여歲不我與라…… 허허. 논어를 읽었던가?"

김현감이 허하게 웃으며 나직하게 묻는데, 현이방은 얼른 손사래를 친다.

"논어라니요. 소인 같은 천질이 언감생심, 어찌 그런 책을 읽어 봤겠사오니까. 서당개 삼년이면 풍월을 읊는다고 다 학식이 도 저하신 안전들 밑에서 들은 풍월이오니다."

"허허."

"자고로 항우장사라도 어쩔 도리가 없는 게 세월이라는 뜻에 서 흉내를 내본 것이오니 너무 허물하지 마시고……"

말을 중동무이하고 유심히 김현감을 바라보는 현이방은 삼대째 내려오는 향리였다. 힘센 아이 낳지 말고 말 잘하는 아이 낳고 글 잘하는 아이 낳지 말고 말 잘하는 아이 낳으랬다고, 말 하나는 청산유수였다. 말만이 아니라 사람이 원체 눈치가 빠르고 셈속이 능통한데다 문자속까지 제법 있어 아산 관아에서는 아무도 그를 대적하는 자가 없었다. 도임하는 관장들을 은근히 부추겨 온갖 토색질 하수인 노릇을 하는데 몇 달 지나지 않아 관장 빈틈과 흠집을 잡아내어 공깃돌 놀리듯 하며 관장 더가게 재물을 긁어 모았고 하리배들 흠집 또한 손안에 쥐고 흔들어 납상을 받았다. 백성들한테서 직접 빼앗는 게 아니라 관장 위세와 관속들 손을 빌려 빼앗는 방도가 하도 바기로와* 누구도 까탈을 잡을 수 없

바기롭다 교묘巧妙하다.

었다.

　주문공朱文公 주자朱子 글귀를 읊은 뜻도 다른 데 있는 게 아니니, 어떻게 하겠느냐는 것이다. 고고한 선비 행세로 거드름만 부리지 말고 속셈을 털어놓아보라는 것이다. 안전들마다 처음 도임해와서는 활이야 살이야° 찬바람을 일으키지만 고리공사 사흘° 가는 것 없다고, 석 달을 못 넘기더라. 석 달이 무어냐. 한 달도 못 가고 뇌 좋은 안전들은 점고가 끝나기 무섭게 발톱을 드러내더라. 세월은 쉴새없이 흐르고 학문은 배우기가 어려우니 힘써 갈고 닦으라는 주자 권학문勸學文은 안전이 새로 올 때마다 던져보는 현이방 낚시밥이었으니, 이런 뜻이다. 네가 아산현감 노릇을 하면 얼마나 오래 하겠느냐. 세월이 너를 기다려주지 않을 터인즉 때를 잃지 말고 부지런히 긁어내거라.

　"언제부터 그렇게 되었는가?"

　"무엇을 말씀이시온지……"

　"백일건비라는 말은 나도 들어 아네만, 언제부터 칠일건비로 되었는가 말일세."

　"백성들 뜻이올시다."

　"백성들 뜻이라……"

　"네."

　"본관은 아직 백성들을 만나보지 못하였는데……"

　"그러니 더욱 그렇습지요."

"허허. 길굴오아佶屈聱牙로세."

"네?"

"문장이 난삽하여 풀어 읽기 어렵다는 말일세."

"사또."

"……"

"아무리 천한 하리라지만 나잇살이나 훔친 소인이온데, 너무 놀리지 마십시오."

"이제 겨우 첫 전령을 초잡아주고 나오는 길 아닌가."

"안전의 하해 같으신 선정을 기다리는 아산고을 백성들 뜻이 그만큼 간절하다는 말씀이 아니겠사오니까."

김현감을 바라보는 현이방 눈이 간잔조롬하여°지면서 목소리에 짜증기가 묻어 있으니, 이런 벽창호를 보겠나. 나잇살이나 먹은 작자라야 말하기가 쉽지 어린 놈들하고는 도대체 근력이 팽겨서 못해먹는다니까. 네가 시방 이토정李土亭을 들고 나오는 걸 보니, 내 알것다. 명색이 고관대작 안방마님짜리들이며 안애기씨들 다리속곳 버리게 한다는 비렴급제짜리라니 혈기 좋은 특등 장원명색으로 전배°안전 이토정 뽄을 따보것다 이 말인데……자고로 책에서 배운 것과 시재°살림살이 이치가 다르다는 것을 알게 될 날 있을 터. 몇 조금 못 가서 고패를 떨어뜨리게°되리

간잔조롬하다 마음속으로 느끼는 바가 있어 눈시울이 가느다랗게 처지다. **전배** 선배. **시재**(時在) 현실. **고패를 떨어뜨리다** 하인이 상전에게 뜰아래서 절하다.

니…… 젠장할. 나도 이제는 만금을 쥐고 있으니 하리배 노릇 그만 때려치우고 한양으로 올라가야지. 그런데, 천안 박집 요것이 어떻게 해놨길래 요자가 요렇게 쇠먹미레같이 나온다지. 현이방은 밭은기침을 하였다.

"입이 여럿이면 금도 녹인다는 옛말이 있지 않습니까요. 천인이 찢으면 천금이 녹고 만인이 찢으면 만금이 녹습지요. 세 사람이 우겨대면 없는 호랑이도 만들어낼 수 있다는데, 무슨 걱정이십니까요. 아산고을 백성들이 안전 성덕을 칭송함이 이와 같을진대 군수 부사 유수 목사로 승체되고 정랑 좌랑 참의 참판으로 내체되시는 것 또한 불문가지요 여반장 아니겠사오니까."

"가자."

"입향순속이 아니겠사오니까, 사또."

송덕비를 세운다는 명복으로 백성들한테 거두어들인 돈이 얼마며 거기에서 잘라먹은 것은 또 얼마냐고 김현감이 따져 물었을 때, 현이방이 한 말이었다. 고을살이를 왔으면 그 고을 풍속을 따를 일이지 왜 꼬치꼬치 까탈을 잡으려 드느냐는 것이었다. 성현도 종시세라는 말도 하였다. 전수이 책상물림 샌님쯤으로 보고 어린 아우나 조카를 타이르듯 히물히물 웃기까지 하는 데는 더 그만 참을 수가 없었다.

"네 이놈!"

276

스물네 살 난 햇병아리 현감 김병윤 낯에 핏기가 걷히면서 겨누어보는 손끝이 사시나무처럼 흔들리는데도 마흔 고개를 넘어선 지 오래인 능구렁이 아전 현직순은 히물히물 웃고 있었다. 머리 꼭대기까지 화가 치밀어 오른 탓이겠지만, 그렇게 보였다.

"고정하시지요, 사또."

목소리 또한 차분하게 가라앉아 있었다. 무엇인가 믿는 구석이 있다는 듯 시늉으로라도 떠는 법이 없었다. 천하사민을 비롯하여 세도가들 이름자를 은근슬쩍 내비치며 뒷배를 자랑하던 비석거리에서 일이 떠올랐고, 김현감은 벌떡 몸을 일으키었다.

"이놈을 당장 묶어라!"

사령들은 현이방과 김현감 얼굴을 번갈아 올려다보며 머뭇거리었고, 목화 신은 김현감 발이 동헌 마룻장을 몇 번 울린 다음에야 현이방을 끌고 가서 형틀에 묶었는데, 원님보다도 아전을 더 어려워하는 빛이었다.

"매우 쳐라!"

부르짖듯 외쳤으나 집장사령들은 서로 낯만 바라보며 머뭇거리었고, 김현감은 다시 몸을 일으키었다.

"삼십 도*만 쳐라! 헐장질을 한즉 네놈들부터 본관이 직접 어육을 만들 것인즉!"

도(度) 곤장을 칠 때 때리는 숫자를 헤아리던 말.

집장사령 두 명이 양쪽에서 번갈아가며 삼십 도를 치는데, 열에 가서 매가 부러져버리었다. 다시 장목을 가져오라 소리치는데, 현이방이 죽는시늉을 하며 고개를 쳐들었다.

"사또오! 순망치한이올시다. 입술이 없으면 이가 시리게 된다는 이치를 왜 모르시오니까?"

스물에 가서 다시 매가 부러졌고, 현이방이 부르짖었다.

"순망치한이올시다."

나머지 열 대를 마저 채웠을 때 현이방은 고개를 들지 못하였다. 현이방이 하옥되면서 씹어뱉듯 이를 가는 소리를 김현감은 그러나 듣지 못하였으니,

"이노옴! 그 자리가 몇 날이나 가나 어디 두고 보자!"

현이방 조강지처와 늙은 어미까지 내아로 찾아와 비대발괄을 하였으나 엄하게 꾸짖어 물리친 김현감은 한 달을 채운 다음에야 그를 풀어주었다. 이방 구실을 떼어버린 것은 물론이고 그동안 현가 못된짓을 밝혀내었는데, 엄청난 것이었다. 삼대를 내려오는 아전 집안이라서 선대로부터 물려받은 것도 많았지만 현직순이 당대에만 긁어 모은 재물이 수십만냥에 달하였고, 첩을 셋이나 거느리고 있었다. 타고난 술수 원체 간교한 자라서 아산고을에서는 그럭저럭 밥술이나 먹는 시늉을 하였으나 서울과 천안에 고래등 같은 기와집을 지니고 있었으며 신창新昌과 온양溫陽쪽에 장만해둔 논밭 전지만 5백결이 넘었다. 김현감이 만났던 천

안 소복한 여인은 현가 셋째 첩으로서 장리돈으로 후려 빼앗은
향반댁 과수였다. 그 여자 자색이 반반한 것을 기화로 신임 안전
을 후려 구린데를 잡거나 이웃고을 수령들과 교분을 맺는 데 써
먹는 것이었으니, 호조 담을 뚫을 놈°이었다. 해먹는 방법도 이지
가지여서 풍년이 들면 이리저리 생기는 것이 많아 좋고 흉년이
들면 또한 홀태질°할 거리가 생겨서 좋았는데, 작자가 어찌나 뇌
를 잘 쓰는지 겉으로는 조금도 국법에 어긋나는 바가 없었다.

네 이름은 무엇이냐?

일점홍一點紅이오니다.

일점홍이라. 그 이름이 가히 이상하고녀.

김현감이 빙긋 웃었고, 여인이 단참에° 색°을 바꾸더니 홀림
목° 곱게 써서 변강쇠가 뽄으로 한마디 하는데—

이상히도 생겼다. 맹랑히도 생겼다. 늙은 중의 입일는지 털은
돋고 이는 없다. 소나기를 맞았던지 언덕 깊게 파이었다. 콩밭 팥
밭 지났던지 돔부꽂이 비치었다. 도끼날을 맞았던지 금 바르게
터져 있다. 생수처 옥답인지 물이 항상 괴어 있다. 무슨 말을 하
려관대 옴질옴질하고 있노. 천리행룡° 내려오다 주먹바위 신통
하다. 만경창파 조갤는지 혀를 삐쭘 빼었으며, 임실곶감 먹었던

홀태질 벼·보리 같은 곡식을 훑어서 떠는 일. **단참에** 한꺼번에. **색** 꼴. 낌새.
태도. **홀림목** 아양 띤 목소리. **천리행룡**(千里行龍) 낮았다 솟았다 하며 멀리
뻗어 나간 멧줄기.

지 곶감씨가 장물*이요, 만첩산중 으름인지 제가 절로 벌어졌다. 연계탕을 먹었던지 닭의벼슬 비치었다. 파명당*을 하였던지 더운 김이 그저 난다. 제 무엇이 즐거워서 반쯤 웃어두었구나. 곶감 있고, 으름 있고, 조개 있고, 연계* 있고, 제삿장은 걱정 없사오니…… 잡으시오, 잡으시오, 이 술 한 잔 잡으시오.

허. 천지天地는 만물지역려萬物之逆旅요, 생애는 백대지과객百代之過客이라.

잡으시오, 잡으시오, 이 술 한잔 잡으시오.

인생을 헤아리면 묘창해지일속杳滄海之一粟이라. 두어라 약몽부생若夢浮生이니 아니 취하고 어이하리.

단숨에 잔을 뒤집는 김현감이었고, 아이그 나으리. 옥비녀를 톡 분질러놓은 듯한 손길로 잔을 채우고 난 여인이 잔기침 한번 버썩 하더니, 젖은 듯 촉촉하게 시나브로 떨려나오는 발발성*으로 소리를 뽑아 넘기는데—

녹양방초 저문 날에 해는 어이 더디 가고, 오동야우 성긴 비에 밤은 어이 깊었는고, 얼싸절싸 말 들어보아라. 해당화 그늘 속에 비 맞은 제비같이 이리 흐늘 저리 흐늘 넘논다.

잘한다. 이리 보아도 일색이요 저리 보아도 일색이니, 아무래도 네로구나.

장물(贓物) 범죄 행위로써 얻은 재물. **파명당**(破明堂) 명당인 무덤을 파서 다른 데로 옮김. **연계**(軟鷄) 부드러운 닭고기. **발발성** 발발 떠는 듯한 소리.

갈까보다 갈까보다 님을 따라 갈까보다. 잦힌 밥을 못다먹고 임을 따라 갈까보다.

허, 조코오.

김현감이 에멜무지로* 추임새를 넣는데,

사또오.

하면서 무릎걸음으로 다가오는 여인이었다.

사또오오.

그리고 색먹인 소리로 갖은 아양과 교태를 다 부리며 김병윤 앙가슴팍 안으로 온 삭신을 다 던져오는 그 젊은 여자였는데, 크흠! 쇳소리 나게 메마른 기침소리와 함께 소매를 떨쳐 일어서는 스물네 살짜리 현감이었으니, 토정이었다.

토정이 하였다던 그 말.

대저 글 읽는 자로서 여색에 엄하지 못한즉 그 나머지는 족히 볼 것이 없다.

굳이 토정 말이 아니더라도 무릇 선비 된 자라면 마땅히 지켜야 될 그 으뜸되는 벼리 하나이겠으되, 더구나 새삼스러이 그 말이 떠오른 것은 토정이 아산현감으로 전배가 되는 탓이었다.

선생은 천품이 남다르구 효성과 우애가 뛰어났구나.

아산현감으로 특명제수되었을 때, 부친인 김사과가 한 말이

에멜무지로 1.뒤끝을 바라지 않고 헛일하는 셈치고. 2.몬을 단단히 묶지 않은 채로.

었다.

소시에 어머니를 해변에 장사하였는데 조수가 즘점 가까이 옴을 보구, 천백 년 후에는 반다시 물이 산소에 들어올 것을 내다보구, 둑을 싸서 물을 막으려구 곡식을 식리허며 재물을 모우는 둥 몹시 힘을 쏟었더니 사람들이 그가 힘에 겨웁게 허넌 일을 그롱허므루 선생이 말허기를, 인력이 모자라는 것은 내가 마땅히 힘쓸 것이요, 일이 이뤄지구 못 이뤄지넌 것은 하늘에 있다. 사람 자식이 되어 어찌 써 힘이 부족허다 자처허구 후환을 막지 않겠는가 헸구나.

천성이 욕심이 적어 명리名利와 성색聲色에 담연하였으나 때로는 익살도 하고 장중하지 않아 사람들이 그 속을 헤아리기 어려웠다는 이토정 선생에 대하여서는 김병윤 또한 익히 알고 있었으니—

보령현保寧縣 앞바다에 있는 무슨 섬으로 들어가 박을 심어서 쪼개어 바가지를 만들어 한양으로 올라가 팔아 수천 석 곡식을 사가지고는 모두 가난한 백성들에게 흩어주었는데, 당신 처자는 늘 주린 빛이 가시지 않았다고 하였지. 조선팔도 산천마다 가보지 않은 데가 없으며, 어느 때는 열흘 보름씩 화식火食을 하지 않기도 하고, 어느 때는 한더위에도 물을 마시지 않아, 왕왕히 사람들을 놀라게 하는 둥 세속 사람들과는 달랐다고 하였고. 베옷에 짚신으로 봇짐을 지고 다니며, 혹 사대부들과 놀면서도 곁에 사람이 없는 것같이 하기도 하였고, 제가諸家 잡술雜術에 박통하지 않은 것이 없었으며, 조그만 배 네 귀에 큰 바가지를 달고서 세 번씩이나 저 탐라섬에까지 들어갔으나 풍파의 곡경을 겪지도 않았다 하였고. 능히 추위와 더위를 참아서 혹은 삼동에 알몸으로 매운 바람 속에 앉아 있기도 하고, 혹은 열흘 보름씩 곡기를 끊어도 병이 나지 않았다 하였으며.

천성이 효행과 우애가 있어 동기간에 있고 없는 것을 서로 같이하며 그 가진 것을 혼자 쓰지 않았으며 남에게 주는 것을 좋아하여 남의 급한 것을 구하여주었다는 토정선생을 김병윤이 두려워하는 것은 그러나 정작으로 다른 데 있었으니, 학문이었다. 경敬을 주로 하고 이理를 궁구함을 위주로 하는 그 학문과 그 학문을 이루기 위한 몸가짐이었다. 아니, 생이지지生而之知하게 타고난 그 뇌라고나 할까.

어려서 글을 배우지 않았고 이미 장성한 뒤에 그 형 지번之蕃 권에 따라 비로소 발분하여 부지런히 책을 읽기 비롯하여서는 침식을 잊기에 이르렀다. 주야로 책읽기를 이어나갔는데 종을 처가에 보내어 등잔에 쓸 기름을 청하니, 장인되는 이가 그 몸을 상할까 염려하여 기름을 보내지 못하게 하였다. 선생이 이에 도끼를 허리에 차고 산으로 들어가 관솔을 따다가 방안에 켜놓고 한 해 남짓 책을 읽으니, 경사자집經史子集에 모두 달통하여 문장이 물 솟듯 하였다. 그러나 과거에는 뜻을 두지 아니하였다.

대원위 호령 한마디에 헐려버려 어욱새* 더욱새 덕갈나무* 가
랑잎만 소소리바람 뒤섞이어 으르렁 스르렁 슬피 우는 인산서원
仁山書院 터무니에서 공중 몇 바퀴 매암만 돌아보던 김병윤은,

여봐라아!

동헌 누마루 높은 교의에 좌기를 차리고서 이방을 불렀으니—

이 고을백성들 가운데서 우선 걸식하는 유개流丐 무리와 사궁*
을 불러모으도록 하라.

그러고는 공세곶나루에 있는 관창 곁에 큰 집을 짓기 전에 먼
저 커다란 차일을 치게 하여 그 가없은 백성들을 거두게 하고서
는, 갖은 공장바치*들을 불러모아 저마다 한 가지씩 바치질*을 배
우고 익히게 하였으며, 그 가운데서 기중 재조가 없는 자에게는
볏짚을 주어 짚신을 삼게 하되 그것을 매우 채찍질하여 하루에
능히 열 켤레는 삼아 팔게 하니 하루에 손에 쥐게 되는 돈이 능히
한 말 쌀을 얻을 수 있어, 먹고 남는 것으로는 옷가지를 하여 입게
한즉 몇 달 사이에 의식이 함께 족하게 되었으니…… 또한 토정
옛일을 먼저 본받아본 것이었다.

문필 있고 재능 있는 향리 집안 가운데서 취재로 뽑아 아전붙
이들을 갈아치운 김현감은 관아에 있을 적보다 들판이나 갯가로

어욱새 '억새' 옛말. 덕갈나무 '떡갈나무' 옛말. 사궁(四窮) 늙은 홀아비·늙
은 홀어미·부모 없는 자식·자식 없는 늙은이. 공장바치 공인. 각종 기술
자. 바치질 무엇을 만드는 것을 업으로 삼는 일.

나가는 때가 더 많았으니, 민인들 살림살이를 몸소 살펴봄으로써 그 방책을 세워보고자 함에서였다. 현가 못된짓을 들춰내면서 새삼스럽게 알게 된 것이지만, 아전 나부랭이 몇을 갈아치운다고 해서 될 일이 아니었다. 원줄기에서부터 바로잡지 않고서는 공연히 가지만 잡고 흔드는 공염불에 지나지 않는 것이었다. 논두렁에서 농군들과 이야기를 하고 있는데, 선동이가 곤두박질쳐 달려왔다.

"신임 안전이 오고 계시오니다!"

〔『國手』2권 제5장으로 이어짐〕

부록

|『國手』주요무대(충청우도忠淸右道 대흥부大興部) 지도 |

성황사

기우단
祈雨壇

홍주계洪州界 4리

골말

여단
厲壇

선학동
仙鶴洞

몽득이네
夢得

덕금이네
德金

비티
납죽어미
향월이 주막
向月

뒷들

장선전댁
張宣傳

범동꼴

김사과댁(석규)
金司果   윗말
石圭

가운뎃말

리처사 댁 은수
李處士   銀秀

닭재

중뜸

외북면육방
外北面六坊

기생집
妓生

원옥圜獄
(옥담거리)   아랫말

사직단
社稷壇

아가물들

갈울

읍내면사방
邑內面四坊

객사
客舍

견사정
見思亭

큰뜸

향교
鄕校

구렛들

큰말

내북면오방
內北面五坊

팔봉산
八峰山

향교밑

쌀돌이

경결천
京結川

섶무시

큰뜸

솔안말
윤동지
尹同知

송지못
宋之淵

허담선생댁
虛譚

한양漢陽 가는 길
3백23리

송림사松林寺
(도선국사부도)
道詵國師

근동면십사방
近東面十四坊

예산계禮山界
20리

부록 289

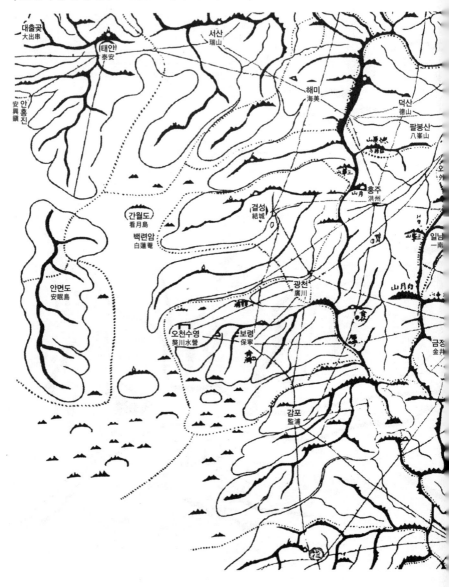

대출곶
大出串

서산
瑞山

태안
泰安

해미
海美

덕산
德山

안흥진
安興鎭

팔봉산
八峯山

오

홍주
洪州

간월도
看月島

결성
結城

일남
一南

백련암
白蓮菴

광천
廣川

안면도
安眠島

오천수영
鰲川水營

보령
保寧

금정
金井

감포
監浦

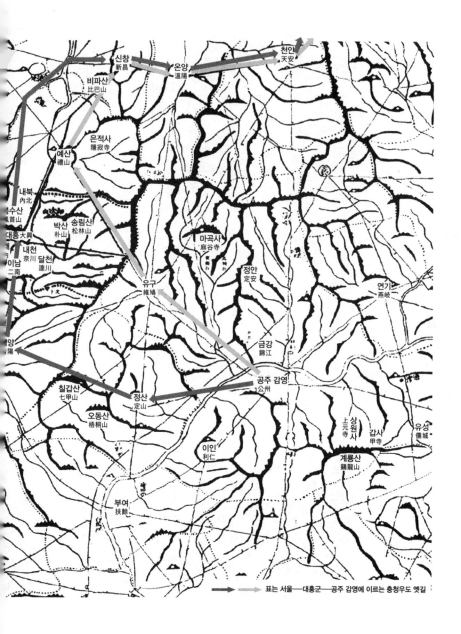

신창
新昌

온양
溫陽

천안
天安

비파산
比巴山

은적사
隱寂寺

예산
禮山

내북
內北

수산
首山

박산
朴山

송림산
松林山

마곡사
麻谷寺

정안
定安

연기
燕岐

대흥
大興

내천
奈川

달천
達川

이남
二南

유구
維鳩

양
陽

금강
錦江

공주 감영
公州

칠갑산
七甲山

정산
定山

오동산
梧桐山

상원사
上元寺

갑사
甲寺

유성
儒城

이인
利仁

계룡산
鷄龍山

부여
扶餘

표는 서울—대흥군—공주 감영에 이르는 충청우도 옛길

|김사과댁金司果宅—1890년대 충청도 내포지방 양반네 전형적 가옥구조|

앵두·자두·복숭아
감나무 밤나무숲

채마밭

장독대

우물

감물천

사당祠堂

사당가는
숲길

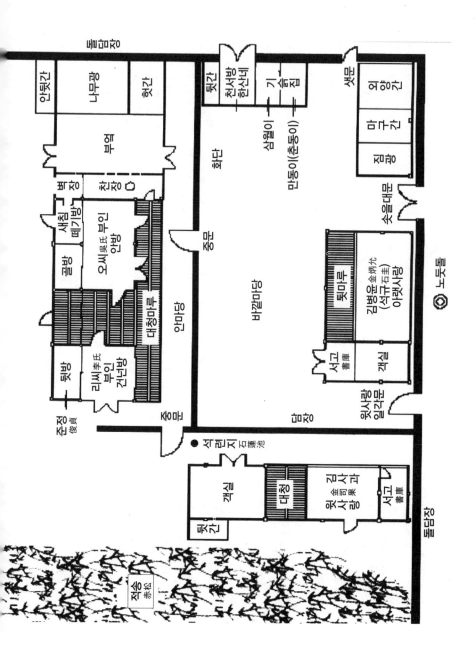

돌담장0

안뒷간 | 나무광 | 헛간

부엌

뒷간 | 천서방한산네 | 기숙집

샛문 | 의향간

마구간 | 집광

벽장 | 천장

새침 메기방 | 오씨(吳氏)부인 안방

골방

뒷방 | 리씨(李氏)부인 건넌방

대청마루

후원(侯員)

삿월이

만동이(춘동이)

화단

중문

안마당

바깥마당

중용문

● 석련지(石蓮池)

객실

대청

뒷간

김(金)사과

윗김(金)사랑

서고(書庫)

솟을대문

노돗돌 ◎

뒷마루

서고(書庫) | 객실

김병윤(金炳允)(석규石主) 아랫사랑

윗사랑일각문

담장0

적송(赤松)

돌담장

갑신정변甲申政變(1884) 직전 서울 사대문四大門 안

①홍현(紅峴) 김옥균 집: 옛 경기고등학교 자리 뒤쪽 화동으로, 옛이름 화개동花開洞 ②운현궁(雲峴宮): 흥선대원군興宣大院君 리하응 집 ③진골 박영효 집: 이제 운니동雲泥洞 ④육조(六曹)거리: 이제 교보문고에서 광화문까지 길 좌우에 있던 조선왕조 시대 정부청사 ⑤종루(鐘樓): 새벽 3시에 인정과 저녁에 파루를 알리는 큰 종을 쳐 도성 8문을 애닫게 하던 곳으로 이제 종각 ⑥운종가(雲從街): 조선왕조 때 서울 거리 이름으로 이제 종각에서 종로4가까지 한바닥이었음. ⑦전옥(典獄): 갑오왜란 때까지 있었던 그때 감옥 ⑧남별궁(南別宮) 터: 1897년 10월 대한제국을 선포한 고종高宗이 황제 즉위식을 한 곳으로 이제 소공동 87-1번지 ⑨청국 상권: 임오군변 뒤 원세개袁世凱 위세로 자리잡았던 청국 상인 거주지 ⑩숭례문: 서울 관문이었던 남대문 ⑪청파역참: 공무를 보러 서울로 오거나 떠나는 관인이 역말을 타거나 매어 두던 곳 ⑫진고개: 이제 충무로 일대에 자리잡았던 일본인 거주지 ⑬구리개: 조선 상인들이 주로 살았던 이제 을지로 1가와 2가 사이 ⑭하도감(下都監): 이제 동대문역사문화공원 자리로 그때 군인들을 선발 훈련하던 훈련도감이 있던 곳(임오군변이 비롯된 곳) ⑮김옥균 별업(別業): 동대문 밖에 있던 김옥균 별장 ⑯새절: 개화당이 자주 모였던 이제 신촌 봉원사奉元寺 ⑰칠패·배우개·야주개: 그때 민간시장

조선시대 말 서울 전도全圖

덕수천
德水川

고양로
高陽路

비각碑閣

비碑

검암참黔岩站

효경봉
孝敬峯

오릉국내
五陵局內

박석현
朴石峴

관기
館基

수국사
守國寺

향현

영서일
迎曙一

비
碑
각
閣

녹번현
綠礬峴

금선사
金仙寺

서성
西城

한화문
漢化門

초지
造紙

고양간로
高陽間路

행주간로
幸州間路

안양동
安養洞

증산리
甑山里

백련산
白蓮山

옥천암
玉泉庵

홍제원
弘濟院

모악
母岳

수생리
水生里

정토사
淨土寺

답동
畓洞

안양간로

가좌동
加佐洞

사천沙川

고연희궁
古延禧宮

신사
新寺

모화관
慕華館

인왕산

증곡창항
甑倉項

성산리
城山里

세교리
細橋里

선희묘
宣禧墓

의소묘
懿昭墓

아현
阿峴

절궁
折宮

기도
岐島

강화묘
江華墓

선유봉
仙遊峯

망원정
望遠亭

양화진
楊花津

서활인서
西活人署

만리현
萬里峴

승례문
崇禮門

인천간로
仁川間路

잠두
蠶頭

광흥창
廣興倉

노고산
老古山

공덕리
孔德里

공덕
公德

주교
舟橋

당산리
堂山里

서강
西江

수철리
水鐵里

흑석리
黑石里

효창묘
孝昌墓

만리창
万里倉

청파역
靑坡驛

남단
南壇

여의도
汝矣島

밤섬
栗島

토정
土亭

마포
麻浦

용산
龍山

별고 군자감
別庫 軍資監

만초천
蔓草川

와요현
瓦窯峴

와서
瓦署

인천간로
仁川間路

영등포
英登浦

백사주이십리
白沙周二十里

어열묵
魚閱氷

동작진
洞雀津

시흥간로
始興間路

어학관
於鶴串

노량진
鷺梁鎭

과천로
果川路

행궁
行宮

296

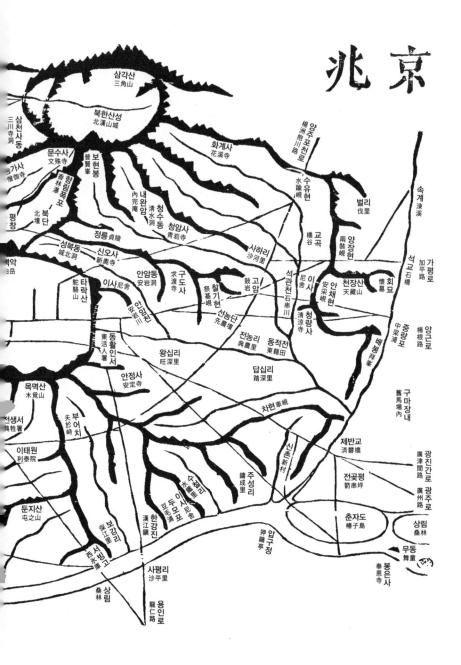

兆京

삼각산
三角山

북한산성
北漢山城

삼천사동
三川寺洞

화계사
花溪寺

양주포천로
楊州抱川路

속계涑溪

문수사
文殊寺

보현봉
普賢峰

수유현
水踰峴

벌리
伐里

가평로
加平路

가사
僧伽寺

향림폭포
香林瀑布

내완암
內完庵

청수동
淸水洞

교곡
橋谷

양장현
兩裝峴

석교石橋

회묘
懷墓

북단
北壇

청암사
靑岩寺

사하리
沙河里

석관천
石串川

안채현
安采峴

천장산
天藏山

중량포
中梁浦

평창
北壇

정릉貞陵

구도사
求道寺

이사尼舍

청량사
淸凉寺

양근로
楊根路

성북동
城北洞

신오사
新奧寺

안암동
安岩洞

고암
鼓岩

선농단
先農壇

전농리
典農里

동적전
東籍田

북악
北岳

타락산
駝駱山

이사尼舍

찰기현
祭基峴

안암천
安岩川

동활인서
東活人署

왕십리
旺深里

답십리
踏深里

목멱산
木覓山

안정사
安定寺

차현車峴

구마장내
舊馬場內

전생서
典牲署

부어치
夫於峙

제반교
濟礬橋

광진간로
廣津間路

이태원
利泰院

신촌新村

전곶평
箭串坪

광주로
廣州路

둔지산
屯之山

수철리
水鐵里

주성리
鑄成里

이사尼舍

춘자도
椿子島

상림
桑林

보강리
保江里

두모포
豆毛浦

봉은사
奉恩寺

무동
舞童

서빙고
西氷庫

한강진
漢江鎭

압구정
狎鷗亭

사평리
沙平里

상림
桑林

용인로
龍仁路

김석규 金石圭

김사과댁 맞손자로 해맑은 얼굴에 슬기로운 도령임. 일찍이 아버지를 여의고 할아버지 김사과 곰살궂으면서도 호된 가르침 아래 경사자집 經史子集을 익혀가는데, 바둑에 남다른 솜씨를 보임.

갈꽃이

손문장孫文章 양딸로 뛰어나게 아름다운 얼굴과 소리에 솜씨를 보이는데, 손문장이 동학을 한다는 것을 무섭게 을러대어 관아에서 억지로 기안妓案에 들게 함.

금칠갑 琴七甲

산적 출신이었으나 만동이 동뜬 힘과 의기義氣에 놀라 복심이 된 젊은이로, 만동이 부탁을 받고 김사과댁에 머슴으로 들어가 집안을 보살피다가 괘서掛書를 붙이며 고을 농군들 봉기를 부채질함.

김병윤 金炳允

석규 아버지로 비렴급제飛簾及第하여 아산현감牙山縣監에 특명제수되었으나 아전 잔꾀에 말려 관직을 버리고 29세로 요사夭死하기까지 술을 벗하며 살던 뻿뻿한 선비였음.

김사과 金司果

몇 군데 고을살이에서 물러나 서책을 벗하며 맞손자 석규 가르침에 오로지하는 판박이 시골 선비임. 벗인 허담과 함께 대흥大興고을 정신적 버팀목임.

김재풍 金在豊

공주감영 병방비장으로 육십 근짜리 철퇴를 공깃돌 놀리듯 하는 장사면서 법수 갖춰 익힌 무예 또한 놀라운 무골이나, 충청감사가 올려 보

내는 봉물짐 어거하여 가다가 끝향이가 쓴 닭똥소주에 녹아 쓰러지
게 됨.

끝향이
홍주관아 외대머리로 리 립이 입담에 끌려들어가 만동이를 만나게 되
면서 사내로서 좋아하게 되어, 리 립이가 꾸며대는 여러 가지 사달에
서 많은 공을 세우는 정이 많은 여인임.

노삭불 盧朔弗
홍주고을 부잣집 외거노비로 있으며 리진사 복심되어 움직이는 고지
식하나 꾀 많은 배알티사내로, 끝향이를 좋아함.

덕금 德金
면천免賤한 상민 딸로 태어나 만동이를 좋아하였으나 뜻을 이루지 못
하고, 만동이가 장선전 부녀와 앵두장수 된 다음부터 반실성을 한 꼴
로 다시어미인 향월이가 차린 비티 밑 주막에 붙어 꿈이 없는 나날을
보냄.

리 립 李立
옛사라비 전배인 홍경래를 우러러 모시는 평안도 정주定州 출신 가진
사假進士로 만동이를 홍경래 대반은 평호대원수로 모시고 새 세상을
열어보고자 밤을 낮 삼는 꾀주머니임.

리생원 李生員
대흥고을 책방冊房으로 딱한 나날을 보내는데, 음률에 뛰어나고 서화
에 밝은 재사才士로 은수 소리선생이 됨.

리씨李氏부인
석규 어머니. 젊은 홀어미가 되어 석규 오뉘에게 모든 앞날을 걸고 꼿
꼿하게 살아가는 판박이 조선 사대부가 부인임.

리참봉 李參奉
역관 출신 가짜 양반으로 최이방에게 뒤꼭지를 잡혀 갖은 시달림을
당하던 끝에 발피潑皮를 돈 주고 사 최이방을 혼내주고 대흥고을을
떠남.

리평진 李平眞
은수 아버지로 김병윤과 동문수학한 사이나 글에는 뜻이 없고 산천유

람이나 다니며 잡기에만 골몰하는 조금 부황한 몰락양반임.

만동 萬同

김사과댁 씨종인 비부婢夫쟁이 천千서방 전실 자식으로 남다른 힘씀과 무예를 지녀 '아기장수'로 불림. 장선전 외동따님인 인선아기씨를 그리워하나 넘을 수 없는 신분 벽으로 괴로워하던 중 윤동지와 아전배 잔꾀에 걸려 옥에 간힌 장선전을 파옥시켜 함께 자취를 감춤. 온갖 어려움 끝에 인선이와 내외간 연줄을 맺게 된 그는 장선전을 군사軍師로 하는 평호대원수平湖大元帥 꿈을 키우다가 명화적明火賊으로 충청감사 봉물짐을 털게 됨.

모세몽치 牟世夢致

백토 한 뼘 없이 조동모서朝東暮西하는 부보상으로, 일제 조선침탈 앞장꾼으로 들어와 내륙 물화를 훑어가는 왜상倭商을 때려죽이게 됨.

박성칠 朴性七

창옷짜리 진사와 성균관 급수비 사이에 태어나 탄탄한 유가교양과 뛰어난 무예를 갖췄으나, 신분벽에 막혀 농세상을 하다가 대흥고을 인민봉기를 채잡는 사점士點백이임.

백산노장 白山老長

백두산에서 참선을 하였다는 노선객老禪客으로 석규에게 바둑돌을 통하여 도道에 이를 수 있는 길을 일러주며, '흑백미분黑白未分 난위피차難爲彼此 현황지후玄黃之後 방위자타方位自他'라는 비기秘記를 주어, 석규로 하여금 평생 화두話頭가 되게 함.

변 협 邊協

대흥고을 포도부장으로 본국검本國劍 달인達人임. 뼈대 있는 무인이었으나 향월이 색에 녹아, 봉물짐을 털던 명화적 만동이와 겨룸에서 크게 다치게 됨.

삼월 三月

춘동이 누이로 세상에서도 뛰어난 소리꾼이 되려는 꿈을 지니고 있는 되바라진 꽃두레임.

서장옥 徐璋玉

황하일黃河一과 함께 장선전을 찾아와 동학에 들 것을 넌지시 구슬리고,

만동이를 눈여겨보며 무슨 비기 같은 말을 남기고 떠나는 처음 동학남
접東學南接 우두머리임.

쌀돌이
갈꽃이를 좋아하는 고아 출신 곁머슴으로 갈꽃이가 기생이 되어 감영
으로 간 다음 꿈을 잃은 나날을 보내다가 동학봉기에 들게 됨.

안익선 安益善
양반 신분이나 스스로 광대로 나선 비가비임. 국창 정춘풍鄭春風 제자
로 마침내 중고제中高制라는 내포內浦 바닥 남다른 소리제를 이룩하는
데, 여난女難에 시달리는 감궂은 팔자임.

오씨吳氏부인
석규 할머니. 잡도리 호된 몸과 마음가짐으로 무너져가는 가문을 지
켜가는 판박이 반가 노부인임.

온호방 溫戶房
가리假吏 출신 고을 호방으로 윤동지를 쑤석거려 장선전을 사지死地에
떨어뜨린 사납고 모진 아전배임.

운산 雲山
철산화상 상좌로 백산노스님 시봉을 하면서 많은 가르침을 받아 조선
선불교를 다시 일으키려는 큰 뜻을 품고 정진하는 눈 맑은 수도승임.

윤경재 尹敬才
윤동지 둘째아들로 사포대士砲隊를 이끌며 행짜가 매우 호된 가한량假
閑良. 죄 없는 양민들을 화적으로 몰아 관가에 넘기다가 만동이 들이침
을 받고 황포수黃砲手 불질에 보름보기가 됨.

윤동지 尹同知
홍주목洪州牧 퇴리退吏 출신으로 대흥고을에서 첫째가는 거부巨富임.
군수도 마음에 들지 않으면 갈아치울 만큼 거센 힘이 대단한 고을 세
도가로 인선이를 첩으로 들여앉히려다 비꾸러짐.

은수 銀秀
리평진 외동따님으로 거문고와 소리에 뛰어난 너름새를 보임. 리책방
을 스승으로 모시며 소매를 걷어부치고 갈닦음을 하는데, 두 살 밑인
석규도령이 보내오는 마음에 늘 가슴 졸여함.

인선 仁善

오십궁무五十窮武인 장선전 외동따님으로 아름다운 얼굴과 슬기롭고도 숭굴숭굴한 인품이며 만동이와 내외가 됨. 명화적 여편네로 주저앉게 된 제 팔자를 안타까워하며 만동이한테 늘 높은 뜻을 가질 것을 일깨우는 스승 같은 여인임.

일매홍 一梅紅

김옥균金玉均 정인情人으로 상궁 출신 일패기생임. 갑신거의甲申擧義가 무너진 다음 한양 다방골에서 자취를 감추었다가, 청주 병영淸州兵營에 관비官婢로 박혀 있다는 김옥균 부인을 찾아왔던 길에 김병윤 생각을 하며 대흥고을을 지나가게 됨.

장선전 張宣傳

미관말직인 권관權管을 지낸 타고난 무인으로 때를 못 만난 나날을 보내다가 만동이를 따라 산으로 들어감. 홍경래洪景來 군사軍師였던 우군칙禹君則처럼 만동이를 도와 큰 뜻을 펴보려는 꿈을 지니고 있음.

준정 俊貞

석규 누나. 곱고 여린 참마음 지닌 이로서 양반 퇴물로 백수건달인 박서방에게 시집가 평생 눈물로 지냄으로써 석규에게 한평생 마음에 생채기가 되는 여인.

철산화상 鐵山和尙

백산 상좌로 행공行功과 무예에 뛰어난 미륵패임. 동학봉기 때 미륵세상을 꿈꾸는 불교 비밀결사체인 '당취黨聚'를 이끌고 들어가나, 서장옥과 함께 무너지게 됨.

최유년 崔有年

충청감사 앞방석으로 충청도 쉰세고을을 쥐고 흔드는 칼자루 쥔 사람인데, 끝향이가 쓴 패에 떨어져 만동이네 화적패한테 봉물짐을 털리고 도망치다 죽이려던 노삭불이한테 됩세 맞아 죽게 됨.

최이방 崔吏房

감영 이방과 길카리가 된다는 것으로 온갖 자세藉勢를 부리며 군수를 용춤추이는 대흥관아 칼자루 쥔 사람인데, 은수를 며느리로 데려와보고자 갖은 간사위를 다 부림.

춘동 春同

만동이 배다른 아우로 자치동갑인 상전 석규 손발 노릇을 하는데, 언니와는 다르게 가냘프고 무른 몸바탕이나 끼끗한 기상에 슬기롭고 날쌘 꽃두루임.

큰개

임술민란에 부모를 잃고 떠돌다가 훈련도감에 들어가 임오군변과 갑신거의 때 기운차게 움직인 남다른 힘씀과 무예를 지닌 피끓는 사내임. 만동이를 좋아하였으나 그가 명화적이 된 것에 크게 꿈이 깨졌고, 동학봉기 때 서장옥 복심으로 눈부시게 뛰게 됨.

향월 向月

감영기생 출신 술어미로 만수받이나 색을 밝혀 온호방·변부장과 속살 이음고리를 맺었다가 만동이한테 혼찌검을 당함.

허담 虛潭

김사과 하나뿐인 벗으로 평생 벼슬길에 나아가지 않고 애옥한 살림 속에서도 오로지 경학經學 궁구에만 골똘하는 도학자道學者인데, 무섭게 바뀌는 문물 앞에서 허겁지겁 어리둥절함.

| 조선 8도 20목牧 75부府 77군郡 26현령縣令, 122현감縣監 323고을 |

——자료:『한국민족문화 대백과 사전』 26권에서 인용

8도

경기도	충청도	경상도	전라도	황해도	강원도	함경도	평한도

20목   ● 관찰사가 겸임

경기도(3)	충청도(4)	경상도(3)	전라도(4)	황해도(2)	강원도(1)	함경도(1)	평안도(2)
여주	충주	상주	나주	황주	원주●	길주	안주
파주	청주	진주	제주	해주●			정주
양주	공주●	성주	광주				
	홍주		능주				

75부

경기도(8)	충청도(1)	경상도(14)	전라도(7)	황해도(6)	강원도(7)	함경도(18)	평안도(14)
	청풍						

77부

경기도(10)	충청도(14)	경상도(13)	전라도(13)	황해도(7)	강원도(6)	함경도(2)	평안도(12)
	임천	단양	태안	한산	서천	면천	천안
	서산	괴산	옥천	온양	대흥	보은	덕산

26현령

경기도(4)	충청도(1)	경상도(5)	전라도(5)	황해도(2)	강원도(3)	함경도(0)	평안도(6)
	문의						

122현감

경기도(8)	충청도(14)	경상도(13)	전라도(16)	황해도(6)	강원도(8)	함경도(2)	평안도(5)
	홍산	비인	제천	남포	평택	진천	직산
	결성	회인	보령	정산	해미	청양	당진
	연풍	신창	음성	예산	청안	목천	은진
	전의	회덕	연기	진잠	영춘	연산	영동
	노성	황간	부여	청산	석성	아산	

충청도: 4목사牧使 14군수郡守 1현령縣令 34현감縣監 총 53고을

충청감사忠淸監司(從二品) [1]

↓

홍주목사洪州牧使(正三品) [2]

↓

대흥군수大興郡守(正五品)

↓

좌수座首 [3] 1인

별감別監 [4] 2인

---

1) 조선시대 각 도 장관. 일명 관찰사觀察使. 중요한 정사에 대해서는 중앙 명령을
   따라 시행하였으나 자신이 관할하고 있는 도에 대해서는 경찰·사법·징세권 등
   절대적인 권한을 행사하였음. 감사 관청을 감영監營이라고 하며 종이품 문관직
   으로서 각 도마다 한 명씩을 두었음.
2) 서천·결성·홍산·예산·남포·신창·비인·해미·보령·서산·태안·아산·당진·
   대흥·면천·평택·온양·청양·덕산 19고을 상위 기관으로 충청감사 예하 수령
   가운데 가장 중요한 위치였음. 정삼품 문관으로 19고을 진관鎭管 책임자인 첨절
   제사僉節制使 군직을 겸하였음.
3) 조선왕조 때 주州·부府·군郡·현縣에 두어 수령 정사를 도와주던 향청鄕廳 우두
   머리.
4) 좌수 버금자리.

306

군관軍官 15인   →   아병牙兵[5] 125명이내

아전衙前[6] 45인

지인知印(通引) 15인

관노官奴 11명

관비官婢 16명

사령使令 16명

○ 대흥大興은 본래 태종太宗 13년 현縣이었으나 현종顯宗 태실胎室을 읍성 동 쪽 13리에 있는 박산朴山에 세운 다음인 숙종肅宗 7년 신유辛酉(1681)부터 군으로 승격되었음.

— 출전: 1871년 간행, 『호서읍지湖西邑誌』 17책 중

---

5) 군수 호위병. 실제 군병력.

6) 이방吏房·호방戶房·예방禮房·병방兵房·형방刑房·공방工房 육방六房에 딸린 이속吏屬.

| 『國手』시대 배경: 19세기 연표 |

정치 관계 동향	사회 문화 동향

1864 고종高宗1 갑자甲子 동치同治 3

1	• 행주산성 및 각 읍, 포구 무명잡설無名雜設 혁파 • 경외잡류京外雜流 작폐, 도가都賈 행위 일체를 금함	1	• 풍천豊川에서 부사府使 탐학으로 민란 발생
2	• 비변사와 의정부 사무분장 事務分掌 절목節目 마련 • 음관참하蔭官參下 승서 陞敍에 관한 구례 복구	2	• 잠삼潛蔘 엄금 • 향약鄕約 삭강朔講과 오가통五家統을 시험 실시
4	• 전국 서원書院, 향현사鄕賢祠, 생사당 生祠堂, 원사院祠 등 토지 조사 • 호조戶曹, 선혜청宣惠廳, 각영各營, 각사各司, 경차인京差人 혁파	3	• 최제우崔濟愚 사형 • 각 궁방 등에 남아 있는 노비안奴婢案 소각
8	• 사원祠院 첩설疊設, 사설私設을 엄금함	7	• 태백산太白山 사고史庫 수호사찰인 봉화奉化 각화사 覺華寺 중건 경비 조달 위해 공명첩空名帖 400장 하송下送
		11	• 경기京畿 명화적明火賊 7명 효수

308

1865 고종高宗 2 을축乙丑 동치同治 4

1	▪ 통제중군統制中軍 설치 ▪ 관서환폐교구절목 關西還弊矯救節目 마련	5	▪ 단양端陽 전패작변殿牌作變
3	▪ 비변사備邊司를 의정부議政府에 합침 ▪ 만동묘萬東廟에 대한 제향祭享 철파	9	▪ 삼남三南, 해서海西에 방곡防穀 금지
4	▪ 경복궁景福宮 중건重建 영건도감營建都監 설치 ▪ 원납전願納錢 징수	12	▪ 전국 명화적明火賊 체포 강화 지시
윤5	▪『대전회통大典會通』편찬 찬집소纂輯所 설치 ▪『철종실록哲宗實錄』완성		
6	▪ 중인中人 서류庶流를 재주에 따라 서용토록 함		
9	▪ 상피相避 규정 개정		
11	▪『대전회통大典會通』 『양전편고兩銓便攷』완성		

1866 고종高宗 3 병인丙寅 동치同治 5

1	▪ 천주교도 남종삼南鐘三, 홍봉주洪鳳周와 프랑스 신부 베르뇌 등 9명 처형. 천주교 서적 압수 소각 지시	2	▪ 독일 상인 오페르트가 통상 요청 ▪ 사주私鑄 죄인 처형 ▪ 토호土豪 무단武斷을 엄금
2	▪ 13일 대왕대비 철렴撤簾, 고종 친정高宗 親政	4	▪ 비기秘記 위조죄인 홍길유洪吉裕 유배
3	▪ 첨정僉正 민치록閔致祿 딸을 왕비로 정함	6	▪ 동포제洞布制 실시
7	▪ 제너럴 셔먼호 사건 ▪ 서양 물자 수입, 사용을 금함	11	▪ 당백전當百錢 주조

8	▪ 척사륜음斥邪綸音 반포 ▪ 기정진奇正鎭 척사斥邪 상소 ▪ 이항로李恒老 상소 　[대외강경책지지, 병수책丙修策 　비판]	12	▪ 충주반호班戶 무단武斷과 　이서吏書들의 간활奸猾을 엄금함
9	▪ 프랑스 함대 7척이 강화도 침범 　[병인양요丙寅洋擾] 한성근韓聖根 　문수산성文殊山城 전투 승리		
10	▪ 양헌수梁憲洙 지휘로 　정족산성鼎足山城에서 프랑스 　함대 격퇴		

1867 고종高宗 4 정묘丁卯 동치同治 6

3	▪ 민승호閔升鎬를 특지로 　이조참판에 제수	2	▪ 도성 각 문 통행세 징수
5	▪ 『육전조례六典條例』 간행, 배포	3	▪ 사주私鑄 죄인 5명 효수 ▪ 마패를 위조하고 어사를 가칭한 　영남인 이유상李儒祥 효수 ▪ 청석진靑石鎭에서 상인들에게 　통행세를 받기로 함
6	▪ 전국에 사창절목社倉節目 반포	5	▪ 당백전當百錢 주조 중단
11	▪ 용호영龍虎營 강화 ▪ 경복궁景福宮 근정전勤政殿, 慶會樓 　완공	6	▪ 중국돈인 소전小錢을 당백전과 　함께 사용
12	▪ 뇌물받고 사주私鑄한 범인을 　눈감아준 양근 군수 박종영朴宗永 　등 처형	10	▪ 도주盜鑄 금지

310

1868 고종高宗 5 무진戊辰 동치同治 7 명치明治 1

3	▪ 당백전當百錢 통용을 권장함 ▪ 삼군부三軍府를 다시 설치하여 군사 문제를 전담케 함	1	▪ 부산에 의창義倉 설치

4	▪ 독일 상인 오페르트가
	  남연군南延君 묘 도굴
	▪ 경복궁景福宮 완공
		윤 4	▪ 천주교 신자 인친姻親, 척당戚黨에
			  대한 연좌連坐 폐지

7	▪ 왕이 경복궁으로 옮김	8	▪ 정감록鄭鑑錄을 이용, 양요洋擾를
			  틈타 거사하려던 정덕기鄭德基 등
			  처형

9	▪ 미사액서원未賜額書院 철폐, 서원
	  신설 금지, 모탁원생冒托院生들은
	  군역軍役에 충정
		11	▪ 경상도 칠원漆原에서 농민 봉기

10	▪ 최익현崔益鉉, 토목 공사와 당백전 폐지를 주장하는 상소		

1869 고종高宗 6 기미己巳 동치同治 8 명치明治 2

1	▪ 종실宗室 서용敍用 제도를 고침	3	▪ 전라도 광양光陽 민란 발생

3	▪ 서북인西北人·송도인松都人을
	  차별없이 등용토록 함
		6	▪ 광양 민란 주동자 민회행閔晦行
			  등 50여 명 처형

4	▪ 용호영龍虎營 군제를 마련
	▪ 김좌근金左根 사망
		8	▪ 고성固城에서 호적 작성에
			  부정을 저지른 감색監色이
			  지방민에게 맞아 죽음

12	▪ 일본 대수대차사大修大差使
	  접견을 거부, 서계書契 개수改修를
	  요구함
		11	▪ 북방민 1,000여 명이
			  연해주沿海州로 이주함

1870 고종高宗 7 경오庚午 동치同治 9 명치明治 3

1	• 일본 외무성 관리들이 조선 내정 정탐을 위해 불법적으로 침입	2	• 청나라 도적들이 벽동碧潼에 침입하여 약탈
4	• 통청차제편입조례 通淸次第編入條例를 정함	6	• 토지土地, 어장漁場 등 면세免稅 엄금
6	• 상천常賤들이 승정대부崇政大夫가 되는 것을 불허함	8	• 정만식鄭晩植 등이 『정감록鄭鑑錄』을 이용하여 민란 도모
9	• 사액서원賜額書院 혁파 지시	9	• 양반가 토지 규모를 정함
윤 10	• 『양전편고兩銓便攷』 간행	윤 10	• 러시아에서 조선 도망민을 잡아 토지를 경작 시킴

1871 고종高宗 8 신미辛未 동치同治 10 명치明治 4

3	• 사액 서원 47처 외 서원을 철폐함	1	• 상주 사람 김학수金鶴壽가 민심을 선동하여 재물을 편취하다 유배됨 • 형조하례배刑曹下隷輩와 별감別監들 사이 싸움
4	• 미국 함대가 통상을 거절 당하자 광성진廣城鎭을 점령함 [신미양요辛未洋擾] • 척화비斥和碑 건립	3	• 녕해寧海에서 민란이 일어나 수령을 죽임 • 양반 · 상민 가리지 않고 군포軍布 징수 [호포제戶布制 실시]
5	• 미국 함대 퇴각함, 강화도 방비 강화	4	• 덕산德山에서 천주교 신자가 서양 세력과 체결하여 작변을 꾀함
8	• 서원 철폐 지시를 이행하지 않은 감사 수령을 처벌	8	• 이필제李弼濟, 정기현鄭岐鉉 등이 조령鳥嶺에서 난을 꾀하다 잡힘

1872 고종高宗 9 임신壬申 동치同治 11 명치明治 5

1	▪ 선혜청 평창平倉과 창주인倉主人 혁파	1	▪ 후창군厚昌郡에 중국 비적匪賊 출현
2	▪ 박영효朴泳孝가 철종哲宗 부마駙馬(금릉위錦陵尉)가 됨 ▪ 각 도 소속所屬 과거 응시 금지 ▪ 초량 왜관倭館을 철폐하고 국료 중단	4	▪ 해주海州에서 김응룡金應龍, 유흥근柳興根 등이 역모
9	▪ 영건도감營建都監 철파	6	▪ 안동安東에서 류흥영柳興榮 등이 모반
10	▪ 각 궁방에서 사들인 토지에 대해 면세를 금함		

1873 고종高宗 10 계유癸酉 동치同治 12 명치明治 6

1	▪ 정원용鄭元容 사망	윤6	▪ 영남 지방에 큰 홍수 ▪ 창덕궁昌德宮 화재
10	▪ 도성문都城門 통행세 혁파 ▪ 원납願納과 결렴結斂을 혁파 ▪ 승지 최익현崔益鉉이 시정을 비판하는 상소 태학유생太學儒生 권당捲堂		
11	▪ 최익현崔益鉉, 2차 상소 [대원군大院君의 정치 참여 비난]로 제주에 유배됨 ▪ 고종이 친정親政을 선포, 대원군大院君 하야下野		
12	▪ 법정 규정 외 연강沿江 수세를 일체 혁파		

1874 고종高宗 11 갑술甲戌 동치同治 13 명치明治 7

1	▪ 청나라 돈 통용을 중지 ▪『윤발綸綍』,『일성록日省錄』보충 수정	6	▪ 양반가에 무리를 끌고 들어가 난동을 부리고 양반을 구타한 역관을 유배
2	▪ 원자(순종) 탄생 ▪ 만동묘萬東廟를 복설復設키로 함		
3	▪ 지방 유생들이 화양서원華陽書院 복설 요청		
6	▪ 궁궐을 파수하는 무위소武衛所 설치 ▪ 각 도 역폐驛弊를 엄칙함		
7	▪ 부산 왜관倭館에 대한 무역 제한 조치 철폐 ▪ 만동묘萬東廟 중건		

1875 고종高宗 12 을해乙亥 광서光緒 1 명치明治 8

2	▪ 세자 책봉 ▪ 최익현崔益鉉, 제주 유배에서 석방	4	▪ 울산에서 민란 발생 ▪ 호서 세선작간인稅船作奸人 효수
5	▪ 왕 거처를 경복궁으로 옮김	5	▪ 양반가에 몰려가 야료 부린 김주원金柱元 등 처벌
6	▪ 대원군이 운현궁雲峴宮으로 돌아감		
8	▪ 운양호雲揚號 사건 발생		
10	▪ 일본 군함 2척이 부산에 와서 시위		
12	▪ 일본 전권변리대신全權辨理大臣 흑전청륭黑田淸隆 등이 군함 7척을 끌고 부산에 와서 운양호雲揚號 사건에 대한 회답 요청		

1876 고종高宗 13 병자丙子 광서光緒 2 명치明治 9

1	▪ 일본 군함 7척이 남양만南陽灣에 정박, 회담 요구 ▪ 최익현이 척사소斥邪疏를 올리고 강화도 조약 교섭 반대하다 유배됨	8	▪ 무위소에서 신식 군기 제작 ▪ 함경도에 범월 금지 윤음을 내리고 안무사 파견
2	▪ 조일수호조약朝日修好條規 체결	11	▪ 경복궁景福宮 화재
4	▪ 수신사修信使 김기수金綺秀가 일본에 감	12	▪ 파주坡州에 명화적明火賊이 나타남, 금천군金川郡 상납전上納錢을 약탈
5	▪ 대마도주對馬島主 도서圖書를 동래부東萊府에 반납		
7	▪ 조일수호조규朝日修好條規 부록 11조, 무역장정貿易章程 11조 체결		
12	▪ 부산 초량진을 일인日人 거류지居留地로 조차租借하는 조약 체결		

1877 고종高宗 14 정축丁丑 광서光緒 3 명치明治 10

1	▪ 일본 상가商賈 가족 동반을 금함	3	▪ 화폐 사주私鑄 죄인들을 도배島配함
2	▪ 북관北關 제진諸鎭을 개폐함	6	▪ 모반 대역죄인 이병연李秉淵 등 처형
10	▪ 일본 대리공사 화방의질花房義質이 조선에 옴	7	▪ 몰래 들어와 포교하던 프랑스 사교司敎 리델 등을 잡아 가둠 ▪ 전남 영암군에 명화적明火賊이 나타남
		8	▪ 훈련도감 소속 군병들 폭동 기도
		11	▪ 한양 사대문 밖 도적 횡행
		12	▪ 한성부 호적 일부를 도둑 맞음

1878 고종高宗 15 무인戊寅 광서光緖 4 명치明治 11

4	▪ 일본 군함이 함경도 덕원德源 연안을 측량함	8	▪ 근기近畿 각 읍에서 잡아온 화적을 처형함
5	▪ 대비 김씨金氏(철종비) 승하	9	▪ 충청우도 대흥大興에서 잡은
8	▪ 일본 군함, 전라·충청 해안을 측량함		화적승火賊僧 상첨尙忝을 공주감영에서 처형함

1879 고종高宗 16 기묘己卯 광서光緖 5 명치明治 12

4	▪ 충청도 공주公州에서 프랑스인 선교사를 잡아 청국으로 보냄 ▪ 일본 대리공사 화방의질花房義質이 개항을 요구하러 다시 옴	6	▪ 일본에서 부산釜山에 전파 된 진질疹疾(콜레라), 전국에 만연함

1880 고종高宗 17 경진庚辰 광서光緖 6 명치明治 13

2	▪ 러시아[露國] 이사관 마츄린, 경흥부慶興府에 와서 통호通好를 청함	10	▪ 함경도민 가운데 악정과 수탈에 못 이겨 북간도와 연해주로 넘어가는 사람들 많이 나옴
3	▪ 미국[米利堅] 해군준장 슈펠트, 군함 티콘데로가호로 부산에 와서 통상을 요청했으나 동래부사가 이를 거부함		
7	▪ 이탈리아[伊太利] 군함이 원산元山에 옴		
12	▪ 삼군부三軍府를 혁파하고 통리기무아문統理機務衙門을 설치함 ▪ 인천仁川 개항 결정		

1881 고종高宗 18 신사辛巳 광서光緒 7 명치明治 14

1	• 조준영趙準永·박정양朴定陽·어윤중魚允中 등 10여 명 신사유람단을 일본에 보내어 신문물제도를 살펴보게 함	5	• 일본인들이 울릉도에 몰래 들어와 나무를 베어가지 못하도록 일본 외무성에 요구
4	• 일본 육군소위 굴본예조堀本禮造를 초빙하여 신식훈련을 받게 함	8	• 안기영安驥永·권정호權鼎鎬 등, 대원군大院君 서자 이재선李載先을 국왕에 추대하려다 잡힘

1882 고종高宗 19 임오壬午 광서光緒 8 명치明治 15

3	• 조미朝米수호조약 조인 • 조영朝英수호조약 조인	8	• 수신사 박영효朴泳孝, 일본으로 가는 배 안에서 태극기太極旗를 고안 창제함
5	• 조덕朝德수호조약 조인	12	• 양반 상업 종사와 학교 입학을 허용함
6	• 임오군변 일어남 • 이최응李最應·민겸호閔謙鎬 등 피살 • 중전 민씨閔氏 변복하고 충주忠州로 피신 • 대원군이 입궐하여 난을 진무 • 일본 화방花房 공사가 호위 육해군을 거느리고 인천에 옴		
7	• 청국 제독 오장경吳長慶·정여창丁汝昌 등 경군慶軍 육영병六營兵을 거느리고 경기도 남양 마산포馬山浦에 옴 • 오장경吳長慶 등 대원군을 청국 보정보保定堡로 잡아감 • 재물포조약 체결 • 민중전 환궁		

8	▪ 독일 묄렌도르프[穆麟德]를 초빙함		
11	▪ 일본 공사 죽첨진일랑竹添進一郎 옴		

1883 고종高宗 20 계미癸未 광서光緖 9 명치明治 16

1	▪ 태극기를 국기로 제정함	8	▪ 경상도 성주星州에서 민란 일어남
3	▪ 동남 제도諸島 개척사開拓使 겸 관포경사管捕鯨事 김옥균金玉均 임명	10	▪ 박문국博文局에서 『한성순보漢城旬報』 발간
4	▪ 미국 공사 푸트 옴		
6	▪ 전권대신 민영익閔泳翊을 미국에 파견		
7	▪ 전환국典圜局을 설치		

1884 고종高宗 21 갑신甲申 광서光緖 10 명치明治 17

윤5	▪ 조의朝義(이태리)수호조약 조인 ▪ 조아朝俄(노서아)수호조약 조인	윤5	▪ 오정牛正·인정人定·파루罷漏에 궐내 금천교禁川橋에서 방포하게 함 ▪ 복제를 개혁하여 도포대신 두루마기를 입게 함
10	▪ 갑신정변 일어남 김옥균金玉均·박영효朴泳孝 등 우정국郵征局 개국 잔치를 이용해서 정변을 일으키고 왕을 경우궁景祐宮에 옮기어 일병으로써 호위하게 한 다음, 민영목閔泳穆·민태호閔台鎬 등 수구파 요인 6인을 죽이고 신정부를 조직하였으나, 일본 배신으로 3일 만에 막을 내림 ▪ 김옥균金玉均·박영효朴泳孝 등 일본으로 망명		

1885 고종高宗 22 을유乙酉 광서光緒 11 명치明治 18

3	▪ 영국 함대가 거문도巨文島를 점령함	2	▪ 서울 재동齋洞에 병원 광혜원廣惠院을 세우고 미국인 의사 알렌에게 주관시킴 ▪ 미국인 선교사 언더우드 옴
8	▪ 대원군 환국	3	▪ 미국인 선교사 아펜젤러 옴
10	▪ 청국 주차駐箚 총리 원세개袁世凱 옴	8	▪ '배재학당' 세워짐

1886 고종高宗 23 병술丙戌 광서光緒 12 명치明治 19

1	▪ 노비세습제를 폐지시키고 일신에 한하기로 함	4	▪ '이화학당'이 세워짐
3	▪ 미국인 데니를 내무협판에 임명	6	▪ 미국인을 초빙하여 육영공원育英公院을 세우고 영어와 서양 학문을 가르침
5	▪ 조법朝法(프랑스)수호조약 조인		

1887 고종高宗 24 정해丁亥 광서光緒 13 명치明治 20

9	▪ 청국, 조선이 해외에 사신을 파견할 때 속방으로서 체제를 취할 것을 요구함	8	▪ 일본 어선, 제주도에서 양민을 살상함

1888 고종高宗 25 무자戊子 광서光緒 14 명치明治 21

3	▪ 미·러·이[光·露·伊] 3국 공사에게 기독교 전교를 금할 것을 요청함	5	▪ "서양 오랑캐가 어린아이들을 잡아먹는다"는 소문이 나돌아 민심이 동요함

1889 고종高宗 26 기축己丑 광서光緖 15 명치明治 22

2	▪ 미국, 절영도絶影島 및 원산元山에 저탄소를 설치할 것을 요청해옴	1	▪ 전주全州 아전과 백성들, 강원도 정선군민旌善郡民들 봉기
10	▪ 함경도 감사 조병식趙秉式 「방곡령」을 반포하여 양곡 수출을 금함	9	▪ 전라도 광양光陽에서 민란
12	▪ 각국 상인들이 허가장 없이 들어오는 것을 막음 ▪ 일본 공사, 방곡령이 조약 위반이라며 함경감사 조병식趙秉式 파직을 요구해옴	10	▪ 경기도 수원水原에서 민란

1890 고종高宗 27 경인庚寅 광서光緖 16 명치明治 23

1	▪ 함경도 방곡령 철회	8	▪ 경상도 함창咸昌에서 민란
2	▪ 미국인 리젠도어를 내무협판에 앉힘		
3	▪ 미국 공사 하드 옴		
4	▪ 대왕대비 조씨趙氏 [익종翼宗비] 승하		
11	▪ 미국인 그레이트 하우스를 내무협판에 앉힘		

1891 고종高宗 28 신묘辛卯 광서光緖 17 명치明治 24

3	▪ 일본 공사 미산정개梶山鼎介 옴	6	▪ 청국 비적, 함경도 갑산甲山·단천端川 등지 약탈함 ▪ 일어학당을 한성부漢城府에 개설
11	▪ 일본 공사, '방곡령'으로 입은 손해 배상을 요구	7	▪ 일본 어선 제주도에서 양민 살상
		8	▪ 강원도 고성高城에서 민란
		10	▪ 황해도 평산平山 백성들이 지방 향리 탐학상을 정소呈訴함

320

1892 고종高宗 29 임진壬辰 광서光緒 18 명치明治 25

5	▪ 조오朝墺(오스트리아)조약 체결	3	▪ 함경도 함흥咸興 및 덕원德源에서 민란
6	▪ 일본국에 제주백성 살상에 대한 배상을 요구	4	▪ 강원도 낭천狼川에서 민란
10	▪ 청국 원조를 얻어 미米·일日 등에 차관을 갚음	8	▪ 경상도 예천禮泉에서 금광金礦에 항의하여 민란
11	▪ 전환국典圜局을 인천仁川에 세워 양식 화폐를 주조함 ▪ 교환국交換局 설치		
12	▪ 동학東學교도 전라도 삼례역參禮驛에 모여 교조敎祖 신원과 포교 자유를 요구		

1893 고종高宗 30 계사癸巳 광서光緒 19 명치明治 26

3	▪ 동학교도 박광호朴光浩·손병희孫秉熙 등 40여 인 교조 신원을 요구하며 복합 상소 ▪ 사간원司諫院·홍문관弘文館 등 동학을 성토하는 상소 ▪ 동학교도들 충청도 보은報恩에 모여 척양척왜 기치를 세움 ▪ 양호순무사兩湖巡撫使 어윤중魚允中을 보내어 동학교도들을 해산시킴	6	▪ 인천부仁川府 아전과 백성들 수백 명이 관아를 습격함
4	▪ 동학교도 해산	7	▪ 안효제安孝濟가 진령군眞靈君(무녀)을 처벌할 것을 상소 ▪ 황해도 재령載寧과 충청도 청풍淸風·황간黃澗에서 민란

| 8 | ▪ 영국인 브라운을 총세무사에
앉힘 | 11 | ▪ 경기도 개성開城에서 민란
▪ 평안도 철도鐵島 및 중화中和에서
민란 |

1894 고종高宗 31 갑오甲午 광서光緖 20 명치明治 27

1	▪ 동학농민전쟁 일어남 ▪ 전라도 고부古阜군민, 군수 조병갑趙秉甲 탐학에 못 견디어 전봉준全琫準 영도하에 봉기	2	▪ 김옥균金玉均 중국 상해에서 홍종우洪鍾宇에게 암살당함
3	▪ 고부군민 안핵사按覈使 이용태李容泰 불법에 격분하여 재차 봉기	3	▪ 김옥균金玉均 시신에 형륙을 가함
4	▪ 양호초토사兩湖招討使 홍계훈洪啓薰, 경군을 이끌고 서해를 따라 내려감 ▪ 전주全州 감영병, 황토재黃土峴에서 패주 ▪ 봉기군, 장성長城에서 경군을 격파 ▪ 봉기군 전주를 점령 ▪ 청국에 원병을 청함	4	▪ 경상도 김해金海 민란
5	▪ 청제독 섭지초葉志超 군대 충청도 아산만에 도착 ▪ 봉기군 전수성 철수 ▪ 일본 혼성여단 인천仁川 도착, 서울에 들어옴 ▪ 일본 공사 내정 개혁을 권고하여 개혁안 5조를 제시함	6	▪ 갑오왜란 시작됨 ▪ 김홍집金弘集을 영의정에 임명하고 군국기무처를 설치함 ▪ 관제 개혁, 궁내宮內· 의정부議政府 2부와 내무· 외무 이하 8아문衙門을 설치 ▪ 칙령으로 전 23조 사회개혁안을 시행함 ▪ 개국년기를 사용하게 함 (갑오년은 개국 503년)

6	▪ 일공사 대조규개大鳥圭介 군대를 이끌고 궐내에 들어감 ▪ 대원군 입궐, 왕명으로 중대 정무와 군무를 대원군에게 재결하게 함 ▪ 청일 군함 수원부水原府 풍도楓島 앞바다에서 충돌 ▪ 충청도 성환成歡싸움에서 일군, 청군을 격파함	7	▪ 김홍집金弘集을 의정부 총리대신에 임명 [제1차 내각 성립] ▪ 일본과 공수동맹을 체결 ▪ 신식화폐장정을 공포하고 은본위제를 채용 ▪ 도량형 개정 ▪ 관보 발행
7	▪ 청일전쟁 일어남	10	▪ 법무협판 김학우金鶴羽 암살 ▪ 김홍집金弘集 제2차 내각성립, 박영효朴泳孝·서광범徐光範 등을 기용함 ▪ 국군기무처를 그만두고 중추원을 둠
8	▪ 평양싸움에서 청군 대패함	12	▪ 홍범洪範 14조를 제정하여 자주독립을 종묘에 고함 ▪ 의정부를 고쳐 내각이라 함
9	▪ 동학군 각지에서 재차 봉기		
10	▪ 농민군 충청도 공주公州 우금고개 싸움에서 패퇴		
12	▪ 전봉준全琫準, 전라도 순창淳昌에서 잡혀 서울로 압송됨, 김개남金開南 전주서 참수됨		

1895 고종高宗 32 을미乙未 광서光緖 21 명치明治 28

3	▪ 전봉준全琫準 처형됨	3	▪ 공사복을 개정
5	▪ 지방 관제를 개정하여 전국에 23부府 3백31군郡을 둠	4	▪ 유길준兪吉濬『서유견문西遊見聞』 출판됨
윤5	▪ 내부대신 박영효朴泳孝 일본에 망명	9	▪ 인정·파루를 폐지 ▪ 종두규칙 발포

7	▪ 일공사 삼포오루三浦梧樓 옴	10	▪ 임최수林最洙·이도철李道徹 등 국왕을 탈취하려다 잡혀 처형됨
8	▪ 일공사 삼포三浦가 일본낭인들과 함께 대원군을 받들고 경복궁에 들어가 민閔중전을 시해하는 '을미사변'이 일어남 ▪ 단발령을 내림	11	▪ 천만동千萬同·장 복張復·리 립李立 등 님이 계신 곳(임존성)에서 항왜전쟁을 일으킴

1896 고종高宗 33 병신丙申 광서光緒 22 명치明治 29

2	▪ 러시아 공사 웨벨 수병 일백 명을 인천으로부터 입경시킴 ▪ 왕 및 왕세자가 노국공사관으로 옮겨가는 이관파천 일어남 ▪ 친로내각 성립 ▪ 유길준俞吉濬·조희연趙羲淵 등 일본으로 망명	1	▪ 충청우도 대흥大興과 정산定山에서 박창로, 이세영 등이 의병 봉기 ▪ 1월 중순 안병찬安炳瓚, 채광묵蔡光默 등 홍주성洪州城 점거 ▪ 임존성任存城을 수축하며 장기전에 대비하였으나 1월 18일 김복한金福漢, 이 설李偰 등 참모진이 구금되면서 무너짐 ▪ 을미사변과 단발령에 저항하는 의병 봉기가 전국으로 확산 ▪ 강원도 관찰사 조인승曺寅承·충청관찰사 김규식金奎軾 이하 군수 등 수십 명 의병에게 피살됨
3	▪ 미국인 제임스 모스에게 경인철도 부설권을 줌 ▪ 함경도 경원慶源·종성鐘城 광산 채굴권을 러시아인에게 허가	2	▪ 총리대신 김홍집金弘集·농상공부대신 정병하鄭秉夏 난민에게 피살됨
7	▪ 경의철도 부설권을 프랑스인에게 허가	4	▪『독립신문』 발간

8	• 전국을 13도 나눔	7	• 독립협회 조직
9	• 함경도 무산茂山·압록강 유역 및 울릉도 산림벌채권을 러시아인에게 허가		• 어윤중魚允中 고향으로 도망치던 경기도 용인에서 난민에게 피살됨

○ 고종高宗 34년인 정유丁酉 1897년 9월까지 이어지던 '조선왕조'는 개국 506년을 끝으로 막을 내리고, 10월 황제 즉위식을 거행하고 국호를 '대한大韓'으로 고쳐 고종高宗황제 아들인 순종純宗황제 4년인 1910년 8월 29일 일제 강압에 의한 합방조약을 발표하고 양국조서를 내림으로써 그 막을 내리게 됨.

겨레의 얼을 '씻김'하는 '소리체[正音體] 소설'의 탄생
임우기(문학평론가)

1. 김성동 소설 「국수」의 문학사적 의의

소설『국수』는 19세기 중후반 내부적으로는 조선왕조가 쇠락해가고 봉건제의 계급 모순과 갈등이 갈수록 격화되어 가는 한편, 외부적으로는 서구 제국주의 열강이 연달아 개항을 요구하는 와중에 야수적 일본 제국주의가 조선을 강탈할 기회를 호시탐탐 노리던 시대를 다룬다. 시간적으로는 600년 종묘사직을 지켜온 조선왕조가 역사의 뒤안길로 사라지던 황혼의 시기를 배경으로 하고, 공간적으로는 충청도 내포內浦지방─현재의 보령, 예산, 덕산─에서 벌어지는 여러 사건들과 탐관오리들의 학정, 이에 맞서는 인민들의 항쟁을 다루고 있다. 그러나 조선 역사의 불행한 시기를 다루고 있음에도, 『국수』는 일본 제국주의에 의해 마구 파괴당하기 전 우리 민족이 마지막 누리게 되는 조선 고유의 아름다운 말과 글, 전통적 생활 풍속, 풍정, 풍물 등을 섬세하고 생생하게 되살린다. 당대의 인정, 물정, 문물, 풍속 등 실제의 미세한 생활상은 말할 것도 없고, 그 무엇보다도 훗날 일제 강점기에 갈가리 찢기고 빼앗기게 될, 조선의 멸망 직전까지 생존해 있던 온전한 겨레말을 정밀하게 복원하고 생생히 되살려내었다. 그러니까 한민족의 역사 속에서 불행한 정치사와 민족 고유의 문화사와 고난의 민중생활사를 더불어 서로 포괄하는 독창적이고도 독보적인 문학혼을 유감없이 펼친 것이다.

특히 일본 제국주의의 식민통치에서 해방된 이래 서양문물의 급격하고 혼란스런 유입과 산업화의 격랑 속에서 본래의 우리말과 생활 문화 및 풍속들이 상당히 자취를 감추고 훼손되고 왜곡되어 온 마당에 소설 『국수』의 발표는 실로 남북한 가릴 것도 없이 우리민족 모두의 큰 축복이다. 이는 일제의 일본어 강제 사용정책에 의해 고유한 조선말이 심히 망가지고 사라지던 식민지시대에 아름다운 우리말을 찾아 지키며 드높은 조선어 시문학을 낳은 시인 백석白石(1912~1996)의 문학적 업적을 떠올리게 한다. 지난 현대문학사 100년 동안 우리말이 처한 위기와 역경에 맞서서 소리글자로서의 한글의 창제 원리와 우리말의 깊은 연원을 꿰뚫어 보고서 가히 조선어의 최상의 진경珍景을 보여준 '우리말 작가'를 꼽는다면, 시 분야에서 시인 백석을 그리고 소설 분야에서 『국수』의 작가 김성동을 주저할 것 없이 내세울 수 있다.

백석과 김성동은 본디 우리말을 되찾고 되살려냈을 뿐 아니라 우리말의 특별한 운용(문학 형식)에 있어서 매우 높은 경지를 보여준 사실만으로도 그들이 지닌 '민족 작가'의 위상은 우뚝하고 위대하다.

1991년 11월 『문화일보』에 연재하기 시작하여 2018년 6월에 대장정의 막을 내린 소설 『국수』는 근 27년간 일본 제국주의의 침략과 강점 직전까지 존재했던 조선의 정조와 혼을, 마치 초혼招魂 하듯이, 일일이 불러 '씻김'한 재가在家 수도승 김성동 작가가 혼신의 힘을 쏟아 부은 역작이다. 일본 제국주의의 침략에 의해 사라지거나 오염되고 왜곡되기 전 조선의 말과 글, 전통적 생활 문화를 130년이 지난 오늘에 되살리며 생동감 넘치는 서사와 독보적이고 유장한 문장으로 그려낸 것은 실로 경이로운 문학사적 일대사건이라 할 것이다.

2. 제목 '국수'의 의미

소설 제목이 말해주듯이, 소설 『국수』는 나라 안에서 바둑을 첫째로 잘 두는 이를 주요 소재로 삼고 있다. 그러나 전체 이야기에서 바둑은 직접적이거나 계속적으로 다루어지지 않고 간접적이고 단속적斷續的으로 다루어진다. '국수'는 나라 안에서 의술이 가장 뛰어나거나 그림을 잘 그리거나 소리를 잘하고 악기를 잘 다루거나, 춤 잘 추는 사람 등 '손[手]'자가 말해주듯이, '솜씨가 뛰어난 민중예술가'들에게 인민 대중이 바치던 꽃다발 같은 헌사이다. 따라서, 소설『국수』에서 바둑은 이야기 전개를 위한 방편으로서 쓰이고 있을 뿐이고, 이른바 장르소설로서 '바둑소설'은 아닌 것이다. 이는 소설『국수』가 바둑을 소재로 삼고 있지만, 바둑의 실질적 내용은 일종의 은유隱喻로서 은폐되어 있음을 말한다.

바둑을 무언가의 은유로서 돌려서 말하는 것은 직설법으로 정의하기 힘든 바둑의 감추어진 진리가 있다는 의미로 풀이될 수 있다. 소설『국수』에서 맨 앞에 놓인 「서장」은 바둑이란 무엇인가라는 작가의 바둑관을 은유의 형식으로 서술하고 있다. 한 예를 들면, 중국 후한後漢 때 역사가 반고班固가 바둑에 대해 쓴 글을 인용하여, "천지의 조화도 제왕의 정치도 패군의 권세도 전역戰役의 방도도 모두가 다 바둑의 이치에 감추어져 있다."라고 적고 있는데, 이 글로 미루어, 바둑은 보이는 실체로서의 바둑이 아니라 보이지 않는 진리를 궁구하는 구도 행위에 가깝다.

소설『국수』의 바둑은 진리를 궁구하는 방편이다. 그러므로 국수는 그 자체로 진리를 찾아 수행하는 마음의 지극한 경지, 지존至尊의 마음을 가리킨다. 「서장」의 앞에서 명적사明寂寺의 조실 백산노장白山老長과 양반 가문의 열네 살짜리 어린 도령 석규가 마주 앉아 대국하는 장면을 제시한 것은 '진리를 찾아 수행하는 지극한 마음'의 화신으로서 큰스님과 국수 되기를 갈망하는 어린 유자儒子는 기실 상통하는 관계에 있음을 은유적으로 보여주려는 작가의 의도일 것이다. 노장의 처지에서 바둑은 불심佛心을 닦는 방편이고 반가 출신의 소년 석규의 처지에서 바둑은 공맹孔孟의 도를 수행하는 방편이 된다.

문학적인 관점에서 보면 이 노장과 석규의 대국 장면은 실로 의미심장하다. 『국수』의 「서장」 첫머리에서 작가는 유불 간의 대국 장면을 심오한 복선으로 깔아놓는다.

"몇 점을 놓을까요?"

푸르고 붉은 색깔로 찍히어져 있는 구궁九宮을 따라 흑백 여덟 개씩 돌로 초석草石을 하고 난 도령이 고개를 들었는데, 노승老僧은 말이 없다. 결가부좌를 틀고 앉아 지그시 눈을 감은 채 꼼짝도 하지 않는다.

"스님, 몇 점을 놓을까요?"

다시 한 번 도령이 물었고, 노승은 나직하게 말하였다.

"편히 앉거라."

"괜치않습니다."

"유불이 상종하고 노소동락이어늘, 편히 앉아."

꿇고 있던 무릎을 펴며 도령이 올방자를 틀었고, 여전히 눈을 감은 채로 노승이 말하였다.

"두거라."

(「서장」 시작 부분, 강조 필자)

  불가와 유가의 연원은 서로 다르나, 노장과 도령 간의 기품 있
는 대국은 그 뜻이 썩 깊다. "유불이 상종하고 노소동락이어늘,
편히 앉아."라고 노장은 말한다. 그러나 이 간략한 한문 넉자배기
는 소설 『국수』의 숨은 주제의식의 은유가 된다. '유불상종儒佛相
從 노소동락老少同樂'. 유불상종은 조선의 통치 이념인 유교 쪽에
서 보면 받아들이기가 쉽지 않으나, 원륭무애한 경지를 추구하
는 불교 쪽에서 보면 넉넉히 받아들일 수 있다. 그래서 노장은 대
승적 원륭회통圓融會通의 경지에서 유불상종을 이르고 있으나,
아직 열네 살에 불과한 주인공 석규는 사물에 이르고 사물의 이
치를 알아내기 위해[格物致知] 궁리하고 또 궁리하는 어린 유자
일 뿐이다. 유불상종은 원륭회통의 이치이니, 원륭한 경지의 노
장은 유불이 상통할 수 있음을 가르치고 유자 도령은 노장을 공
경하며 배우기를 멈추지 않는다. 이것이 노소동락이다. 노장은
어린 유자의 속내를 살피고 그 앞날을 염려한다. 노장은 이렇게
일갈一喝한다.

  "나를 살리고 남을 죽이는 판가리를 하고자 함이 아니었으니,
  돌을 거두란 말이다."

노장의 일갈은 바둑이 '나를 살리고 남을 죽이는 판가리(판가름)'가 되어서는 안 된다는 뜻이다. 아직 어린 석규가 바둑의 승부에 집착하고 있음을 질타한 것이다. 여기서 소설 『국수』에서 '바둑의 국수'가 지닌 숨겨진 뜻이 어렴풋이 열리는 듯하다.

　"살아서 움직이는 바둑을 두지 못하고 죽어서 굳어 있는 바둑을 두더란 말이야. 그런 바둑으로 어찌 국수를 도모하리."

　"이제 겨우 밭 가는 법이나 알 뿐……"

　도령이 아랫입술을 꼭 깨어무는데 노승이 말하였다.

　"그런 바둑으로는 두메 보리바둑이나 어찌 어거할 수 있을까, 한양은 그만두고 과천만 올라가도 추풍낙엽이리니…… 언감생심 국수리오."

　"활기 이치를 가르쳐주십시오."

　"아생연후에 살타라는 말은 들어봤겠지?"

　"예."

　"그 기언 출전을 아는고?"

　"「위기십결」(당나라 문인 왕적신의 바둑 격언)에 나옵니다만."

　"자리이타라는 말은 들어봤더냐?"

　"십결에는 없는데요."

　"십결이 아니라 불가 문자니라."

　"무슨 뜻인지요?"

"같은 말이니라. 자리이타라는 불가 문자에서 아생연후 살타라는 바둑 속담이 나왔은즉, 살릴 것인가 죽일 것인가?"

"……"

"무릇 목숨 있는 것은 다 소중하니, 남 목숨 소중한 줄 아는 자라야만 내 목숨 소중한 것도 알 수 있는 법. 지극히 당연한 이 이치를 모른 채로 아생은 뒷전인 채 살타만 하고자 하니 운석이 둔하고 행마가 무거울밖에. 그런 마음으로 어찌 이기기를 바랄까. 백전백패는 물론이고 동타지옥(함께 지옥에 떨어진다는 뜻) 엄만 지으리니."

(「서장」, 강조 필자)

노장의 말을 석규 도령은 알 듯 말 듯하다. 바둑에서 '아생연후 살타我生然後 殺他'는 내 말이 먼저 산 뒤에야 상대의 말을 잡을 수 있다는 뜻의 격언이지만, 노장은 이 격언이 "자리이타라는 불가 문자에서" 즉 부처의 마음에서 나왔다고 말하고 있으니. '자리'란 자기를 위해 스스로 수행을 하는 것이고, '이타'는 남을 위해 행동하는 것을 뜻한다. 원효元曉는 불심(아뢰야식)에 의해 깨달음을 얻은 자는 깨달은 상태 즉 자리[自利]에 안주하지 말고, 중생들의 구원을 위해 적극 실천[利他]할 것을 역설했다. 그러니까 '자리이타'를 완전하게 수행한 이가 부처이다. 국수를 꿈꾸는 주인공 석규한테 노장은 승부를 가리기 위한 바둑의 묘수가 아니

라 나와 남이 더불어 구원받는 대승적 불심을 강조하고 있는 것
이다. 노장은 거듭 묻는데, 노장의 이어지는 물음들은 그 자체로
깨우침의 방편이다.

　　노승이 혼잣말처럼 중얼거리었다.
　　"바둑이라고 했던가?"
　　"……?"
　　"바둑을 배워 국수가 되어보겠다?"
　　"……?"
　　"부처가 되어보고 싶지는 않은가?"
　　"예?"

　　노장의 물음 중 "부처가 되어 보고 싶지는 않은가?"라는 물음
에 석규 도령은 깜짝 놀라 "예?" 하고 반문한다. 이 물음과 반문
에는 깊은 뜻이 담겨 있다. 우선, 노장이 국수를 꿈꾸는 유가儒家
의 자제에게 부처가 될 의향을 물었다는 점. 노장의 처지에선 국
수와 부처가 둘이면서 하나요 하나이면서 둘이라는 '불이不二'의
화두를 던진 셈이다. 다음으로, 국수라는 상相도 부처라는 상도
모두 분별지에 따른 가상, 즉 이미지일 따름이라는 불가의 가르
침을 넌지시 던지고 있는 것이다. 부처를 만나면 부처를 죽이라
는 불가의 가르침에 따라 분별지가 만들어 낸 가상의 세계를 벗

334

어나야만 무아無我의 실상, 즉 진여眞如 세계가 열린다는 것이다. 국수라는 존재도 또한 마찬가지다. 국수는 가상에 불과하다는 것. 국수는 부처와 같이 마음속에 있다는 것이다. 그러므로 소설 『국수』는 바둑이야기이면서 바둑이야기가 아니고, 바둑이야기가 아니면서 바둑이야기라고 말할 수 있다. 없음과 있음, 그렇지 않음과 그러함은 둘이 아니다.

이러한 노장의 가르침 앞에서, 석규라는 아이는 무척이나 총명함에도 늘 의문과 회의에 빠진 인물로 그려진다. 이는 작가가 주인공 석규를 앎을 추구하고 사물의 이치를 궁구하는 어린 유자儒子로서 성격화하고 있음을 보여준다. 유자로서 마땅히 해야 할 격물치지格物致知를 게을리 하지 않는 것이다.

이처럼 유불상종儒佛相從하는 대화 속에서 소설 『국수』의 심오한 세계관과 특이한 소설미학은 은유적으로 개시된다. 노장의 일갈은 계속된다.

"바둑판 위에 놓여지는 것이 무엇이냔 말이다."

"바둑돌입니다."

"무엇으로 만든 것이냐?"

"조약돌과 조개껍질로 만든 것입니다."

"단지 돌로만 보이느뇨?"

"예?"

"생령이니라. 살아 있는 목숨이란 말이야."

"……"

"조약돌을 다듬고 조개껍질을 갈아 만든 돌멩이에 지나지 않는 것이 바둑알이라고 보는 것은 다만 그 물건 겉껍데기만 본 것이다. 가상만을 본 것이다 이 말이야. 돌멩이로 만든 것이 바둑알이다. 그렇다. 그러나 그렇지 않다. 실상을 봐야 된다. 참모습을. 우리 눈에 보이는 이 세상 모든 것들은 겉껍데기에 지나지 않는 가상이니, 몬(물건) 실상이 아니로구나. 가상이라는 것은 꿈 같고 허깨비 같고 물거품 같고 그림자 같아서 부질없구나. 늘 그대로 있지 않으니 무상이라. 이 도리를 깨치고 난 연후에야 국수가 되든 부처가 되든 될 것이라는 까닭이 여기에 있음이며."

잠깐 말을 끊고 이윽한 눈빛으로 도령을 바라보던 노승이 말을 이었다.

"삼라만상이 다 그렇듯 돌 또한 살아 있는 목숨이니라. 살아 있는 목숨이라는 것은 저마다 타고난 바 성품에 따라 제 살길을 찾아 움직여 나가는 생물이라는 뜻이니, 돌 또한 마찬가지구나. 활기는 무엇이고 사기는 무엇인고? 이러한 이치를 깊이 깨달아 어느 곳 어느 것에도 이끌리지 말고 돌 길을 따라 더불어 함께 움직여주는 것이 산 바둑이요, 이러한 이치를 모른 채 돌을 잡은 자 마음으로만 돌을 움직여 가는 것은 다만 이기고자 하는 마음에만 이끌려 있으므로 죽은 바둑이다. 돌을 죽일 뿐만 아니라

나를 죽이는 일이니, 어찌 두렵지 아니하랴. 일체 돌을 죽이되 죽이지 않고 일체 돌을 살리되 살리지 않는 법을 여산여해로 보여주고 쓸 줄 안다면 일체 중생이 편안하리니, 하물며 바둑이겠느뇨."

(「서장」, 강조 필자)

"삼라만상이 다 그렇듯 돌 또한 살아 있는 목숨이니라. 살아 있는 목숨이라는 것은 저마다 타고난 바 성품에 따라 제 살길을 찾아 움직여 나가는 생물이라는 뜻이니" 바둑돌 또한 '생령'이요 '살아있는 목숨'이라는 것. 이러한 세계관은 그것이 불가의 화엄華嚴이든 유가의 인물성동성론人物性同性論이든 동학의 시천주侍天主사상이든, 실로 생명의 근원을 궁구한 끝에 다다른 도저한 철학적 사유를 보여준다. 아울러 노장은 화두話頭 형식을 빌려, "일체 돌을 죽이되 죽이지 않고 일체 돌을 살리되 살리지 않는 법을 여산여해로 보여주고 쓸 줄 안다면 일체 중생이 편안하리니, 하물며 바둑이겠느뇨."라고 말한다. 여기서 작가가 소설 제목인 '국수'를 정의하는 사유의 근본이 드러난다. 그것은 한마디로, '불이不二'의 세계관. 부처를 따르는 노장의 처지에서 돌은 그냥 물질로서의 돌이 아니라, 무진장한 인연의 그물인 연기법緣起法에 따라 펼쳐지는, 영원과 찰나가 둘이 아니라 하나인 시간성의 은유로서의 돌이다. 영원과 찰나가 불이인 시간 속에 사람과 자연, 나와 남, 삶과 죽음은 둘이 아니라는 것. 따라서 바둑돌을 둔다는 것은 무진장한 연기緣起에 따라 펼쳐지는 시간성 속에서 모든 존재의 연원을 궁구하고 궁리하는 행위이다. 이처럼 소설 『국수』는 『화엄경』의 인타라망因陀羅網 그물처럼 억조창생이 시공을 초월하여 연기에 따라 무궁무진하게 서로서로 엮이고 짜이고 덧대어 있는 온생명의 철학을 창작의 연원으로 삼고 있는 것이다.

그러나, 노장은 '국수'에 대한 심오한 은유를 다시 비근한 속세의 직설법으로 바꾸어 놓는다. 그 비근한 직설은 '밥을 고루 나눠 먹기'. 다시 노장은 말한다. "대저 궁리라는 것은 마치 밥을 먹는 것과 같은즉, 배가 고프다고 해서 속히 먹으려고 하면 체하고 배가 부르다고 해서 노량으로 먹다 보면 밥맛 자체를 잃어버리게 되느니, 자고로 밥 먹는 이치가 어려운 까닭이라. 그러므로 모름지기 궁리를 하고자 할진대 먼저 올바르게 밥 먹는 법부터 배우고 볼 일. 뼉뼉이 그 실다운 이치를 깨치고 난 연후에 궁리하는 법을 물어야 할 터." 올바르게 밥 먹는 이치를 깨치는 것이 무엇보다 요긴하고 그런 후에야 궁구하는 것이 참다운 공부라는 것이다. 불심의 높은 이상理想이 밥 나눠먹고 사는 낮고 야트막한 세속 현실로 내려온 것이다.

이는 밥 먹는 이치를 깨치는 일과 부처의 마음을 닦는 일은 서로 선후관계라는 의미가 아니라, 부조리하고 불평등한 현실 상

338

황을 타개하는 가운데에서야 비로소 올바른 깨우침[正覺]이 있을 수 있다는 뜻으로 해석될 수 있다. 이 또한 불이이니, 밥 먹는 이치와 불심의 수행은 둘이 아니라 서로 간에 반어적反語的 관계에 놓인 하나이다. 노장의 말을 통해 이해할 수 있는 제목 '국수'의 깊은 뜻으로 보면, 국수란 다름 아닌 마음의 수행을 통해 대승적 보살이 되는 것을 뜻한다.

3. 「국수」의 내용과 형식에 대하여

소설 『국수』가 지닌 깊은 주제의식이 '국수와 부처는 둘이 아니다'[不二]라는 불심의 수행에 있음에도, 작가 김성동은 부당한 사회 구조를 타파하여 '밥 나눠먹기' 곧 '고루살이'를 향해 현실주의적인 사유와 실천을 더불어 실행해야 한다는 점을 명시한다. 위로는 부처의 마음을 구하고 아래로는 고통 받는 중생을 교화한다는[上求菩提 下化衆生] 보살행 정신은 『국수』의 이야기 심연에서 마르지 않는 샘물과도 같이 늘 솟아오르고 있다. 이야기 구성에 직접적으로 드러나지는 않지만, 『국수』의 서사 구성을 이끌어가는 기본 모티프로서 조선 후기에 일어난 홍경래의 민란(1811)과 동학민중봉기(1894)가 이야기 깊숙이 강렬히 반영되고 있는 점 등은 작가 김성동의 보살행 정신과 혁명적 현실주의에서 나오는 것이다.

『국수』의 대강 줄거리는 이러하다.

충청도 대흥고을의 정신적 기둥인 김사과金司果댁 맞손자로
바둑에 출중한 솜씨를 보이는 영리한 도령 석규石圭는 백두산에
서 참선을 한 적적암寂寂庵 백산노장白山老長한테 바둑돌로 도道
에 이를 수 있다는 비기秘記를 받아 평생 화두로 삼고, 일송삼백
日誦三百하는 천재로 24살에 비렴급제飛簾及第하여 아산현감으로
특명제수 된 김병윤金炳允은 아전 잔꾀에 몰려 관직에서 물러나
게 된다.

서책을 벗하며 맞손자 석규에게 가르침을 오로지하는 선비인
김사과는 하나뿐인 벗으로 벼슬길을 마다하며 애옥살이 속에서
도 경학經學 궁구에만 골똘하는 도학자道學者인 뻣뻣한 선비 허담
虛潭과 하원갑(下元甲, 말세)에 접어든 지 오래인 세상 걱정을 하
고, 조카뻘인 김옥균金玉均과 함께 새 세상을 열어보려는 꿈을 지
녔던 김병윤은 스물아홉 나이에 요사夭死하고, 열두 살 나이에 노
둣돌을 한손으로 뽑아들어 '아기장수' 소리를 듣는 비부婢夫쟁이
전실 자식 만동萬同이는 임술민란에 부모를 잃고 떠돌다가 훈련
도감에 들어가 임오군란과 갑신정변 때 큰 활약을 하고 훗날 동
학 봉기 때 맹활약을 하는 출중한 용력과 무예를 지닌 큰개와 함
께 고루살이 세상을 꾀하게 된다.

홍주목洪州牧 퇴리退吏로 대흥고을 첫째 가는 큰부자 윤동지尹
同知는 군수도 마음에 들지 않으면 갈아치울 만큼 대단한 고을의
세도가로 인선仁善이를 고마(첩)로 들어앉히려고 갖은 수를 다

쓰는데, 오십궁무五十窮武 장선전張宣傳의 외딸따니(외동딸)로 빼어난 미색과 슬기롭고 덕성스러운 인품을 지닌 인선이는 만동이한테 늘 높은 뜻을 가질 것을 일깨워 주는 스승 같은 여인. 만동이는 장선전을 파옥시켜 앵두장사(잘못을 저지르고 자취를 감춘 사람)가 된다. 큰개는 만동이가 앵두장사 된 것에 꿈이 깨져 만동이 배다른 아우 춘동春同이한테 "상놈이 양반되는 새 세상을 만들어야 된다"며 칼 쓰는 법을 가르쳐 준 다음 기생집에서 양반 오입쟁이들을 혼내준다. 농민들은 보릿고개를 넘기느라 숨이 턱에 차는데 군수를 비롯한 공다리들은 기우제 명목으로 이지가지 홀태질(탐학한 관원들의 학정)을 하고, 불문문장不文文章 손문장孫文章은 동학쟁이로 책잡혀 수양딸 갈꽃이를 기생으로 뺏기게 되고, 곁머슴 쌀돌이는 꿈 잃은 나날을 보내다가 갑오봉기에 들게 되며, 김사과댁 머슴 금칠갑琴七甲이는 마을 농군들 부추겨 못된 대홍고을 원員을 내쫓는다.

충청감사의 하수인인 아전 최유년崔有年은 홍주관아 외대머리(기생) 끝향이가 쓴 패(꾀)에 걸려 만동이네 화적패한테 봉물짐을 털리고 뺑소니치다 죽이려던 노삭불이한테 됩데 맞아 죽고, 홍경래洪景來를 우러르는 평안도 정주定州 출신으로 만동이를 홍경래를 이어받은 평호대원수平湖大元帥로 모시고 새 세상을 열어보고자 열성熱誠을 다하는 꾀주머니 리 립李立은 장선전을 군사軍師로 삼아 역성혁명易姓革命을 일으키고자 애태우고, 봉물짐을 올려가던 대흥고을 포도부장으로 본국검(신라시대 화랑에게서 비롯된 우리나라 본디 검) 달인인 변 협邊協은 만동이와 겨루다가 크게 다치게 되고, 이렇듯 갑오년(1894) 전라도에서 촉발된 동학농민봉기의 기운이 무르익을 즈음해서 만동이를 대원수로 앞세운 충청도 호서湖西지방의 민중항쟁이 시작되는 것으로 소설『국수』의 이야기는 끝난다.

그러나 이러한 이야기 줄거리는『국수』의 내용을 단선적이고 표피적으로 대강 인지하는 것에 불과하다. 모름지기 소설의 내용이란 사건으로 나타나 있는 줄거리가 아니라 소설의 속내를 이루는 실질적인 무엇이다. 소설의 내용을 이야기 혹은 사건의 줄거리로서 이해하려는 것은,『국수』의 내용이 지닌 이면적인 본질이나 실질로서의 내용을 밝히는 데에 턱없이 부족하다.

소설『국수』의 실질적 내용을 이해하기 위해서는, 수많은 크고 작은 이야기들이 끊임없이 엮임 짜임 덧댐을 통해 복합적으로 실질적인 내용을 만들어간다는 점을 먼저 이해해야 한다. 마치 생명계에 존재하는 모든 생물들은 이면적으로 상호연관성을 중중무진重重無盡하게 유지하는 가운데 비로소 존재의 실질적 내용이 드러나게 되듯이.『국수』의 내용 전개에서 사건의 발단과 완결이 사실상 없는 것은 가로 세로 열아홉 줄의 씨줄 날줄로 짜인 바둑판에서의 한 점 한 칸 혹은 중중무진의 인타라망의 한 그물코처럼, 수많은 인접된 곁이야기나 독립된 삽화들이 서로 연쇄되어 '판짜듯이' 구성되기 때문에 전체 이야기의 인과론因果論적 완결성과는 일정한 거리를 둘 수밖에 없다. 그렇기 때문에, 소설 『국수』에서는 특정 사건의 선적線的인 전개 과정에 따른 이야기를 뒤좇는 것이 아니라, 크고 작은 이야기들이 저마다 고유의 삶을 사는 수많은 이야기의 숲속으로 들어가야 비로소 내용의 실질을 만날 수 있다. 광활하고 무성한 온갖 생명들이 살아있는 숲속에 잇대어진 기운생동하는 터가 바로 소설 『국수』의 내용이 펼쳐지는 이야기 터인 셈이다.

그러므로 소설 『국수』의 모든 이야기들은 사실상 저마다 고유한 개별성을 지니면서 서로 보이지 않게 연결된 채 이야기의 큰 판을 짜간다. 『국수』를 구성하는 큰 개별적 이야기들로는 1권에서 반거충이(무엇을 배우다 그만둔 사람) 선비 송배근宋培根이 김사과의 맞아들 김병윤이 한양 외대머리(기생)에게 인질로 잡혀 있다는 거짓부렁으로 김사과 댁에서 돈냥이나 울궈낼 궁리를 하는 이야기, 김옥균金玉均의 정인情人이었던 상궁출신 일패기생 일매홍이 청주병영에 관비官婢로 박히게 된 김옥균의 아내를 찾아갔던 길에 대흥고을을 지나게 되는 이야기, 2권에서 만동이가 멧돼지의 뿔을 빼버림으로서 큰개 가슴을 뛰게 하거나, 동학남접東學南接의 서장옥徐璋玉을 만나는 이야기, 3권에서는 윤동지의 노랑수건(앞잡이)인 온호방溫戶房이 윤동지를 어르고 뺨쳐 큰돈을 울궈내며 술어미 향월向月이와 내연관계를 맺는 이야기, 부황한 몰락양반 리평진李平眞이 친구 아들인 석규와 내기바둑을 두고, 비가비(조선왕조 배움 있는 양민으로 판소리를 배우던 사람) 안익선安益善이 '중고제中高制'라는 '내포內浦바닥'의 소리제를 매듭지어 나가는 이야기, 4권에서는 임술민란壬戌民亂에 부모 잃고 떠돌다 훈련도감에 들어가 임오군변壬午軍變과 갑신거의甲申擧義에 기운차게 움직였던 피끓는 사내 큰개 이야기, 5권에서는 신분벽에 막혀 농세상을 하다가 대흥고을 인민봉기를 일으키고자 사점백이(서출, 첩자식) 박성칠朴性七이 애를 태우게 되는 이야기 등등, 모든 각개의 이야기들이 작고 큼에 따른 우열이나 차별이 없이 저마다 그물코로, 또는 바둑판의 한 점 한 점들로 서로 엮이고 짜이고 덧대어진 무수한 관계망으로서 소설의 실질적인 내용이 비로소 채워지게 되는 것이다. 수많은 이야기가 중중무진의 방식으로 구성되어가는 과정에서, 조선 후기 사회의 풍속과 풍물을 비롯하여, 수많은 사실史實과 사물史物과 사적史籍, 고유명사들이 셀 수 없이 즐비하게 나오는데, 이는 당대 사회를 이루고 있던 지배적 의식意識들과 생활상生活相을 소설내적인 시간의 살아 있는 진실성과 복합성으로 서사하려 하는 작가의 웅숭깊은 생명철학과 독보적인 소설관에서 나오는 것이다. 이 점 또한, 소설 『국수』의 중중무진한 내용의 실질에 넉넉히 따르는 것이다.

소설 『국수』가 한국문학에 던지는 문제의식들중 하나는, 소설의 형식은 기본적으로 '말의 형식'에 의해 조건지어진다는 것이다. 작가의 고유한 문학 언어(문체)가 소설의 근본적 형식을 이룬다. 문체는 작가 개인의 근본적 문학 형식일 뿐 아니라 그 시대와 그 사회의 삶을 보여주는 기본적 형식이다.

'지금 여기'의 한국문학사에서 김성동의 『국수』가 지닌 특별한 소설 형식을 올바르게 이해하기 위해서는 우리 민족 고유의 주체적 얼을 담은 한글과 자주적이고 주체적인 문학 언어의 뜻에 대한 천착과 깊은 해석이 요구된다. 이에 응하기 위해, 민족어로 된 극치의 예술양식인 판소리에 관심을 가질 필요가 있다. 소설 『국수』의 소설 양식적 특이성은 판소리를 비롯한 이 땅의 오래된 어문語文 예술의 전통적 맥락이 전제되어 있다.

엎드려 아뢰옵건대, 천지 사이에는 한 음기陰氣와 한 양기陽氣가 있을 따름이니, 양기가 항상 음기를 이기면 이치가 그 바른 것을 얻으므로 하늘이 이로써 도道가 순하고 나라가 이로써 항상 편안한 것입니다. 혹 기운이 어그러져 음기가 왕성하고 양기가 쇠퇴하게 되면, 하늘에서는 재변이 생기고 나라에서는 소인小人이 나오게 되는 것입니다.

저 병인년('병인양요'가 일어났던 1866년) 이래로 우리 동방 삼천리 강역이 왜인倭人과 양이洋夷 무리에게 더럽혀져 개나도야지 세상으로 떨어지고 있는 것은 다시 아뢰옵기로 하고, 참으로 화급한 것이 백성들 살림인가 합니다. 밭에 풀만 있고 쟁기질도 하지 않은 것이 있기에 물었더니, **"지난해에 가물었고 봄에 양식이 떨어져서 힘이 모자라 심지 못하였다"**는 것이며, 씨는 뿌렸는데 김매지 않은 사람은 **"금년 보리가 여물지 않아 양식이 떨어져 호미질을 못하였다"**는 것이었고, 씨는 뿌렸으나 이삭이 패어나지 못한 사람은 **"배가 고프고 힘이 탈진하여 때 늦게 심었고 가을 들어 김매었다"**는 것이었으며,

(중략)

대저 조종祖宗께서 법을 세우고 법제를 정한 것은 착한 정사를 베풀어 백성을 편안하게 하려던 것이었는데, 제도가 통하지 않아서 다스림이 성공할 수 없고 율령이 흔들려서 백성이 편하지 못하다면, 고치는 것만 못합니다. 무엇보다도 먼저 삼정三政을 혁파하여야 될 까닭이 진실로 여기에 있다 하겠습니다. 아아, 세월은 사람에게 너그럽지 못하고 때는 또 잃기 쉬운 것이어서, 신은 그윽히 슬퍼합니다. 삼가 죽을 줄 모르고 아뢰나이다.

(2권 제5장, 강조 필자)

김사과가 도탄에 빠진 민심을 대변하고 학정을 일삼게 된 원인인 '삼정'의 혁파를 임금에게 상소하는 대목이다. "천지 사이에는 한 음기陰氣와 한 양기陽氣가 있을 따름이니, 양기가 항상 음기를 이기면 이치가 그 바른 것을 얻으므로 하늘이 이로써 도道

가 순하고 나라가 이로써 항상 편안한 것입니다. 혹 기운이 어그러져 음기가 왕성하고 양기가 쇠퇴하게 되면, 하늘에서는 재변이 생기고 나라에서는 소인小人이 나오게 되는 것입니다." 선비답게 조선왕조의 지배 이념인 성리학의 세계관으로 상소문은 시작된다. 여기서 주목할 것은 목숨을 걸고 봉건 학정을 질타하며 독소獨疏를 올리는 김사과의 언어는 철저히 '양반계급의 의식세계에 투철한 말'이라는 사실이다. 김사과의 상소문이 한문체로 쓰였을 것이 분명할 터인데도, 작중의 화자(내레이터)는 고통 받는 충청도 인민의 말씨를 '~이다.' '~하다.'로 상소문에 옮겨 놓고 있다는 사실. 표면적 내용만으로 보면 이상할 것이 없어 보이지만, 실질을 본다면, 이는 충청도 인민의 현장 언어 즉 충청도 방언 말투를 양반의 상소문으로 번역하는 가운데 작가가 특별히 계급 간의 말투를 철저히 분별하고 있는 사실을 보여주는 것이다.

조선시대가 당연히 왕족과 양반, 아전, 상민, 천민 등 크게 네 개의 계급으로 구성되었다는 점에서 보면, 아래 글이 보여주는 천민 계층의 말씨를 정확히 재생하는 것도 함께 특별히 주목되어야 한다.

"서방님, 점심 진지 여쭈오니다."
깜빡 잠이 들었던가. 문풍지가 펄럭이게 우렁우렁한 만동이 목소리에 김병윤이 다시 눈을 뜬 것은 해가 중천에 떠 있을 때였다. 염이 없노라는 상전 말 한마디에 하릴없이 아랫사랑채 퇴를 물러갔던 그 아이가 조금 뒤 다시 왔는데, 웬 패랭이짜리를 달고 서였다.

"나으리, 기간 평안하셨습니까요?"

퇴 아래서 깊숙하게 허리를 꺾어 하정배를 올리는 사내를 무심히 내려다보던 김병윤은 두 눈썹 사이에 주름을 모으며 장침에 기대고 있던 윗몸을 일으키었다. 서른 안팎으로 보이는 그 사내는 여간 걸까리지고(사람 몸피가 크고 실팍함) 억세어보이는 장한이 아니어서 두 손을 배꼽 앞으로 모아 잡은 채 곁에 서 있는 만동이와 난형난제로 보이는 체수였는데, 어디서 많이 본 듯한 얼굴이었다.

"뉘더라?"

하면서 옹송망송한 생각을 추슬러보고 있는데, 엄장 큰 체수에 솔밭인 듯 무성한 구렛나룻이 귀밑 살쩍에까지 덮여 있는 사내가

"쇤네 큰개라고 하옵니다. 반상이 유별하여 아직 인사를 여쭙지는 못했습니다만, **먼빛으로나마 윗다방골 일매홍아씨댁에서 몇 차례 뵈었습지요.** 지불이라는 놈 동무올시다."

하면서 히뭇이 웃었고, 그제서야 진골 금릉위댁으로 찾아가던 운종가 네거리에서 칼 든 왜건달을 메다꽂던 모습이며 일매홍이한테서 들었던 사내 소종래며가 떠오른 김병윤은, 윗몸을 기울여 문지방에 손을 짚었다.

"자네가 큰개로세그려. 군변 때 그 유명짜하던 바로 그 사람이야."

김병윤 입가에 웃음기가 어리는데, 큰개가 솥뚜껑 같은 손으로 뒷목을 훔치며 씩 웃었다.

"이 유명 저 유명이 합쳐져서 더욱 유명한지는 모르겠습니다만, 목불식정 치룽구니(어리석어서 쓸모가 없는 사람)올습니다."

공근한 듯한 말 속에 뼈를 넣는 것을 본 김병윤이 웃음기를 거두었다.

"그래, 원로에 무슨 일인가?"

"예에, 아씨 심부름입지요. 이걸 전해올리라는……"

땟꼬작물이 조르르 흐르는 창옷 소매 속에서 어안(편지) 한통을 꺼내어 들었고, 만동이 손을 거쳐 그것을 받아 든 김병윤은 지그시 눈을 감았다. 낙은지(은박 가루를 뿌려 만든 편지지)로 된 연분홍색 겉봉만으로 보아서는 부인네들이 쓰는 내간이었는데, 목판으로 찍히어진 간드러진 매화 가지 밑에 조그맣게 두어진 함(서명)은, '신천新天' 두 글자였다. 김병윤이 말하였다.

"원로에 고생이 많았으이. 그래, 다른 말은 없었고?"

"나으리 신색이 어떠신지 걱정이라는 말씀만 있었습니다. 아씨께서야 주주야야로 우수상심, **대흥나으리 걱정만 하고 계십지요.**"

"너스레가 길구나. 일매홍이가 어찌하여 참판영감 걱정을 하지 않고 이 김아무개 걱정을 하는고?"

"참판영감과 쌍노라니 걱정하신다는 말씀입지요."

"그곳 나으리들은 요즘도 자주 모이시던가?"

(2권 제6장, 강조 필자)

　위 인용문은, 김옥균의 정인인 일매홍이 김병윤의 건강과 안위를 걱정하여 협객俠客 큰개를 문안차 보내니, 김병윤이 맞이하는 대목이다. 김사과댁 노비 만동이와 큰개가 쓰는 말씨, "～여쭈오니다." "나으리, 기간 평안하셨습니까요?" "반상이 유별하여 아직 인사를 여쭙지는 못했습니다만, 먼빛으로나마 윗다방골 일매홍아씨댁에서 몇 차례 뵈었습지요."(큰개의 말 중, "지불이란 놈 동무올시다."에서, '～올시다.' 하는 말투는 작중 정황으로 볼 때, 김병윤한테 반항적인 감정을 잠시 드러낸 예외적인 말투로 볼 수 있다. 지문의 설명대로, "공근한 듯한 말 속에 뼈를 넣는" 말투인 것.) "대홍나으리 걱정만 하고 계십지요." "참판영감과 쌍노라니 걱정하신다는 말씀입지요."에서 보듯이, 천민계급인 노비들이 양반에게 쓰던 말씨의 대표격인 '～입니다요.' '～했습지요.' '～이오니다.'를 구별하고 있음을 알 수 있다.

　소설 『국수』는 권력관계의 상하를 살피는 습관이 말 속에 배어있는 아전衙前 계층의 공식적이면서도 도구적이고 기회주의적인 언어에도 철저할 뿐 아니라, 상대적으로 공식어에 구애받지 않는 자연어自然語로서의 지역 방언을 일상적으로 구사하는

상민常民계층의 방언의식에도 투철하다. 곧 조선 사회에서 쓰임
말의 속사정을 서사하는 데 있어서 계급적으로 차별화된 언어를
기본으로 삼는다.

　이렇듯이 소설『국수』는 반상의 차별은 물론 조선 봉건 사회
의 계급별 언어의식의 구별을 철저히 지킴으로써 당대 조선의
개별적 계급의 정조情操만이 아니라 보편적인 정조를 생생하게
서사할 수 있었던 것이다. 이는 현실주의적 소설 규범에서 볼 때,
매우 희귀한 소설사적 진일보라고 평가할 수 있다. 가령, 조선 중
기의 천민 도적 이야기인 벽초 홍명희의『림꺽정』이나 박경리의
대하소설『토지』1부에서 조선시대 말 경상도 평사리 최참판댁
을 둘러싼 언어의 형식성을 비교하면,『국수』가 보여주는 구술
적口述的 진실성과 언어적 계급성, 그리고 소설의 살아 있는 정황
곧 시공간적 생동성은 특별히 압도적인 것이다. 조선 사회를 구
성하는 네 개의 기본 계급이 쓰던 말이 서로 차이를 드러내면서
당대의 살아 있는 정황과 조선의 정조를 절묘하게 보여주고 있
는 것, 이는 소설『국수』의 개성적인 문학 언어가 심히 망가지고
사라진 우리말의 되살림을 통해 드높은 현실주의적 문학 형식을
추구하고 있음을 여실히 보여주는 것이다.

　뛰어난 변사의 말재주를 연상시키는『국수』의 작중 화자(내레
이터)는 전통 판소리의 소리꾼이나 이야기를 위주로 하는 '아니

리광대'의 잔영이 짙게 드리운 존재이다. 판소리의 형식은 소리꾼이 여러 음악적 형식들을 소리판으로 짜는 과정에서 '아니리'를 통해 여러 소리의 내용들을 그때마다 설명하는, 마치 바둑판 같은 형식이라 말할 수 있다. 이 아니리 대목에서 소리꾼은 나-너-그(그녀)같이 인칭에 구애받지 않고 심지어 자연이나 사물에조차 시점視點을 이동하며 자유자재로 이야기를 풀어간다. 소설『국수』에서 작중 화자(내레이터)의 시점이 어느 인칭에 고정되지 않고 자유롭게 옮겨가는 다수의 시점을 가진 것도 전통 '아니리광대' 또는 전통 이야기꾼의 방식과 닮은 것이다. 아래 문단은 김옥균의 정인으로 일패기생 일매홍과 김병윤이 대화를 나누는 대목이다.

(가) "소녀 비록 적선래 만년환에 연연이며 송도 황진이 성주 성산월이 평양 옥매향이 같은 특등 기생은 못 되오나, 또한 그다지 몰풍치한 계집은 아니오니 어서 오르기나 하시어요. 유정(하오 6시)을 지나고 있나이다."
하는데, 방안에서 뻐꾸기 울음소리가 들리어왔다. 뻐꾸기는 여섯 번 울었다.

(나) "어즈버 그렇게 되었는가."
몸이 허해지다 보니 마음 또한 허해졌는가. 마음이 허해지다 보니 몸 또한 허해졌는가. 아아, 여러가지로 허하여졌음이로구

나. 아무리 고균 뜻이 담겨 있는 것이라고는 하지만, 내가 너무 지망지망하였(조심성이 없고 가벼움)던 것은 아닌가. 아무리 그렇다고 하더라도 나는 종당 테 밖 사람에 지나지 않는 것을. 그리고 또 만에 하나라도 누가 아는가. 아무리 친동기간 이상으로 허물없이 지내는 사이라고 하더라도 마침내는 남남이고 속 좁은 계집사람인데다가 더구나 또한 기생이 아닌가.

제아무리 똑딴 일패기생이라고 한달지라도 마침내는 물성질 계집에 지나지 않는 한갓 기생이 보낸 내간 한 통에 기급 단 벙거지 꼴로 쫓아 올라온 스스로가 겸연쩍어진 김병윤이 노계명盧啓命과 노화蘆花 옛이야기를 말밥 삼아 몇 마디 재담을 희롱하다가 방으로 들어섰는데, 몸조리를 한답시고 철이 넘게 서울 출입을 끊었던 탓인가. 이 방에 들어왔던 것이 한두 번이 아니건만 무슨 까닭으로 모든 것들이 다 처음인 듯 낯설게만 느껴진다.

(다) 네 벽에는 고금 유명한 서화 족자에 미리견 공사 복덕이 한테서 받았다는 시진종표가 걸려있고 화류문갑 위에는 용연龍硯과 시축詩軸이 놓여졌으며 그리고 한편 구석에는 바둑판과 비단으로 싼 거문고가 비스듬히 놓여 있다.

(라) "의관을 벗고 좌정부터 하시어요."

분합문 밑틈으로 낮게 깔리는 햇귀가 아직 남아 있는데도 서둘러 유경鍮檠 쌍촛대에 불을 밝히고 난 일매홍이 데면데면한(스스럼없지 못하다) 낯빛으로 버성기게(풍김새가 꾸밈없지 못하고 어설프다) 서 있는 김병윤을 보고 얕은 웃음기를 띠었다.

"어서요오."

일매홍이가 김병윤이 의관을 받더니, 반물 들여 은은하게 푸른빛이 나는 도포와 태 넓은 진사립은 의걸이에 걸고 중치막은 착착 개어서 의걸이장 속에 넣고 나서 몸을 일으키는데, 김병윤이 불렀다.

"여보게 일매홍이."

"입맷상(큰상 내오기 전 간동히 내오는 음식상)이라도……"

"인덕원 술막에서 요기한 늦중화가 아직 자위도 돌지 않았으니, 거기 앉기나 하게."

부진부진 재담을 던져오던 때와는 다르게 김병윤 입가에는 웃음기가 쪽 빠져 있었고, 목소리 또한 착 가라앉아 있었다. 잠깐 눈을 감았다 뜨고 나서 김병윤이 말하였다.

"거의 날짜는 완정이 되었다던가?"

"글쎄요."

"허허."

"쇤네같이 술이나 따르는 일개 천기가 그같은 막중지사를 어찌 알겠습니까."

"허, 자고로 추세하고 사는 것이 해어화(기생)인 줄 모르는 바 아니네만, 큰개라는 위인 시켜 정찰을 면전시킨 것은 무슨 뜻인가?"

"영감 뜻입지요."

"영감께선 시방 어디 계신가?"

"흥인지문(동대문) 밖에 계십니다."

"별업(별장)에?"

"예."

"허허, 모를 일이로세. 완정도 안 되었으면서 무슨 연유로 기별을 보낸단 말인가."

잔입맛을 다시며 입안엣소리로 중얼거리는데,

"통기를 하오리까?"

일매홍이 물었고, 김병윤은 도머리를 치었다. 소피가 급한 시늉으로 살그니 몸을 일으킨 그 여자가 조촐한 입맷상을 가지고 들어왔지만 김병윤은 외눈 한번 던지는 법 없이 그린 듯 앉아 있다.

(마) 이 사내가 비렴급제로 어사화 꽂고 삼일유가하던 때 장안 숱한 여인네들 다리속곳을 젖게 하였다던 그 잘났다는 선비 김 아무개인가. 봄에 보았을 적보다 더욱 안 좋아보이는 완연한 병색이어서 차마 아직까지 그 차도를 물어보지는 못하고 있지만, 물거미 뒷다리 같은 껑한 모습에 검숭한 이맛전을 보는 순간 공중 코끝이 찡하여지는 일매홍이었다. 참판영감도 그렇지만 이 어른도 오래오래 무병하게 사시어야 할 터인데.

"입맛이라도 다셔보셔요."

하면서 일매홍이 홍시가 담겨 있는 접시를 만지는데, 김병윤이 눈을 떴다.

"별업에는 어느어느 어른들이 계시는가?"

(2권 제5장)

위 문단에서 (가)(다)(라)는 객관적-삼인칭적-전지적 시점이
혼합된 시점이고 (나)는 주관적-김병윤의 시점이며, (마)는 주
관적-일매홍의 시점이다. 이러하듯 어떠한 논리적 매개 없이 주
관과 객관, 일인칭 이인칭 삼인칭의 시점을 넘나들 수 있는 소설
형식은 그 자체로 판소리의 형식에 방불한 것이다. 소설『국수』
는 이렇듯 판소리체 형식을 깊이 은폐하고서 판소리의 소설 형
식을 은연히 개시開示한다.

4. '소리체 방언문학'의 의미

민족어로서 한글이 당한 최대의 비극은 19세기 말 제국주의
침략의 역사 속에서 찾게 된다. 일제에 의한 강제 합방 이후 조선
총독부는 한국인을 황국신민화하기 위해 일본어를 앞세워 식민
지 언어교육을 적극 전개하는 한편, 식민지의 효율적인 지배를
위해 과도기적으로 조선어교육을 실시하였지만 합방 직후부터
는 우리말은 일제에 의해 탄압받고 '보호'받게 된다. 일제에 의한
한글의 오염과 왜곡을 피할 수 없던 것은 자명한 역사적 상황이
었고 해방 이후에도 한글의 비극은 지속되었고 지금도 진행 중

이다.

소설 『국수』의 방언 의식과 연관지어 일제의 언어정책을 살필 필요가 있는데, 합방 직후 일제가 공포한 언문철자법(맞춤법)은 표준어를 규정하고 더불어 지역 방언을 규제하는 첫 법적 조치였다. 1912년 조선총독부가 식민지 조선을 지배하기 위한 조선어교육정책으로 공포한 '보통학교용 언문철자법普通學校用諺文綴字法', 그 후 1930년에 '언문철자법'으로의 개정을 통해 '표준어'는 학교 교육만이 아니라 언론·출판 등 모든 인쇄물에 적용되었다.

방언은 지역적으로 또는 계층적으로 분화되어 온 언어 체계이다. 서울말도 지역 방언이다. '서울말을 중심으로 한 표준어'는 방언과는 관계없이 국가가 공용어의 필요성에 따라 임의적으로 결정한 추상적인 언어 체계이다. 돌아보면 1933년 10월 조선어학회에서 공표한 '한글맞춤법통일안'에서 보듯이, 표준어 체계의 정립은 전근대적 조선말 체계를 근대적인 합리적 언어체계로 바꾸어가는 시대적 소명에 따른 것이다. 식민지 시대의 표준어 제정은 근대 국가의 요구에 좇아가는 것인 한편으로, 식민지 조선어의 통일(맞춤법 통일)을 통한 민족 문화 운동의 차원으로 고양되었다. 그러나, 문제는 방언이 열등하고 미개한 것으로 여겨지거나 표준어에 밀려 쫓겨나는 사태가 끊임없이 이어져왔다는 것이다. 식민지 시대에 좌우를 막론하고 많은 국어학자와 유명

문인들이 표준어의 우월성과 방언의 열등성을 대놓고 주장하였음은 익히 아는 사실이다.

해방 이후에 특히 1970~80년대를 거치는 산업화 시기에 본격적으로 방언의 비극은 심화되고 확대되었다. 이 땅의 문학판·언론판·교육판은 따로 가릴 것도 없이 거의 전 사회적으로 서구 합리주의 언어관, 문학관에 경도된 '표준어주의' 이데올로기의 지배 아래 지역 방언은 예외 없이 소외되고 축출되어 갔다. 이 시기의 방언에 가해진 일방적 편견과 억압에 대해 여기서 일일이 재론할 필요는 없을 것이다.

중요한 사실은 '지금 여기'서의 한국문학을 성찰하는 가운데 우리말의 문제, 특히 '개인방언의 문학언어'란 과연 무엇이고 어느 방향으로 나아가야 바람직한가 하는 문제이다. 법고창신法古創新의 문학정신은 여전히 오늘의 한국문학이 껴안고 있는 절실한 공안公案이다. 지금 같이 지방의 구별이 무색해진 인터넷시대에 표준어로 작품을 쓴다는 것은 이미 구태의연한 사고방식일 뿐이다. 표준어와 방언의 경계도 점차 사라지는 이때에, 문학 언어는 '문학적 방언' 혹은 숙련된 작가의 '개인 방언'의 문학 언어가 더 절실해진다. 그 문학적 방언 즉 '개인 방언'의 문학 언어는 표준어주의 언어 의식과는 아무런 관련이 없이 오직 죽어가는 우리말의 살림을 통해 획득한 작가 개인의 언어적 고유성에서 말미암는다. 작가가 자기의 유래由來를 자각하고 문학적 용맹정진을 통해 바야흐로 저만의 독자적이고 개성적인 문장에 이르는 것, 이것이 개인 방언의 문학 언어를 구하는 유일한 길이다. 김성동의 『국수』는 바로 이러한 개인 방언이 이룩한 찬란한 금자탑이다. 『국수』의 전체 문장 아무데서나 인용해도 이러한 사실을 어렵지 않게 확인할 수 있다.

충청도 일원에서도 꼽아주는 선비인 김사과가 '솔안말 안침쪽 다릿골에서 세상을 등지고 사는 허담虛潭 선생이 병환 중이라는 기별을 받고서' 비부쟁이(계집종의 지아비를 낮추어 부르던 말) 천서방을 견마잡혀(말을 몰다) 병문안을 가던 길 위에서 작중화자 곧 내레이터는 아래와 같이 쓰고 있다.

조촐한 어렴시수를 보내어 그 청빈한 살림을 풀쳐주려던 관장이 있었으나 웃으며 물리쳐 당최 받은 적이 없었고, 환갑이 지난 이날까지 단 한 번도 관아에 발을 들여놓은 적이 없었다. 집안이 언제나 애옥하였으면서도 손님이 오면 따비밭을 일구어 꽂아둔 소채를 뽑아 기꺼이 대접하고 조금도 남을 탓하는 말이 없으니, 사람들은 그를 만고에 어진 선비라고 일컬었다. 사람됨이 지극히 방정하여 기쁘거나 슬프거나 좀처럼 티를 내지 않으며 가볍게 입을 열지도 않으니, 왈 군자였다.

꽃샘추위를 하는가. 춘삼월이라지만 날씨가 제법 쌀쌀하다.

경결천京結川을 건너서 불어오는 소소리바람이 길가 버드나무 가지 끝에 달려 있는 꽃가루를 흩뿌리며 지나간다. 은은하게 반물(짙은 검은빛을 띤 남빛)빛 나는 도포자락을 나부끼며 나귀 위에 앉아 있는 김사과 전이 넓은 진사립 위로 흙먼지가 앉으면서 배꼽 아래까지 길게 드리워진 갓끈이 그네처럼 흔들리는데, 행세깨나 한다는 양반이라면 누구나 드리우게 마련인 수정주영水晶珠纓이 아니라, 산죽山竹 뿌리를 쪼개어 만든 대갓끈이다.

섶무시에서 읍내로 가는 이십 리가 넘는 길 위로 장꾼들이 지나간다. 달구지가 가고 나무꾼이 간다. 장작짐을 고봉으로 진 장정과 소쿠리 광주리며 무명 보따리를 이고 든 아낙들이 잰걸음을 치고 있고, 누런 코를 고드름처럼 매단 아이들이 타박타박 걸어간다. 자갈길에 짚세기가 닳을세라 두 손에 벗어들고 가는 방물장수 여편네도 있고, 선짓국에 찬 보리밥 한 덩어리 말아 먹고 새벽길을 나선 늙은 등짐장수 봇짐장수도 있고, 맨드라미처럼 볏이 빨간 장닭 한 마리와 계란 한 줄 치룽(싸리가지를 걸어 뚜껑 없이 만든 채)에 담아 멘 총각도 있고, 때꼬지락물이 조르르 흐르는 중치막 위로 흑립을 얹은 채 양반걸음을 하고 있는 유학명색도 있는데, 간잔조롬하게 치켜뜬 실눈으로 연신 장꾼들 물건을 곁눈질하고 있는 것은 말감고(곡식 장판에서 되나 말로 주는 일을 업으로 하던 사람) 도거머리(한데 합쳐서 몰아치는 일)다.

나귀 발굽소리에 깜짝 놀란 사람들이 길섶으로 얼른 비켜서며 나귀 등에 앉아 있는 김사과한테 머리를 숙이어 보이는데, 고개를 끄덕여주는 김사과 낯빛은 그러나 밝지가 않다. 향곳말을 벗어나면서부터 시루를 엎어놓은 듯 고만고만한 산봉우리들을 여기저기로 밀어붙이며 냉전들 창들 구렛들 소쟁잇들 펼쳐 있는데, 거북등처럼 엉그름진 논바닥에 살포(논에 물꼬를 트거나 막을 때 쓰는 농기구)를 꽂은 채로 하늘만 바라보고 있는 농군들 모습은 차마 볼 수가 없는 것이었다. 가뭄이었다. 봄가뭄이 석달째 이어지고 있었다.

수만 명 생령들이 죽어나가던 병자정축(1876~77년) 두 해 천재지변 이래로 해마다 가뭄이요 가뭄 뒤끝에는 으레 폭우가 쏟아져 내리었다. 가뭄과 폭우가 지나가면 또 역병이 창궐하는데, 넘쳐나는 것은 유개(거지) 무리요 화적火賊떼였으니, 늙고 병들어 힘없는 자들은 쪽박을 차고 나서고 핏종발이나 있는 자들은 호미를 집어던지고 도적이 되는 것이었다. 어느 때라고 해서 천재지변이 없고 도적이 없는 사람세상이 있었겠는가마는, 그리고 순철純哲 연간에도 화적과 농군들 기뇨起鬧가 없지 않았으나, 대원군을 몰아내고 민문閔門 일족이 국병을 잡은 다음부터 그것은 더욱 창궐하는 것이었다.

"올봄이두 가뭄이 올서리가 네려 들판이 풀들이 죄 말러죽구을어죽으니…… 우덜 넝사꾼덜은 워찌 사는고."

부엉재 너머 벚나무 고개에서 천서방이 쳐주는 부시에 장죽

한 모금을 빨아들이던 김사과는 담배연기와 함께 땅이 꺼질 것 같은 긴 한숨을 내쉬었다. 서너 발짝 떨어진 바로 옆댕이에 두 사람 농군으로 보이는 장꼴들이 앉아 있었는데, 김사과한테 들으라는 듯 꺽진 목소리가 높았다. 장을 보러 가는 이웃고을 사람들 같았다.

"가뭄 담이넌 홍수가 지것지. 그러구넌 왜늠 양늠덜이 들여온 왼갖 악빙덜이 미쳐 날뛸 것이구……"

"골통이 먹물 든 선븨쳇것덜은 이런 때 뭐허구 자빠졌다나. 그 잘헌다넌 글 가지구 상소 한 장 올려보잖구."

"상소를 올려본덜 뭐헌다나. 임금이나 선븨나 다 한퉁쇠이루 돗진갯진(그것이 그것으로 비슷하다)인걸."

"그레두 명색이 선븨된 자라먼 글 읽은 값은 혜야 될 거 아닌 가뱨."

천서방이 주먹을 부르쥐고 일어서려는 것을 손을 들어 눌러 앉히고 난 그 늙은 선비는 지그시 눈을 감았다.

(2권 제5장)

어렴시수, 따비밭, 소채, 진사립, 방물장수, 등짐장수, 봇짐장수, 흑립, 낯빛 등등 옛 물명物名이거나, 오늘날에는 점점 잊히거나 소외되어 가는 아름다운 소리맛을 지닌 우리말들, 가령 반물빛, 치룽, 말감고, 도거머리, 살포, 유개, 악빙, 명색, 돗진갯진……. 일일이 찾아 셀 수 없을 정도로 많다. 더욱이 아름다운 우리말들은 충청도 방언과 어울려 조선 후기의 암울한 시대 상황을, '살아있는 조선적 정황과 정조'로서 되살려낸다. 방언은 그저 지역의 언어가 아니라 우리말 한글의 자유자재한 표현력과 포용력을 마음껏 보여주는 언문일치言文一致 원리의 한 극점이다. 소설『국수』의 모든 문장은 언문일치의 한글 원리에 따라 충청도 지역 방언을 독보적인 개인 방언의 문학으로 승화시킨다. 그야말로 절세絶世의 소리체 방언 문학이라 하지 않을 수 없다. 식민지시대의 시인 백석의 시문학이 또한 그러했듯이.

5. 겨레의 얼을 '씻김'하는 '소리체[正音體] 방언문학'의 탄생

소설『국수』가 근대 이래 지금까지 나온 역사소설과 다른 점은, 계급과 지역에 따라 다를 수밖에 없는 이 땅의 '언어'를 그때 그 말로, 일제에 의해 심각하게 왜화倭化되고 양화洋化되기 이전의 '아름다운 조선말'로 보여주었다는 사실이다. 한마디로 말하면, 소설『국수』는 '올바른 소리[正音]의 문체'로 이루어진 소설이다.

소설『국수』가 이룩한 드높은 문학적 성과를 헤아리려면, 소리 글자인 한글이 지닌 기본 속성으로서 뜻과 소리의 통일이 언어학적으로 깊이 석명되어야 한다. 한국인들은 소설『국수』를 읽는 동안, 한자어[眞書]를 포함한 우리말 한글의 본래성本來性에서 나오는 조선민족 고유의 집단적 혼을, 민족의 얼을 감지하게 될 것이다. 실로, 소설『국수』를 통해 죽었거나 사라졌거나 잊혀진 우리말의 되살림을 접하고 일제에 의해 나라를 강탈당한 이래 심히 왜곡되고 더럽혀진 우리말이 맑게 '씻김'의 느낌을 절절히 체험하게 된다. 동시에 말이 씻김으로 얼이 씻김이 이어짐을 경험한다. 그렇다면, 어찌 이런 문학적 초월의 경험이 가능하단 말인가.

그 답은 아마도 세종대왕이 창제한 한글의 연원淵源을 헤아리는 중에서 찾아질 듯도 하다. 예를 들어 훈민정음 창제에 뒤이은 『동국정운東國正韻』(1448) 등의 편찬에서도 알 수 있듯이, 애초에 한글 곧 언문諺文은 한자의 음을 달아 읽기 위한 방편으로 창제되었던 것인데, 뜻글자인 한자를 소리말로 읽기 위해 소리글자인 한글을 창제한 원리와 배경을 깊이 살펴야 한다. 그 한글 창제의 연원을 살피면, 부처님의 말씀을 옮긴 고대 인도의 소리글자 범어梵語(산스크리트어)가 고대 중국에 전래되면서 범어의 표음 원리가 한자의 성운聲韻을 발전시켰고 이를 한글 창제의 원리로서 활용했을 가능성이 높다. 세종 이전에 이미 범어와 팔리어 만주어 등에 정통한 신미信眉대사(1403~1480)가 중심에 서서 불교계에서 시험적으로 훈민정음을 만들었던 역사적 정황은 여러 문헌에서 충분히 고증될 수 있을 정도로 분명하다. 이수광李睟光의『지봉유설芝峯類說』(1614) 성현成俔의『용재총화慵齋叢話』(1525)에서도 훈민정음이 범어에서 만들어졌음을 밝히고 있다. 이처럼 한글과 범어 및 불교와의 깊은 인연은 조선 왕조의 숭유억불崇儒抑佛 정책으로 역사 속에서 배척받고 은폐되었을 뿐이다. 이러한 사실은 소리글자로서 우리말은 현세적 의사소통의 도구임을 넘어 우리말 소리의 근원과 심연에 깃든 원천적 초월성에 대하여 암시하는 바가 없지 않다고 본다. 아직 추정과 가설에 지나지 않으나, 소리글자로서 우리말의 원천과 연원을 고대 범어와 한자의 전래 과정 및 그 언어학적 영향관계 속에서 깊이 논구한다든가, 또는, 가령 판소리 춘향가에서 귀곡성鬼哭聲 등에서 감지되듯 소리말의 성聲과 운韻이 천변만화로 조화를 부려 불러일으키는 현세적이면서도 초월적인 온갖 소리의 내력을 캐본다든가 등등, 우리말 소리의 본원과 본성을 캐내어 깊이 헤아릴 필요가 있는 것이다. 그렇게 하는 동안 '사라진 민족혼을 부르는 작가' 김성동의 『국수』는 소리말로서 우리말을 크게 이롭게 하여 이 땅의 온갖 소리와 소리꾼들을 널리 푸르게 기를 것이다.

소설 『국수』의 내용은 불행한 시대를 반영한 탓에 전반적으로 어둡지만, 소리체 문장(형식)이 불러일으키는 정조와 기운은 빼어난 소리꾼 혹은 아니리광대의 능수능란한 아니리와 다를 바 없이 한 치 흐트러짐 없으며 올곧고 힘차고 맑고 밝고 드높다. '정조情操'를 사전의 정의에 따라서, 진리, 선함, 아름다움, 신성한 것을 접했을 때 일어나는 고차원적인 복합적인 감정이라 일컫는다면, 근현대문학사 이래 김성동의 소설 『국수』는 조선적인 '정조'의 최첨단을 보여주는 문학적 성취라고 할 수 있다. 그 더없이 결곡하고 올바른 우리말 소리 속에서 한국인은 영혼의 씻김을 전율인 듯 경험하고 잃어버린 민족의 얼을 다시 불러들인다. 모든 진정한 예술에 안과 밖이, 본질과 현상이, 현실과 초월이, 삶과 죽음이 따로 경계를 두지 않듯이, 『국수』의 소리체 문장은 뜻과 소리, 현상과 본질의 경계를 따로 두지 않으며 현실과 이상, 현세와 초월, 삶과 죽음을 불이不二로서 보여준다. 불이의 수행이 부처의 마음에 이르는 길이라고 했거늘, 어찌 저 『국수』의 아름다운 소리체의 기운 속에서 한국인의 혼의 씻김이 없을 것인가.

김성동의 소설언어, 그 아름다운 우리말

조재수(사전 편찬인)[*]

　김성동은 「『國手事典』을 써보는 까닭」이란 글에서 민족문화의 바탕이 되는 '말'을 되살리지 않고서는 참된 뜻의 민족의 얼과 삶을 누릴 수 없음을 밝혔다. 여기, 살아 있어야 할 말, 되살려야 할 말이 바로 김성동이 일컫는 '아름다운 조선말'이다. '조선'은 '고조선, 근세조선'에서와 같이 상고 때부터 써오던 우리나라의 이름이었다. 겨레의 정신과 문화를 받치는 겨레의 말을 살려야 하는 생각은 예나 지금이나 절실하다. 그 절실함이 김성동의 '아름다운 조선말'로 소설 쓰기에 이어짐을 보고 이 시대 우리 언어 문화의 어둠 속에서 한 줄기 빛을 보는 듯 반갑다.

　소설 『국수』의 언어는 바로 작가가 써보기로 한 '아름다운 조

---

[*] 사전 편찬인. 『우리말 큰사전』 수석 편찬원. 『겨레말 큰사전』 남측 편찬위원장 역임. 저서 『남북 비교 사전』 『국어사전 편찬론』 『윤동주 시어사전』 등.

선말'이다. 예부터 써왔으되 잊히고 있는 본래의 우리말이다. 할아버지 무릎에서 익힌 말, 이웃사람들이 쓰던 고장말, 자라면서 듣고 보고 한 생활 용어 그리고 역사와 전통문화를 계승한 말들이다. 따로 묶은 『국수사전國手事典』을 보면 그의 문학 언어를 헤아릴 수 있다. 많은 고유어와 한자어, 관용구, 속담 등의 풀이에서 우리말을 바르게 살려 놓고자 하는 작가의 올곧은 언어의식과 집념을 읽을 수 있다. 그 중에는 아직 우리 사전에 오르지 못한 말도 적지 않다. 한자말도 우리가 써온 것과 일본에서 들어온 것을 철저히 구별한다. '민초民草'는 '민서民庶·서민', '비용'은 '부비浮費', '역할'은 '소임', '상호相互'는 '호상', '작년'은 '상년上年', '무기'는 '잠개'로 썼다.

문학은 말과 글을 꽃피운다. 훌륭한 문학은 훌륭한 언어를 보존한다. 김성동은 소설에서 '아름다운 조선말'을 되살렸다. 그 말에 담긴 우리네의 삶과 문화를 기억시키기 위함이었다. 소설 『국수』는 무려 이십여 년이나 걸려 완성되었다. 작가의 집념과 노고에 찬사를 보낸다. 언어를 먼저 생각하고 가꾼 문학인, 김성동의 문학이 겨레말을 살찌우고 전통 문화를 빛내는 데 크게 이바지하리라 믿는다.

할아버지, 그리고 식구들 생각
김성동

"물보샐틈 읎넌 냥반이셨지."

가짜해방을 맞으면서 더구나 묵돌불가금墨突不暇黔으로 신 벗을 사이 없던 아버지를 끊아매기는 어머니 '한줄평'인데, 그 뜻을 또렷이 알게 된 것은 소설을 보고서였다. 할아버지 손에 잡혀 한밭으로 갔을 때였다. 국민학교 5학년 때였다. 1958년 찔레꽃머리*였다. 대본서점에서 빌린 『림꺽정』이었다. '마음먹은 일이 조금도 빈틈이 없음'을 이르는 말로 「의형제 편」에 나온다.('의'는 왜말 'の'임)

"대체 사람의 꾀는 구석이 비는 데가 많지만 서장사의 꾀는 물부어 샐 틈이 없습듸다. 서장사는 지금 우리의 보배요."

할아버지 장탄식처럼 막비천운莫非天運인가. 물 부어 샐 틈 없이 그 움직임에 빈틈이 없던 어른임에도 저 제주도에서 학살만

행을 저지른 공으로 서울시경 간부에 특채된 '서북청년단' 출신 두억시니 두 마리가 옛살라비집에서 석 달을 거미줄 느리고 있으리라고는 꿈에도 몰랐던 것이니.

"어디서 배웠넌지 좀 일러주소."

많이 모자라는 『국수』 초간본을 펴냈을 때였다. 소설에 나오는 '아름다운 조선말'을 도대체 어디서 그리고 누구한테 배웠느냐는 것이었다.

"배기는유."

고개를 외로 꼬는 것으로 넘어갔지만, 할아버지한테 배웠다. 할머니한테 배웠다. 고모들한테 배웠다. 삼촌들한테 배웠다. 어머니한테 배웠다. 삼동네 이웃들한테 배웠다. 길카리들한테 배웠다. 그이들은 죄 충청도에서도 가장 조선 본딧말을 간직하고 있는 내포內浦 사람들이었던 것이다. 갑오농민항쟁을 대하서사시로 쓰겠다는 꿈을 지니고 있던 그 유명짜한 사람은 '조선말'에 자신이 없어 그 시작업을 중동무이고 말았다지만, 이 중생은 그럴 수 없었다. 듣고, 묻고, 그리고 책을 보았다. 책은 오일륙 군사반란이 터지기 전까지 나온 것들이었다.

여기서 '사전' 이야기를 안 할 수 없는데, 이 나라는 놀랍게도 '국어사전'이 없는 나라이다. 수십 가지가 나왔지만 죄 엉터리니, 일본 것을 슬갑도적질* 한 것이다. 아니, 슬갑도적질이라는 왕조시대 넉자배기는 싸고*, 베낀 것이다. 아버지가 보시던 동경

「부산방富山房」에서 소화昭和 16년, 곧 1941년 나온 일본어대사
전인 『대언해大言海』를 보면 알 수 있다. 이 중생이 보는 「민중서
관」에서 나온 문학박사 리희승 편 『국어대사전』 칠팔할이 그렇
다. 평양 쪽에서 펴낸 사전에는 나오겠지 싶어 1992년 평양 「사
회과학출판사」에서 나온 『조선말대사전』을 보던 이 중생 입에
서 터져나온 보살 명호가 있으니, "관세으음보살!"

　같은 다식판에 찍어낸 다식茶食처럼 일매지게* 똑같은 것이다.
그러니까 서울에서는 동경 것을 베꼈고, 평양에서는 서울 것을
베꼈던 것이었다. '아름다운 조선말'을 지키고 살려내고자 애를
쓰는 '주체의 나라'로 알고 있던 중생으로서는 망치로 한 대 맞은
것이 아닐 수 없었다. 이 중생이 옛살라비 뺑소니쳐 묻혀살기 좋
은 대처로 갔던 '찔레꽃머리'를 찾아보라. 아무데도 안 나온다.
1936년 9월 1일 조선총독부 학무국장 시오하라 도카사부로[鹽
原時三郎]가 「조선어한문 폐지령」을 내리고 「일본어식 한문」만을
배우게 한 것을 '천황폐하 충용忠勇한 신민臣民'답게 좇아 왜식한
자 말은 악착같이 올려놓으면서 우리 겨레가 만년 넘게 써왔던
'아름다운 조선말'은 거의 빼버렸다. (왜인들이 '한자' '한문'이라
고 고쳐 부르기 비롯한 것은 「갑오왜란」부터이고, 그때까지 우리는
'진서眞書'라고 하였으니―훈민정음이 만들어지면서 '언문諺文'에
맞서고자 나온 것이 '진서'이고, 그 전에는 그냥 '글'이었음.) 『꽃다
발도 무덤도 없는 혁명가들』을 쓸 때와 똑같은 심정에서 써 보는

것이『國手事典』이다.

『림껙정』이야기를 했는데, 열두 살짜리 어린아이는 모르는 말이 거의 없었다. 식구들이 장 쓰는 말이었던 것이다. 뒵세 아쉬운 점이 있었으니, 몰밀어* 말이 똑같다는 것. 계급에 따라 달라지는 말이 죄 똑같고, 사는 고장에 따라 달라지는 말이 죄 똑같다. 이른바 계급, 곧 사는 꼴과 사는 땅에 따라 달라지는 '말'을 조선시대 것으로 되살려 내지 않은 글지*한테 아쉬움이 크다.『림껙정』글지는 조선시대 사람이었기에 더구나 그렇다. 이 점을 모집는 이른바 문학평론가를 단 한 명도 보지 못하였다.

끝으로 이 중생이 그 사전이 진짜냐 가짜냐를 가르는 푯대가 있느니, '몰록'이다. 진서 '돈頓'을 풀어낸 것으로 '갑자기, 편뜻'이라는 뜻과 '한꺼번에, 죄다'라는 두 가지 뜻을 갖고 있다. 앞 것은 '문득' 뒷 것은 '몰속'이라는 말로 드러낼 수 있겠다. 서울과 평양 그리고 연변에서 나온 어떤 우리말사전에도 없는 이 말이 탄허呑虛 스님이 옮긴『보조법어普照法語』에 나오니, 우리말을 지키려는 절집 스님들 모습이 보이는 듯하여 눈물겹다.

아버지와 당신 동무들은 '혁명'을 하셨는데, 이 많이 모자라는 중생은 '조선말'을 생각하느라 진땀을 빼고 있다. 할아버지 장탄식이 귓청을 두드린다.

"봉생봉鳳生鳳이요 용생용龍生龍이며 호부虎父이 견자犬子 날 리 읎다던 옛사람 말두 증녕 허언虛言이었더란 말이드뇨?"

초간본에서 잘못되었던 많은 어섯˚을 바로잡거나 고쳐 썼으며, 그리고 몇 가지 생각이 있었음을 밝혀둔다.

첫째, 원칙적 고증考證과 고고考古에는 충실하되 천의무봉天衣無縫한 상상력을 발휘할 것.

둘째, 민서民庶 삶은 당대 법제法制나 제도를 뛰어넘었으므로 얽매일 필요가 없음.

셋째, 민서 삶은 상상력에 따르지 않고서는 재구성이 안 됨.

넷째, 기록이 있을 수 없으므로 구전口傳·설화·야담野談 안에 민서들 상상력이 들어 있음.

다섯째, 의식적인 과장과 왜곡도 필요함.

『오하기문梧下奇聞』『매천야록梅泉野錄』도 소문을 듣고 쓴 것임.

왜인을 도마름 삼은 서구제국주의 군홧발이 밀려올 때 조선 사람들은 무슨 생각을 하며 어떻게 살았을까? 난생 처음 보는 온갖 신기한 물화들 앞에 갈팡질팡 허둥지둥하던 그때 사람들. 그들이 두려워했던 것은 그런데 총칼이 아니라 '물화物貨'들이었던 것이다. 아랫녘 호남에서는 갑오봉기가 익어가고 있는데, 호서 가운데서도 내포 테두리에서는 무슨 일이 있었던 것일까? 물안개처럼 아련히 피어오르는 생각들은 그야말로 슬슬동풍˚에 봄비가 드리우듯 끊임없이 있대어 멈출 줄을 모른다.

2018년 봄

찔레꽃머리 음력 삼사월 모내기 철. **슬갑(膝甲)도적질** 남 시문詩文 글귀를 몰래 훔쳐서 그것을 그릇 쓰는 사람을 웃는 말. **싸다** 흔하고 약함. **일매지다** 모두 다 고르고 가지런하다. **몰밀다** 모두 한곳으로 밀다. **글지** 글짓는 사람. '작가'는 왜말임. **어섯** 몬 한 부분에 지나지 않는 만큼. 몬: 물건. **슬슬동풍** 봄바람.

國手 1

1판 1쇄 발행	2018년 8월 1일
1판 7쇄 발행	2018년 8월 15일

지은이	김성동
펴낸이	임양묵
펴낸곳	솔출판사

기획	임정림 김경수
책임편집	임우기
교정·교열	남인복
편집	조소연 신주식 이신아
디자인	오주희 박민지
경영 및 마케팅	김형열 이예지
재무관리	이혜미 김용렬

주소	서울시 마포구 와우산로29가길 80(서교동)
전화	02-332-1526
팩스	02-332-1529
홈페이지	www.solbook.co.kr
이메일	solbook@solbook.co.kr
출판등록	1990년 9월 15일 제10-420호

ISBN	979-11-6020-048-5 (04810)
	979-11-6020-047-8 (세트)